Gustaaf Peek
GÖTTIN UND HELD

Gustaaf Peek

GÖTTIN UND HELD

Roman

Aus dem Niederländischen
von Nathalie Lemmens

Deutsche Verlags-Anstalt

Für Maaike Tess

Mein warst du nur in holder Träume Reich,
Da war ich König; wach – dem Bettler gleich!

Sonett LXXXVII, William Shakespeare

V

50

Es war eines dieser neuen Gebäude, einer Kirche nachempfunden und ein Stück außerhalb der Stadt in einem Autobahnbogen gelegen. Dunkle Fenster, die zu hoch ansetzten, um hineinschauen zu können, weiß verputzte Mauern, ein schlanker, flacher Turm. Zäune, die Besucher von der Rückseite fernhielten. Keine Vögel, denn es gab keine Bäume.

Sie lag am Ende des Mittelgangs. Fotos von ihrer Kindheit bis zu ihren letzten Lebensjahren wechselten sich ab auf dem Bildschirm über ihrem Sarg.

Der Mann beim Vorhang sah auf seine Armbanduhr, immer noch kamen Leute herein, er würde noch einen Moment warten. Er übte seine Ansprache, bemühte sich, dabei nicht vor sich hin zu murmeln.

Die Trauergäste saßen verstreut wie Zuschauer in einem Kinosaal. Die harten, schlichten Stühle waren in großzügigen Reihen angeordnet. Ab und zu wehte das Sonnenlicht die Farben der hohen Fensterscheiben herein, und einige Besucher rückten ein paar Plätze auf, um nicht in den blendenden Streifen Rot und Blau zu sitzen.

Es war so weit. Die Türen glitten zu, er trat hinter das Pult und begrüßte die Anwesenden. Zum ersten Mal nannte er den Namen der Verstorbenen, immer wichtig, ein einschneidender Moment, niemand außer ihm würde an diesem Nachmittag sprechen.

Es war ein Brief, ein Liebesbrief. Bestimmt nicht das Ausgefallenste, was er je vorgelesen hatte, aber auch nicht gerade üblich. Dies hier war ein Ort der Zeit, nicht des Körpers, selten starb ein Geliebter. Stets war der Verstorbene jemandes Vater oder Mutter, jemandes Kind oder Freund; Tränen leidenschaftsloser Erinnerung, der Reue, auch Erleichterung hatte er schon erlebt. Er hatte den Text leicht umgeschrieben, einige unschickliche Passagen gestrichen und ihren Namen hier und da herausgenommen.

Nachdem er die ersten Sätze in dem gefasst widerhallenden Saal vorgetragen hatte, entdeckte er in dem Brief einen Rhythmus. Von Zeit zu Zeit blickte er forschend in die Gesichter vor sich. Eine kleine graue Schulklasse hatte sie auf die Beine gebracht, Männer und Frauen in ihrem Alter, aus ihrer Generation, keine Kinder oder Enkel. Von den Trauerfeiern, die er leitete, blieb ihm nur wenig im Gedächtnis, manchmal hatte er Mitleid mit den Toten, weil sie die Herrschaft über ihre Erinnerungen verloren hatten. Und plötzlich verspürte er das Bedürfnis, dem Verfasser der Zeilen Ehre zu erweisen, er gab ihm nach und las ein wenig sorgfältiger, langsamer und volltönender.

Auf halbem Wege glückte ihm, worauf er stets hoffte: beim Arbeiten gleichzeitig seine Gedanken schweifen zu lassen. Jetzt, wo er den Rhythmus des Briefes verinnerlicht hatte und die Worte seinen Mund wie von selbst bewegten, wurde ihm warm, Ruhe erfüllte ihn, und er dachte an seine Frau. Sie stand hinter ihm und hauchte ihm sanft in den Nacken. Ihr Atem strich über die kurzen Haare, die dort wuchsen, ließ die Haut darunter erschauern. Um solche Dinge bat er sie manchmal. Kleinigkeiten, mit den Lippen über seine Finger zu streichen etwa oder, unaufgefordert, mit neckenden Fingernägeln über seine Narbe. Jetzt floss ihr Atem über die zarte Haut oberhalb seines Kragens. Er beherrschte sich und las weiter und freute sich auf die Autofahrt, auf den Geruch im Flur seines Hauses.

Nach dem Brief blieben zehn Minuten für einen letzten Abschied. Er dimmte das Licht und kehrte an seinen Platz beim Vorhang zurück. Die meisten Trauergäste zogen ihre Jacke wieder an und wandten sich zögernd den Schiebetüren zu, manche schauten sich noch einmal kurz um und nickten in Richtung des Sargs.

Eine breitschultrige Frau ging als Einzige nach vorn. Schwarze Spitze auf Seide, tränennasse Wangen und ein zerfallendes Lächeln. Sie berührte mit einer Hand das Furnier, streichelte auf Höhe des Gesichts.

Dann drückte sie einen Kuss auf ihre Handfläche und legte sie wieder auf den Sarg. Am Ausgang schien niemand auf sie zu warten.

Manchmal zogen sich die Trauerfeiern in die Länge, dann warteten die Reinigungskräfte in der Spülküche der Cafeteria. Der Neue, ein sechzehnjähriger Junge, öffnete die Tür einen Spalt und schaute hinaus in den Flur. Es war niemand mehr da, und so nahmen sie ihre Sachen und machten sich ans Werk.

Im großen Saal stand noch ein Sarg. Sie versammelten sich darum. Der Junge wurde losgeschickt, um Hilfe zu holen, doch er kam allein zurück, sie waren die Einzigen im Gebäude. Jemand hatte eine Flasche dabei, und sie ließen sie herumgehen, alle tranken, auch die Frauen, und sie prosteten dem Sarg zu. Danach stapelten sie die Stühle aufeinander und weckten mit einem Tritt ihre Staubsauger.

Später würde der Junge sagen, dass es vom Alkohol gekommen sei, von den Flaschen, die jemand irgendwo im Gebäude vergessen habe, und von der Freude darüber, endlich Feierabend zu haben, jedenfalls schoben sie nach getaner Arbeit den Sarg ins Freie. Sie wussten nicht, ob ein Mann darin lag oder eine Frau, aber jeder Tote verdiente einen letzten Gang. Sie sangen, jeder in einer anderen Sprache, wegen des Autolärms reichten ihre Stimmen nicht weit, es war ihre eigene Feier.

Die krummen Weiden am Straßenrand wurden zu einem Ehrenspalier, und sie alle spürten die Erregung und Freiheit eines festlichen Umzugs. Sie wechselten sich neben dem Sarg ab, schienen zu tanzen, und der Junge hoffte, es möge immer so sein.

Zwei Frauen zwischen dreißig und vierzig, so genau konnte er das noch nicht schätzen, zogen ihn an sich, holten ihn aus der Gruppe heraus, umarmten ihn, ließen ihn ausgelassen ihre Körper fühlen, und der Junge, benommen vom Alkohol, doch dann gierig erwachend, überließ sich ihrem Reiben und Streicheln, er spürte einen Kuss, den Hauch einer Zunge, er hatte schon vieles gesehen, doch nur wenig berührt, erlebte seine Lust vor allem in Träumen, Träumen, die ihn später in seinem Zimmer wieder zu den üppigen Körpern dieser beiden Frauen treiben sollten, um sie endlich zu besitzen, schamlos, mit dem Mut der Träume, und so speicherte er Bild und Geruch, von Hals und Haar, von ihren glänzenden Lippen und geschminkten Augen, die Freimütigkeit ihrer unerwarteten Griffe, ihre Brüste, die von seinen Armen hochgedrückt wurden, das Stöhnen in seinem Ohr, wenn auch er fest zupackte, ihre Bäuche und Hüften, die wie Mütterhände über seine Erektion rieben, und er achtete darauf, dass ihre Aufmerksamkeit nicht nachließ, dass er ihr Spiel richtig deutete, doch sie gaben ihn diesen ganzen langen Moment nicht frei, weder die Dunkelhäutige mit dem hochgesteckten Haar, die seine Hände an ihren Hintern führte, noch die Ältere, die sich ihm lächelnd anbot für einen der kommenden Tage und seine Wangen streichelte, ein Versprechen so viel bindender als jede Tat.

Die Zeit verging, doch nichts verlosch, die Stadt, in der allmählich die Lichter aufleuchteten, war immer näher gekommen. Sie gingen die Straße entlang, vorbei an den letzten Feldern, dem Kanal und den ersten Häusern, bis sie durch Passanten und einen zufällig entgegenkommenden Polizisten aufgehalten wurden.

Aber ihre Tote hatte noch ein Mal den Mond gesehen, noch ein Mal die Menschen draußen auf der Straße gehört.

49

Dieser letzte Brief.

Er schrieb, dass er danach immer noch im Hotelzimmer geblieben sei – warum er ihr das nie zuvor erzählt habe, wisse er nicht – und dort inmitten ihrer Flecken und sonstigen Spuren die Nacht verbracht habe. Das Bad, wo die weißen Handtücher zusammengeknüllt auf dem Boden lagen, der Spiegel, von dem er sich nicht trennen konnte, als hätte er noch nicht genug geredet, noch nicht genug gehabt von der Gegenwart eines anderen im Raum. Er sog den Duft der Laken, der Kissenbezüge ein.

Säuberliche, gerade Zeilen und eine ebenso ordentliche Handschrift, so rund und deutlich für einen Mann. Dass er mit geschlossenen Augen auf ihr Kissen ejakulierte, über den Traumresten ihrer Brüste, Achseln und Haare.

Dieser späte Brief, so lange nach jener Zeit.

Tessa und Marius.

Marius und Tessa.

48

Jedes Jahr mehr Körper, jedes Jahr mehr gefangen. Doch darüber wollte sie jetzt nicht nachdenken. Sie lag bequem und still, und was machte es schon aus, wie sie die Hände hielt oder welche Farbe die Decke hatte. Es war hell, ein Fenster stand offen, sie roch Metall in der Luft, Sonne auf Teer, auf dunklen, heißen Dächern.

Über alles zu lange nachgedacht. Eine Situation, die nicht mehr ohne Zweifel oder Widerspruch existieren konnte. Liegen, vielleicht doch jemanden rufen, die Zeit falsch eingeschätzt, nicht immer auf die Uhr sehen, an Marius denken und an Onno, wie ein Kind, das Kind, das sie zu werden drohte.

Sie trank einen Schluck Wasser, stilles, kaltes Wasser, das hatte sie so vereinbart; was sie trinken wollte und noch vieles mehr hatte sie angekreuzt, der letzte Anblick, die letzte Mahlzeit. Wie hatte man das früher gemacht? Bei ihrem Vater hatte sie es miterlebt, sein Mund, der plötzlich wie gebrochen herabhing, die gelbliche Hautfarbe. Sie hatte um offene Vorhänge gebeten und um Musik, aber sie wartete auf den richtigen Zeitpunkt, sie würde etwas spüren, und dann bliebe ihr noch ein Moment, lange genug.

Ihr Vater hatte nach dem Tod ihrer Mutter noch neun Jahre gelebt. Mit jedem Jahr mehr die Bürde des Einzelkinds. Zum Glück war er reich, sie nahm an, dass er hin und wieder Gesellschaft suchte, aber er versicherte ihr, dass ihre Gesellschaft für ihn das Wichtigste blieb. Über seine ersten Aussetzer hatte sie hinweggesehen, bis sie endlich anders mit ihm umzugehen wagte, ihn nicht mehr als ihren Vater sah, sondern als einen armen, alten Mann. Er ging verloren, wurde zu einem Gast in seinem eigenen Haus. Betreuung, Pflege, immer wieder andere Namen und Gesichter, sie half beim Einrichten seines neuen Zimmers. Während sie ihren Vater besuchte, dachte sie an Marius. Sie nahm Fotos mit und später nicht mehr, sie erzählte Geschichten – über seinen Urlaub mit Freunden damals in Nizza, darüber, wie er seine Frau kennengelernt hatte – und später nicht mehr.

Ihre Betreuerin kam ins Zimmer, sie kannten einander seit fast einem Jahr, hatten sich beraten in gemütlichen Besprechungsräumen, die in gedeckten Farben gestrichen waren, ein Mal sogar bei ihr zu Hause. Amy hieß sie, und mit Amy hatte sie den Vertrag für dieses Eckzimmer mit der hohen Decke und dem Blick auf die Bäume abgeschlossen. Eine Frau mit klaren Konzepten im Umgang mit anderen und einer Wohnung, die jederzeit auf Gäste eingerichtet war, oder eine stets freundliche, positive Frau, die sich nicht im stillen Ignorieren ihrer Gegner gefiel und zu viel ungetragene Kleidung im Schrank hatte – so hätte sie Amy beschrieben.

Liegst du bequem, Tessa? Ist alles gut so?

Ja.

Ich mache gleich die Flurschleuse zu, dann kannst du …

Amy flatterte mit zwei Fingern vor den gespitzten Lippen, es auszusprechen wäre obszöner gewesen als die Geste.

Sie wusste, dass nur wenige Menschen dies allein taten,

erst recht in solch teuren Zimmern, und sie merkte, wie auch Amy allmählich begriff, dass sie die letzte Person war, die ihre Klientin sehen würde. Amy wurde rot, lächelte, sie schien etwas sagen zu wollen, unterdrückte den Impuls jedoch genauso schnell wieder. Noch ein Lächeln, eine unbeholfene Geste – ein Winken vielleicht –, dann fiel die Tür mit einem Klicken ins Schloss.

Die Lüftungsgitter begannen zu summen. Sie seufzte, setzte sich ein wenig aufrechter gegen das Kissen in ihrem Rücken und nahm Zigaretten und ein Feuerzeug aus der Tasche ihres Morgenmantels. Die letzte Zigarette, von all ihren Entscheidungen für diesen Tag das teuerste Extra. Und wenn sie mit ihren Kippen den ganzen Laden in Brand steckte, sie würde rauchen, bis sie umfiel. Sie lachte laut auf und steckte sich eine Zigarette zwischen die Lippen. Der erste tiefe Zug ließ sie hochfahren, jagte ein Kribbeln durch ihre Fingerspitzen und Zehen. Es konnte losgehen.

Ein Vierteljahrhundert nach Marius. Sie mochte die Zahlen Sieben und Neun, und so wurde es der 7. September 2039. Irgendwo überwachte ein Monitor, ob sie noch atmete, sie wusste nicht genau, ob sie sie auch hören konnten.

Schwanz. Möse. Blasen. Fi-cken.

Wieder musste sie lachen, vielleicht eine Nebenwirkung des Mittels, vielleicht war das alles ja eine Halluzination, das Zimmer, das Bett, die Aussicht, Amy und ihr blasses Lächeln. Sie bereute, nicht doch einen jungen Mann genommen zu haben. Man, woman or beast. Nun kicherte sie wirklich. Sie hätte einen jungen Mann nehmen sollen, eine Stunde lang nur für sich. Er hätte sie in den Schlaf reiben, jetzt neben ihr liegen können, sein junger Kopf auf ihrer Brust. Sie hätte ihn dann noch kurz nackt sehen wollen, beim Baden oder hier im Zimmer, hätte seine Hüften berührt, auf beiden Seiten die flache, abfallende Kuhle zwischen Bein und Bauch. Zum letzten Mal ein Schwanz, die zarte Haut, die Erregung, dieses pralle Leben. Sie fragte sich, wann sie einschlafen würde.

Noch eine Zigarette. Sie schaltete das Gerät ein, suchte nach Marius' Stimme. Eine seiner Kolumnen, vor vierzig Jahren im Radio gesendet. Sie wusste, wann seine Stimme zu trocken wurde, wann er stockte, wann er, froh darüber, dass der Text bald zu Ende war, kraftvoller und besser zu lesen begann. Sie lauschte, die ersten Worte, die nervöse Einleitung, die Anekdoten, die sie immer so streng kritisiert hatte, er atmete nicht tief genug ein, wodurch der nächste Satz ins Stolpern zu geraten drohte, sie drehte den Ton leise, schaltete das Gerät wieder aus.

Still, trotz der offenen Fenster. Sie wurde müde. Sie hatte keine Fotos mitgebracht. Niemand sollte ihr zusehen. Wenn man sich an Licht festhalten konnte, an dem Licht, das sich über die Buckel ihrer Füße, über die Decke breitete, dann hielt sie sich jetzt an Licht fest.

Marius schlafend an einem Tisch, den Kopf auf den Armen, ein junger Mann, ein junger Marius mit grauem Haar und Falten um den Mund, jung und alt, zu Hause und nicht zu Hause, vertraut und fremd, sie merkte, dass sie einen Traum betreten hatte, und Marius schlief, und alles an ihm war ruhig, wenn er zu lange so liegen blieb, würden seine Arme zu gefühllosen Stöcken werden, aber sie konnte ihn nicht wecken, denn dann würde er erschrecken, sie ließ ihn ausruhen, ließ ihn weiterschlafen, dann war da ein Fenster, und Onno winkte, es schien ihr die Moddermanstraat zu sein, die alte Wohnung, sie ging hinauf zu Onno, Treppen und Flure, es dauerte zu lange, schleppende Schritte und immer weniger Licht, sie war wieder draußen auf der Straße, fuhr Fahrrad, vorbei an den am Bürgersteig parkenden Autos, fuhr unter den Bäumen der Stadt dahin, dann die Angst, von etwas wegzufahren, das übermächtige Gefühl, dass sie zurückmusste, umkehren, zurück zu dem Fenster und zu Onno, selbst wenn sie nur zurückwinken könnte, doch was sie auch versuchte, es schien unmöglich, das Fenster war unauffindbar geworden, in einen Traum eingreifen, das wusste sie, das wusste jeder, in einen Traum eingreifen bedeutet wach werden, die Augen zukneifen und im Bett hochschrecken oder weiterfahren, so klar war ihre Überlegung, und sie beschloss, ein Risiko einzugehen, fuhr, ohne die Pedale zu berühren, glitt weiter unter den Bäumen dahin, löste die linke Hand vom Lenker, griff nach hinten, und sie schlief weiter, schwebte weiter über die Straße, und sie erkannte, dass sie es schaffen würde, dass sie genug Zeit hatte oder bekommen hatte. Sie tastete nach hinten, bis sie ein Kinderbein spürte, Onnos Bein in dem kleinen Fahrradsitz hinter ihr, den gerippten Stoff seiner Hose, sie fühlte, dass er seine Gummistiefel trug, streichelte das Knie, die Wade, es dauerte alles lange, so lange, und nachdem sie durch ein Schlagloch gefahren waren, konnte sie ihn endlich hören, er kicherte aufgeregt hinter ihr, während sie sein Bein festhielt, da kommt noch eins, rief sie, und es kam noch eins, und danach sah sie eine Steigung, und sie spürte Onnos kleine Hände in ihrem Rücken, es funktionierte tatsächlich, seine Hände schoben sie an, sie wurde schnell und stark, und sie erreichten die Kuppe, dann die Abfahrt, und sie blickte sich nicht um, sondern fasste nach hinten, der Stoff seiner Winterjacke, der Bauch darunter.

Alles zu gelenkt, zu zielgerichtet. Hustend wurde sie wach. Es lag an diesem Zeug, das sie ihr gegeben hatten. Sie hatte es angekreuzt, weil sie dachte, dass es nicht wirken würde. Und jetzt hatte sie sowohl Marius als auch Onno gesehen. Sie ärgerte sich über die Bequemlichkeit ihrer Sehnsüchte, sie zitterte und schluchzte, doch dann die Erkenntnis, dass dies ihre letzten Tränen waren, und sie atmete tief durch und trocknete sich die Augen. Irgendwo neben ihrer rechten Hand war ein Alarmknopf in den Bettrahmen eingelassen. Sie hörte einen Vogel, den suchenden, zwitschernden Kinderruf einer Amsel nicht weit von ihr entfernt, vielleicht sang sie vom Dach herab. Orangefarbener Schnabel, gläserne Augen. Der Schwarzkopf singt. Wurmfresser.

Die Baumwipfel waren noch grün, borstige, zur Sonne hin gekrümmte Zweige mit jungen, geschlossenen Tannenzapfen, aber schon dicht darunter verdorrten die Stämme rasch, bis sie von unten kaum mehr Bäumen glichen, sondern versengten Pfählen. Hier und dort standen niedrige, ungleichmäßig abgehackte Stümpfe. Auf den braunen Waldboden fiel nur wenig Licht.

Sie war allein. Sie versuchte, etwas zu riechen, doch nichts drang zu ihr durch. Sie bückte sich, fuhr mit den Fingern durch die trockene Nadeldecke, spürte das Piken und war beruhigt, doch mehr wollte sie nicht ausprobieren. Sie richtete sich wieder auf und lief los. Ein Verlangen nach Licht, danach, den Himmel zu sehen.

Es war nicht weit. Die Sonnenstrahlen flackerten immer weniger, fielen immer gleißender zwischen Zweigen und Stämmen hindurch, bis sie vor sich eine freie Fläche sah und merkte, dass sie plötzlich schneller lief. Sie erreichte den Waldsaum und blickte über eine Sandverwehung. Niedrigere, noch trockenere Bäume lagen in ausgedörrten Kreisen über den sanften gelben Hügeln verstreut. Dunkle Büschel Silbergras, dunkle Flecken abgestorbenen Heidekrauts. Sie hatte keinen Durst, verspürte weder Hunger noch Schmerz. Sie lief weiter.

Die Sonne stand hoch, ihr Schatten war kurz und scharf umrissen. Sie wusste, wo sie war, und fragte sich, ob sie noch Menschen sehen würde. Ihre Eltern, umringt von Essen und Trinken auf einer alten Decke im Schatten eines verdorrten Baums. Sie hielt nach ihrem Vater Ausschau, der zum blauen Himmel hinaufwies, wo eine Lerche sein sollte. Sie horchte. Aber sie konnte niemanden entdecken, die Landschaft blieb frei von Menschen und Stimmen. Ihre nackten Füße hinterließen Spuren, sie schaute sich um und sah den Weg, den sie vom Waldrand her zurückgelegt hatte.

Im Zickzack lief sie von Schatten zu Schatten, doch sie hörte damit auf, als sie merkte, dass die vom Himmel herabstrahlende Hitze sie nicht erreichte, sie nicht so benommen machte wie sonst. Sie ging wieder geradeaus, vermisste den Geruch von Sonne auf Harz.

Es war kein zielloses Umherirren. Hinter dem Sand kam ein breiter Streifen niedriger Bäume in Sicht, die weniger dicht standen als zu Beginn. Ihre Schritte trafen auf festeren Boden, zerdrückten Heidekraut.

Wind. Weiße Birkenrinde, Grün tauchte zwischen den

Bäumen auf, hohe, wiegende Halme. Der Boden wurde feuchter, gab federnd nach. Sie ging weiter, an kleinen Senken und Baumstümpfen vorbei, dann an einem Gerüst aus Zweigen, das an einem Baum lehnte, das längst verlassene Werk von Kindern, hier war seit Langem niemand mehr gewesen, auch sie nicht, und die Sonne und das Blau des Himmels, die zuvor fast ungehindert durch das Blätterdach gedrungen waren, schimmerten nur noch undeutlich, bis sie auch das Ende dieses Waldes erreichte, die Birken endeten, Heidekraut und Schilf einen neuen Saum bildeten und sie auf das erste Wasser blickte. Ihre Füße versanken in warmem, sumpfigem Gras.

Der Horizont lag hinter den Bäumen, aber er war da, direkt vor ihr, wo sich die Wolken grau und dunkel auftürmten. Sie ging weiter, hinein ins Wasser. An dieser Stelle war es nicht tief, der weiche Boden verlangsamte ihre Schritte, ihre Bewegungen wirbelten Schlamm auf, und sie konnte ihre Beine nicht mehr sehen. Sie wollte die Mitte des kleinen Sees erreichen.

Die dichten Wolken näherten sich dem Ufer. Sie hatte es fast geschafft.

Der Apparat gab ein Geräusch von sich, aber nicht hier, das Signal für ein versagendes Herz erschallte in einem fensterlosen Raum irgendwo im Keller. Eine junge Frau notierte die Uhrzeit, wartete noch fünf Minuten. Dann schob sie den Stuhl zurück und streckte sich. Ihre langen knochigen Arme reckten sich nach der niedrigen Decke, ihre Ellbogen knackten. Sie gähnte geräuschvoll, spürte ihre trockene Kehle.

Jeden Tag im Dunkeln unter diesen Lampen, ihre Haut fühlte sich matt und trocken an, zu Hause in ihrem unbarmherzigen Spiegel schien sie das Fahle nicht mehr loszuwerden. Sie stand vom Tisch auf und dachte an das Wetter draußen, an die kürzer werdenden Tage, hier drinnen hatte sie nichts von der trügerischen Jahreszeit, diesem späten Sommer. Sie freute sich auf den Winter, ertrug ihre Arbeit im Düsteren leichter, wenn es keine Sonne mehr gab, die sie vermissen konnte, wenn es allen gleich erging an dem langen, trüben Tag. Sie sah sich selbst draußen auf der Straße.

Die Lichterketten vor den Geschäften, die Wärme, die aus offenen Türen drang.

47

Für eine alte Frau war es schwer, etwas zu verbrennen. Drinnen war es unmöglich, erst recht im luxuriösen Ambiente ihrer letzten Unterkunft. Sie hatte zu lange gewartet, jetzt musste sie das Risiko eben in Kauf nehmen.

Sie ging in den Park, in ihrer Umhängetasche das Manuskript und ein dermaßen altes Feuerzeug, dass es mittlerweile schon nicht mehr legal war. Sie hatte alle Dateien gelöscht oder vernichtet, dieser dicke Stapel Papier war das Letzte, was noch übrig blieb. Die Sonne schien, ein Loch im Boden würde genügen. Aber das schöne Wetter hatte die Leute in den Park gelockt, nirgends war es ruhig und einsam genug für ein unauffälliges Feuer.

Es war zu spät Sommer geworden, die halb nackten Körper auf den Decken oder im bleichen Gras hatten etwas Getriebenes, Verzweifeltes. Sie betrachtete die jungen Mädchen, manche mollig, andere schlank, die in Jeans und Bikinioberteil Wein tranken, etwas aßen oder neben ihrem Freund lagen, einen Arm über seinen nackten Bauch gebreitet. Manche von ihnen hatten schwere Brüste, die im Takt lebhafter Gespräche hin und her schwangen, sie war neidisch, und doch schaute sie unverwandt hin, versuchte junge Männer zu ertappen, die mit leicht geöffneten Lippen reglos und grimmig starrten und zornig vor sich hin träumten.

Sie saß auf einer Bank und begann sich Sorgen zu machen,

dass der Fußweg zurück zu anstrengend werden könnte. Vor ihr trat ein Vater einen aufblasbaren Ball zu seiner vier- oder fünfjährigen Tochter. Sie hoffte, der Ball würde nach einem Fehlschuss auch einmal in ihre Richtung rollen, damit sie dem Mädchen ein Lächeln oder eine andere schüchterne Reaktion entlocken könnte. Aber das Spiel der beiden war ruhig und heiter, und nach ein paar Minuten setzten sie sich auf eine Decke, und der Vater öffnete eine Tüte mit belegten Broten. Sie sah zu, wie der Mann und das Mädchen aßen und danach etwas tranken und inmitten von Büchern und Spielzeug im Schatten eines Kastanienbaums vor sich hin dösten.

Noch ein letztes Stück zu der hoffentlich verlassenen Wiese hinter dem Spielplatz, dann würde sie aufgeben. Auf halber Strecke kam sie an einem Mülleimer vorbei, und ihr geplantes Opfer erschien ihr auf einmal albern, dunkel und primitiv. Sie lachte und öffnete ihre Tasche.

Sie quetschte das Manuskript zwischen zerdrückte Becher und feuchte Verpackungen. Da lag es gut, niemand würde es herausfischen. Ein Mal energisch die Hände reiben, das war das einzige Ritual, das sie sich zugestand. Dann folgte sie dem Weg zum Ausgang, vorbei an den Möwen am Wasser und den Kindern, die das Radfahren lernten, und sie überlegte, was sie an diesem Abend essen sollte.

46

Niemand wollte ihre Bücher haben, auch Billie nicht. Meter um Meter hatten sie sich in ihrem kleinsten Zimmer angesammelt. Es war lange her, seit sie zum letzten Mal in eines davon hineingeschaut hatte. Aber sie durften nicht weg, sie gehörten dorthin.

Sie hatte beschlossen, ihre letzte Woche in einem Hotel zu verbringen, in einer Suite mit Balkon. In einem flauschigen Herrenbademantel, der bis auf den Boden reichte, blickte sie mit nassem Haar rauchend über die Stadt. Die Hände auf der kühlen Balustrade, unter ihr Straße und Wasser, das metallische Klingeln vorbeischeppernder Straßenbahnen, gestikulierende Passanten, der sanft wogende Fluss, Straßencafédüfte und unerwartete Kinderstimmen. Jemand schaute hoch, sah sie und winkte, sie winkte zurück. Dann drückte sie den Stummel aus und ging hinein, um sich anzuziehen.

Billie saß ihr gegenüber, auf dem Tisch zwischen ihnen stand eine geöffnete Flasche. Champagner, sonst nichts. Sie trank krampfhaft, genau wie Billie nahm sie tiefe Züge aus hohen Wassergläsern. Billies Vorderzimmer mit Blick auf die einsame Gracht.

Ein Fremder wird dich anfassen. An dir herumhantieren. Die brechen einem die Arme, wenn sie einen aus den Kleidern zerren.

Ich kann mich noch sehr gut selbst ausziehen.

Danach meine ich.

Danach merke ich nichts mehr davon.

Dann liegst du da allein, mit offenen Augen. Niemand wird sie schließen.

Die brauchen auch nicht geschlossen zu werden. Ich habe keine Angst.

Ich schon, und ich zähle doch auch.

Sie erschrak, wollte es sich jedoch nicht anmerken lassen, und sofort überkam sie die Rührung, weil Billie so freiheraus gesprochen hatte. Der Unterschied, der dadurch offenbar wurde. Mehr als sie hatte sich Billie für einen anderen Menschen geöffnet. Nach der Überraschung das Bedürfnis, Billie für ihre Freundschaft zu danken, für all ihre Geduld und den Trost, die sie einer garstigen Frau schenkte, die so wenig von beidem zurückgab. Aber sie riss sich zusammen, schützte sich, verengte den Raum für Reue. Billie hatte recht, doch alles war schon zu weit gediehen, um das zuzugeben. Dumpfe Geräusche drangen durch die Wände, das leise Dröhnen von Musik.

Hatten die Leute nebenan etwa Kinder?

Bleib hier. Du kannst bei mir übernachten. Ich lasse deine Koffer holen, und dann schläfst du einfach hier, im Wohnzimmer, auf dem Speicher, in der Küche, wo du willst. In meinem Zimmer.

Nicht in der Küche. Das ist lieb von dir, aber ich bleibe, wo ich bin. Es ist ganz in der Nähe.

Da bist du allein, hier nicht.

Ich lebe seit fünfundzwanzig Jahren allein. Moment mal, darf ich dann hier rauchen?

Tessa, du blöde alte Kuh.

Nicht einmal jetzt willst du mit mir rauchen?

Nein, nicht einmal jetzt.

Wir müssen mehr trinken.

Sie hob die Flasche, und Billie streckte ihr das Glas entgegen. Danach schenkte sie sich selbst nach.

Wo sollen wir heute Abend essen gehen?

Zu schade, dass ich Marius nie kennengelernt habe.

Das hast du schon öfter gesagt. Du hast viele Leute nie kennengelernt. Marius nicht, Onno nicht. Paul. Ich kenne deine Eltern nicht. Als wir uns begegnet sind, lebten sie noch. Und dein Bruder. Keine Ahnung, wie der aussieht.

Da hast du nicht viel verpasst.

Ein Krankenwagen fuhr vorbei. Sie sah zu Billie auf, die zurückstarrte, den Blick nicht abwandte. Danach Trinken, Schweigen, Sehen, wie entlang der Gracht die Lampen angingen.

Ich habe etwas für dich.

Billie stand auf, vorsichtig wegen des Champagners, sie stützte sich mit einer Hand auf dem Tisch ab und atmete durch die Zähne ein. Dann zog sie ihre Kleidung gerade und richtete die Klammern in ihrem glatten Haar.

Ich werde kahl. Das hätte ich mir denken können, mein Großvater mütterlicherseits hatte mit vierzig schon keine Haare mehr. Die Hormone haben es zum Glück noch eine ganze Weile hinausgezögert.

Hör auf zu jammern. Mir sind schon die ersten Haare ausgefallen, bevor ich sechzig war, und ich war nie ein Mann.

Sie hievte sich nun ebenfalls aus ihrem Sessel hoch und lachte darüber, wie viel Mühe es sie kostete, lachte über ihre zitternden Arme auf den Lehnen, ihr Ächzen. Als sie endlich aufrecht stand, breitete sie die Arme aus wie ein Athlet nach dem Sprung. Billie klatschte.

Komm, du verrücktes Huhn, wir gehen in den Keller.

Im Souterrain lag Billies Arbeitsraum, das Wort Atelier erschien ihr dafür übertrieben. An der schmalen Treppe nach unten bemerkten beide, wie auch die andere zögerte, und sie lachten.

Ich gehe vor, stütz dich ruhig ein bisschen auf mich.

Sie legte eine Hand auf Billies breite Schulter, und gemeinsam knarzten sie Stufe für Stufe nach unten.

Es roch nach einer chemischen Substanz, Billie knipste das Licht an, und flackernd kamen Gestelle mit Gemälden darauf zum Vorschein.

So viele. Du arbeitest zu viel.

Die meisten müssen nur gereinigt werden.

Arbeitest du immer noch abends?

Morgens schlafe ich.

Du bist sechsundsechzig.

Und du achtzig …

Neunundsiebzig. *In keinem Traum ist man je achtzig.*

Wann hast du denn jemals aufgehört zu arbeiten? Und jetzt sei still, sonst war's das mit der Überraschung.

Einige der Arrangements hatten etwas Medizinisches, ein Labor mit Lampen und Mikroskopen. Sie betrachtete die Leinwände, die ungerahmt an Staffeleien lehnten und auf Tischen lagen. Nichts Großes, alles hatte Zimmerformat. Ein Seestück, ein Stillleben mit Glas und Damast, ein breites Gemälde in biederen roten, braunen und blauen Pinselstrichen.

Welches ist schwieriger, das oder das?

Tu nicht so, als wärst du noch nie hier gewesen. Das meiste sind Erbstücke, das weißt du doch. Ein bisschen was für Museen. Die Erben wollen es billig haben. Das Braun-Blaue da gehörte einer Oma und muss nur für die Schätzung ein bisschen aufgefrischt werden.

In einem freien Bereich im hinteren Teil des Souterrains stand eine von ihnen abgewandte Staffelei mit dem größten Gemälde im Raum. Sie ging darauf zu und entdeckte Vermerke auf dem Rahmen und der rohen Leinwand.

Das ist Deutsch.

Das ist die Überraschung.

Sie warf Billie einen Blick zu und ging um die Staffelei herum.

Billie, du Miststück.

1907 starb Paula Modersohn-Becker, neunzehn Tage nachdem sie ihr einziges Kind, eine Tochter namens Mathilde, zur Welt gebracht hatte. Sie klagte über Schmerzen in den Beinen, der Arzt riet ihr zu Bettruhe. Auf einem Foto vom Wochenbett liegt Mathilde, klein, zerbrechlich und mit geschlossenen Augen wie jedes andere Baby, auf der Brust ihrer Mutter. Da war Paula einunddreißig. Sie gehörte zu den großen Malern am Beginn dieses großen, toten Jahrhunderts. Neunzehn Tage lag sie unter den klammen Decken, ohne die Beine zu bewegen, bis der Arzt ihr endlich erlaubte aufzustehen. Paula stand auf, doch eine plötzliche Embolie zwang sie, sich wieder hinzusetzen. Sie spürte, dass ihr nur wenig Zeit blieb. Und verlangte nach Mathilde.

1906, ein Jahr vor ihrem Tod. Eine nackte Frau, seitlich auf dem Boden liegend, die Arme um einen Säugling geschlungen. Ihre Augen sind geschlossen, sie scheint zu schlafen, von dem Kind sieht man einen Teil des Hinterkopfs, es liegt behütet, geborgen. Klobige, schlichte Figuren, eine Mutter mit ihrem Kind.

Unverwandt starrte sie das Gemälde an, den Nabel, den breiten Warzenhof, die Initialen in der Ecke.

Ist das echt?

Ich kenne den Direktor. Wir sind einmal bei einem Empfang in Bremen als Letzte übrig geblieben. Daran hat er sich erinnert, und irgendwann haben sie dann dieses Bild vorbeigebracht. Weißt du noch, wie ich damals den de Hondecoeter machen musste? Das hier macht mir viel mehr Angst.

Kann ich mir vorstellen.

Billie trat hinter sie.

Ich habe noch nichts daran gemacht. Alles, was jetzt damit passiert, bekomme ich leicht wieder weg.

Was meinst du damit?

Aufgehängte Gemälde, unerreichbar an hohen weißen Museumswänden, waren in ihren Augen schon immer Farbverschwendung gewesen. Billie wusste das. Warum sollte ein Maler Materialien verwenden, die sich wölben und rollen, die Risse bekommen und trockene Falten werfen, wenn nicht, damit man sie berührt?

Ist es so? War es bei dir so?

Es war auch so. Ich weiß es nicht. Das ist lange her.

Es sieht so schön aus. Heilsam.

Es ist ein Moment.

Es ist mehr.

Du hast recht. Es ist mehr.

Du hast es erlebt.

Das ist ein Bild. Und so viele Frauen haben das erlebt. Ich nicht.

Heutzutage wäre das auch anders.

Ich hatte noch ein Jahr, um alles zu regeln, und dann haben sie die Vorschriften geändert.

Sie drehte sich zu Billie um und nahm sie in die Arme.

Hey. Es bringt nichts, dem nachzutrauern. Das weißt du doch, oder?

Was hätte ich denn auch mit Kindern anfangen sollen? Eine alte Schwuchtel auf Hormonen. Das ist deine Schuld, du mit deiner letzten Woche. Ich habe Angst. Ich bleibe zurück.

Welchen Gedanken wählen für diese Frau, die plötzlich eine Wange auf ihre Schulter sinken ließ und schluchzte wie ein trauerndes Kind.

Weißt du noch, wie du mir erzählt hast, dass du so lange über deinen neuen Namen nachgedacht hast? Du hast eine gute Wahl getroffen. Ich habe dich nie als jemand anders gekannt. Du bist eine Frau, Billie, und meine beste Freundin.

Billie machte Anstalten, sie loszulassen, aber sie hielt dagegen, hielt Billie fest und sah vor sich zwei runzlige alte Schachteln in trunkener Umarmung, ihre Finger streichelten den Stoff von Billies Strickjacke, die Arme, den Rücken, sie merkte, dass sie beschwichtigende Laute von sich gab, Billies Duft nach Haarlack und aufgeplatztem Obst, darunter der vertraut schale Geruch, der von ihrem Nacken und Hals aufstieg. Endlich gab sie Billie frei, die sich die Augen trocken wischte, wodurch ihre Wangen nur noch schwärzer wurden.

Ich sehe bestimmt furchtbar aus. Ich gehe wieder nach oben.

Du weißt, was ich tue, wenn du mich hier allein lässt.

Ich weiß, du drohst jedes Mal damit. Aber heute ist es okay. Das ist mein Ernst. Du darfst.

Warte. Nein. Das traue ich mich nicht.

Dann traust du dich eben nicht, aber du darfst es tun. Lass dir Zeit. So viel du willst.

Schwankend, aber entschlossen schlurfte Billie zur Treppe, ohne sich noch einmal nach ihr umzusehen.

Sie trat einen Schritt näher. Ihre Hände zuckten nervös an ihrer Hüfte, Daumen und Zeigefinger rieben hektisch gegeneinander, als zählte sie in Gedanken einen großen Geldbetrag. Sie ging immer näher an das Gemälde heran, bis sie die Leinwand roch, die matte Schicht aus Ruß und Feuchtigkeit von all den Jahren, die es an der Wand gehangen hatte. Ihre Hände zitterten, sie kontrollierte die Länge ihrer Fingernägel, bereute den Champagner.

Seltsam, wie real alles wurde. Sie wagte nicht, die Füße der liegenden Frau zu berühren, weil sie glaubte, es würde kitzeln und das Baby aufwecken. Sie schloss die Augen, atmete ein paarmal tief durch.

Sie begann am Bauch. Zog vorsichtig eine Linie zum Nabel, der Bauch war noch schlaff, hatte sich noch nicht wieder von der Schwangerschaft erholt, von diesem Kind, das schwer und lange ein Haus aus Haut beansprucht hatte. Ihre Finger wanderten weiter, berührten das Schamhaar, sie schloss die Augen und fühlte etwas Raues, Glattes, und sie schämte sich und horchte auf das Knarzen der Treppe. Als sie die Augen wieder öffnete, war ihre Hand auf der Leinwand zum Boden geglitten und lag im Schatten eines Oberschenkels.

Das Kind, der kühle, raue Boden, sie legte ihre Finger auf die gemalten Finger, streichelte den Hintern des Kinds, die fleischigen Schultern, das sichtbare Stück Kopf, sie zeichnete Kreise um den Warzenhof, bedeckte die ganze Brust, dann die Hüfte, sie strich über den blauen Hintergrund, es klang wie ein Kratzen.

Billies Schritte über ihr. Mit beiden Händen fuhr sie von der linken oberen Ecke zur rechten oberen Ecke, danach in einer etwas tieferen Bahn wieder zurück, alles fühlte sich alt und glatt an, sie konnte nichts mehr auslassen.

Danach Erschöpfung, ein dröhnender Kopf, Tränen und Abscheu vor ihren faltigen Händen, die schon lange nicht mehr an einen Körper geführt worden waren. Alte Frau, es reicht.

45

Sie keuchte noch ein wenig, hustete ein paarmal. Die Laken hatte sie schon vorher von sich abgestrampelt, bald würde ihr wieder kalt werden, aber noch war ihr Körper weit weg, kraftlos wie in jenem gelähmten Moment kurz vor dem Erwachen aus einem intensiven Traum, egal, sie schwitzte, summte leise vor sich hin, das Zimmer kehrte zurück, die Bettsprossen, das Licht, das durch die offenen Jalousien auf ihre Beine fiel. Sie hielt kurz den Atem an und schloss die Augen, dann schob sie den Vibrator unter das Kissen.

Es war ein guter Orgasmus gewesen, lang und in mehreren Wellen. Sie hatte sich darauf gefreut, hatte sich Zeit dafür genommen. Sie legte die rechte Hand wie eine warme Mulde über ihre Vulva, so wie Marius es immer getan hatte. Ihre eigene Berührung war sanft und beschwichtigend, anders als bei Marius, der von der Handfläche bis zu den Fingerspitzen zärtlich, aber unerbittlich Anspruch auf sie erhob. Weniger Hunger und männliche Angst. Seine Art, zu ihr zu gehören, aber unvorhersehbar, keine regelmäßige Form von Vorspiel oder abklingender Leidenschaft. Sie vermisste seine Hand dort.

Ihre pochende Vulva beruhigte sich allmählich, und sie überlegte, ob sie es noch einmal versuchen sollte oder ob ein schwächerer zweiter Orgasmus nicht den überwältigenden Eindruck des ersten verwässern würde. Aber ihre Fantasie schien erloschen zu sein, der Fremde, der ihr in Gedanken so viel Lust bereitet hatte, war verschwunden, ihr wurde schon kalt. Sie stand auf und zog ihren Morgenmantel an.

Sie ließ sich ein Bad ein und floh vor dem lauten Rauschen des Wasserhahns aus dem Badezimmer. Sie setzte sich an den Tisch, zog den Bildschirm heran, um ihre Zeitung zu lesen, schob ein paar Seiten hin und her. Keine Konzentration, kein Interesse. Ihre Brustwarzen waren noch empfindlich, sie schob die Aufschläge des Morgenmantels ein wenig auseinander und massierte träge ihre Brüste.

Ihre Haut musste sich erst an das heiße Wasser gewöhnen, es brannte an ihrer Vulva und ihrem Anus, sie seufzte, versuchte, sich so lang wie möglich auszustrecken. Auf dem Boden stand ihr Tee, aber ihr war jetzt eher nach etwas Kühlem. Sie drückte den Schwamm über ihrem Gesicht aus, Wasser rann warm an Kopf und Lippen herab, wurde zu kühleren Tropfen am Kinn. An diesem Morgen war sie mit ihrer Arbeit gut vorangekommen, der Orgasmus war ihr Bonbon, ihre Belohnung. Nach dem Essen würde sie noch ein wenig arbeiten, nicht zu lange, eine halbe Seite, ein paar Hundert Wörter, nicht mehr zu viel für heute.

Sie musste pinkeln. Der Bademantel hing noch im Schlafzimmer, und sie wollte das Handtuch nicht nass machen. Sie stieg aus der Wanne, hinterließ nasse Fußspuren auf dem Weg zum Klo. Sie setzte sich hin, seufzte und pinkelte, kaltes Badewasser tropfte von ihren nassen Haaren unangenehm auf ihre Schultern, sie fröstelte. Ohne nachzudenken, griff sie nach dem Papier und fluchte, als sie merkte, dass sie die Rolle aufgeweicht hatte. Tropfen glänzten zwischen ihren Beinen, Badewasser, Urin, sie beschloss, dass es ihr egal war. Sie stand auf und zog ab. Gelassen schlurfte sie über den glatten Boden zurück zur Wanne.

Im warmen Wasser machte sich jede empfindliche Stelle ihres Körpers bemerkbar, sie atmete ein paarmal durch die gespitzten Lippen aus. Allmählich gewöhnte sich ihre Haut an die Hitze, das Brennen ließ nach, und sie glitt tiefer in die Wanne, bis ihr Kinn auf der Wasseroberfläche lag.

Sie versuchte sich das Gesicht aus ihrem Traum in Erinnerung zu rufen. Ein Taxifahrer, eine ihrer regelmäßigen Fantasien. Tagsüber hatte sie die Geschichte ausgeschmückt, bis ihre Hände nicht länger warten konnten. Ein junger, etwas verwegen wirkender Student, der sich etwas hinzuverdiente, fuhr sie durch die Nacht. Schweigend saß er hinter dem Steuer und sah hin und wieder im Rückspiegel zu ihr nach hinten. Sie erkannte die Straßen nicht wieder, machte eine Bemerkung darüber. Der junge Mann antwortete, dass er eine kürzere Strecke kenne, billiger, schneller. Er erzählte ihr von seinem Französischstudium, von den Büchern, die er las, immer wieder gelang es ihr, mit elegant eingestreuten, beiläufigen Hinweisen auf den Altersunterschied zwischen ihnen seinen Blick auf sich zu ziehen. Sie verließen bebautes Gebiet, fuhren hinein in die Dunkelheit, eine schwarze, von schemenhaften Bäumen gesäumte Strecke. Die Türen, auf die sie zuvor nicht geachtet hatte, waren abgeschlossen. Sie entschied je nach Zeit und Laune, wie lange sie diese Ungewissheit anhalten ließ, wie lange es dauerte, bis sie über die Motorhaube gebeugt wurde, ihre Brüste auf dem warmen Metall landeten und der junge Mann ihren wehrlosen Hintern anfasste. Sie war alterslos, aber wenn sie schätzen müsste, war sie Ende dreißig. Ein Alter, das eine Beziehung implizierte, einen erfahrenen Körper und noch stets die erregende Aussicht auf ein Kind. Heute hatte sie ihre Angst in die Länge gezogen, den Jungen fahren lassen. Erst als er ihre Hände hinter ihrem Rücken festhielt und sie ihn anflehte, nicht in ihr zu kommen, hatte sie ihren Orgasmus gehabt. Er keuchte, dass sie jetzt ihm gehöre, dass sie mit seinem Sperma in der Fotze zu ihrem Mann zurückmüsse. Nein, rief sie mehrmals. Die breite Seite ihres Vibrators bebte an ihrer Klitoris. Ihr Nein, die drängenden Stöße des jungen Mannes, unmittelbar davor schien in ihrem Körper für einen Moment alles unmöglich. Bis das Zittern des Vibrators die letzte Schranke vor dem Orgasmus einriss und sie mit einem lang gezogenen, aber kraftlosen Schrei auf ihrem Bett kam.

Sie spürte das Wasser kaum noch, es hatte die gleiche Temperatur erreicht wie ihre Haut, sie richtete sich auf und setzte sich auf den Wannenrand. Nahm den Rasierschaum vom gefliesten Kopfende. Schüttelte die Flasche, massierte ihre Oberschenkel, die fleischigen Bereiche um ihre Vulva. Sie spritzte sich etwas Schaum auf die Finger und schmierte die grauen Haare damit ein, bis sie vollständig unter der weißen Sahne verborgen waren. Dann griff sie nach dem Rasierer und tauchte ihn kurz ins warme Wasser. Das nahende Messer, etwas so Scharfes so dicht an ihrem Körper. Marius' Aufgabe. In den Hotels war das unmöglich gewesen. Selbst Paul hätte sich gewundert, wenn seine Frau von einer Verabredung zum Mittagessen an dieser Stelle rasiert zurückgekommen wäre. Aber später hatte Marius sie darum gebeten, und sie hatte es ihm erlaubt. Er ging dann immer wie ein altmodischer Barbier zu Werke, mit heißem Wasser, warmen

Handtüchern und einer ernsten, konzentrierten Miene. Zwischen ihren Beinen auf dem Badezimmerboden kniend, trug er den Schaum auf und rasierte ihr Schamhaar bis auf einen daumenbreiten Streifen weg. Danach das warme Handtuch, seine massierenden Hände und eine kühlende Creme für ihre gereizte Haut. Mit dem gleichen Ernst führte er sie anschließend zum Bett, wo sie seine Zunge spüren würde. Niemals strich er während oder kurz nach der Rasur mit dem Finger über ihre Schamlippen oder ihre Klitoris. Er wirkte so jungenhaft versonnen, dass sie ihn nicht zu stören, ihn um nichts zu bitten wagte, obwohl die unvorhersehbaren Bahnen des Messers sie so sehr ängstigten und erregten, dass sie seinen rauen, vom Schaum weißen Schwanz zwischen ihren Schenkeln spüren wollte. Er beherrschte sich jedes Mal, baute Lust auf. Männer und Rituale. Sie rasierte sich mit kurzen, gelassenen Zügen und bemerkte zu spät, dass sie zu viel entfernt hatte. Sie ließ sich in die Wanne gleiten, wedelte mit den Händen den Schleier auf der Wasseroberfläche weg, und ihre nackte Vulva wurde sichtbar. Das Seifenwasser brannte ein wenig. Sie war zufrieden.

Nach ihrem Bad wanderte sie im Morgenrock durch die Wohnung, die nicht so klein war, dass sie darin nicht herumstromern konnte, blieb vor dem Fenster stehen, schaute in der Küche hinaus auf den Balkon. Ihr wurde allmählich kalt, und sie zog eine bequeme Hose, eine Jacke und dicke Socken an. Dann setzte sie sich an ihren Schreibtisch und arbeitete lange und ohne Unterbrechung. Als sie weit nach Mitternacht aufhörte, fühlte sie sich kurzatmig und erschöpft. Sie war wütend auf sich selbst, weil sie vergessen hatte, etwas zu trinken, und den ganzen Tag über noch nichts Vernünftiges gegessen hatte. Ihr Kopf schwebte über ihren Schultern, aber sie wagte es nicht Schwindel zu nennen. Sie schaffte es ins Schlafzimmer und fiel auf ihr Bett. Eine Nacht, oder was noch davon übrig war, und einen ganzen Tag lang schlafen. Für einen Moment nicht mehr arbeiten. Sie atmete schwer und geräuschvoll, ihre Lungen fühlten sich an, als wären sie aus Jute.

Sie schlief ein, doch am nächsten Morgen war ihr übel, sie fühlte sich zittrig und bedauerte, dass Marius nicht mehr da war, um mit ihr zusammen zu arbeiten, in einem hellen Zimmer, beide an großen braunen Tischen, an denen sie schreiben würden, bis es dunkel wurde und die Rede auf Wein und Essen kam, durch die frische Luft zu einem schmalen Tisch an einer belebten Gracht, nicht zu viele Gläser, zwei Gänge und anschließend Arm in Arm nach Hause, um im Licht ihrer Schreibtischlampen weiterzuarbeiten, bis einer von ihnen als Erster aufgab und gähnend nach dem Bett verlangte, die Nacht in trägen, kichernden Umarmungen, bis sein Penis kurz vor dem Einschlafen warm und haarig an ihrem Hintern zur Ruhe kam.

Hinter den Vorhängen war es noch dunkel, sie fragte sich, wie spät es sein mochte, welcher Tag, fragte sich, ob sie in der Nacht schon einmal wach geworden war. Sie hörte sich selbst keuchen, spürte Angst. Ihre Hände entdeckten feuchtkalte Stellen auf dem Betttuch. Sie roch an ihren Fingern und schloss mit einer Grimasse die Augen. Mit fliegenden Lippen versuchte sie die Worte zu formen, die ein Zimmer für sie beide heraufbeschwören, die ihn zurückholen, wieder zu ihr zurückbringen würden.

44

Manchmal wurde es so schlimm, dass sie ihre Wohnung verließ und mit der Straßenbahn in die Stadt fuhr. Sie sah dabei niemanden an, ihr Blick war abwesend, ihre Gesten knapp. An der Haltestelle wartete sie neben einer Gruppe Schüler. Träumende Jungen und Mädchen, die nach in Schultaschen vergessenen Süßigkeiten und schmutzigen Kleidern rochen, umringten sie beim Einsteigen und rempelten sie an, sie zögerte, spürte ihre Ellbogen und Schultern, sie war unsichtbar und trotzdem berührt, sie schloss die Augen und brachte ihre hektische Atmung wieder unter Kontrolle.

In der Straßenbahn streifte sie mehrmals stehende Passagiere, entschuldigte sich, ohne aufzublicken, tat, als wollte sie zu einem Platz weiter vorn. Hinter einem hoch aufgeschossenen Mann in dunkelblauem Mantel blieb sie stehen. Er hatte eine lederne Tasche zwischen seine Beine gestellt und schwang in den Kurven mit, eine Hand an der hohen Stange, mit der anderen tippte er Nachrichten in sein Handy.

Sie kannte die Strecke, schob sich einen kleinen Schritt näher heran. Erst noch das gerade Stück, danach die sanfte Kurve, aber dann, gleich hinter der nächsten Haltestelle, die scharfe Biegung in die Sarphatistraat. Da an den einzelnen Haltestellen viel los gewesen war, hatte es der Fahrer eilig und ließ die Räder selbst auf den geraderen Abschnitten quietschen. Sie trat noch einen Schritt näher an den breiten dunkelblauen Rücken heran. Hinter ihr nahm eine Clique junger Mädchen immer mehr Platz ein, vierzehn, fünfzehn Jahre alt, dünne Winterkleidung, lebhaftes Gespräch, kippelige, schrille Stimmen, einige Leute schauten verärgert auf, andere nahmen keine Notiz. Es entstand ein natürlicher Freiraum für ihre zischelnde Unterhaltung. Sie ließ sich nach vorn schieben.

Kurz vor der Kurve nahm sie die Hand von der Stange. Sie balancierte abwechselnd auf Fersen und Zehen, musste sich zusammenreißen, um nicht die Arme auszubreiten wie ein Seiltänzer, um nicht jetzt schon falsch zuzupacken. Sie merkte, wie sie schwitzte. Die Straßenbahnklingel ertönte, vielleicht ein langsamer Radfahrer oder ein Auto auf den Schienen. Es war nicht mehr als eine Warnung, denn die Bahn raste weiter. Neben ihr saß eine junge Frau mit einer großen Tragetasche auf dem Schoß. Luftlöcher, vielleicht war eine Katze darin. Das war gut, sie machte sich sicher Sorgen um ihr Haustier. Da kam die Kurve.

Der Mann war groß und warm und roch nach Schlaf, das süßlich Animalische seines Eau de Toilette konnte den Geruch von ungewaschenem Haar nicht überdecken. Sie fiel vornüber, ihr Gesicht landete zwischen seinen Schulterblättern, ihre Hände griffen erst ins Leere, dann nach seinen Armen, nach dem Gürtel um seinen Mantel, glitten stolpernd um seine Taille, bis sie ihn zuletzt ganz umschlossen und sich vorne an ihm festkrallten. Sie vergrub Wangen und Nase im Stoff seiner Kleidung, der Schrankgeruch des Mantels, ihre geschlossenen Augen, Dunkelheit und der Geruch und die Wolle und seine Wärme darunter und ihre Arme kurz, nur kurz noch um seine Mitte geschlungen. Dann ließ sie ihn los, entschuldigte sich und täuschte Schmerzen in der Schulter vor, irgendwo, nichts Ernstes. Plötzlich die Angst, einen Altfrauengeruch zu verströmen, nach muffigem Teppich und vergessenen Kleidern.

Er hatte nichts gemerkt, wirkte nicht zornig oder empört, nur besorgt wegen ihres Sturzes und froh, dass er ihr als Fallschirm hatte dienen können. Er fragte, ob sie sich wehgetan habe. Sie antwortete, nein, es sei alles in Ordnung. Sie wollte nicht zu sehr die alte Frau spielen, sie musste noch funkeln, Möglichkeit verheißen, wer weiß, wer weiß. Sie lächelte, tat, als sähe sie ihre Haltestelle. Der Mann wirkte aufrichtig erleichtert, dass sie sich nicht verletzt hatte, ein mütterliches Gefühl durchströmte sie, sie streichelte seinen Arm und Ellbogen, warf einen Blick auf seinen Mund, seine geraden Zähne, die Form seiner Lippen. Die Straßenbahn hielt, und sie stieg aus, ohne sich noch einmal umzusehen.

Später tat es ihr leid, sie lief lange durch die Straßen, an den Hand-in-Hand-Pärchen vorbei, den glänzenden Scheiben und den toten Schaufenstern, und sie musste sich beherrschen, um nicht zu weinen und zu schreien. Sie erreichte Billies Haus und klingelte. Die Tür wurde geöffnet.

Sie saß auf dem Sofa, Billie lag dösend in ihrem Schoß. Sie stellte ihr Glas auf den niedrigen Tisch neben der Couch und knöpfte mit schläfrig herabsinkendem Kopf und unbeholfenen Fingern ihre Bluse auf. Mit der rechten Hand fummelte sie ihre linke Brust aus dem BH-Körbchen. Ein Vorhang war geschlossen, der andere hing noch im Raffhalter. Eine Lampe in der Ecke, eine andere auf dem niedrigen Tisch, Menschen daheim in gelbem Licht. Billie murmelte etwas in ihrem betrunkenen Schlaf. Sie tippte mit dem Zeigefinger gegen Billies Hinterkopf, aber ihre Freundin reagierte nicht.

Ihre Brust hing über den Rand des Büstenhalters, die Brustwarze zeigte nach unten, sie betrachtete die ledrigen Falten und Muttermale an ihrem Dekolleté, wurde reglos und kalt. Sie zog das Körbchen nach unten, sodass ihre Brust freikam, griff danach, drückte das Fleisch, die Brustwarze. Riss sich zusammen. Dann drehte sie Billie, die mit dem Gesicht zum Boden in ihrem Schoß lag, mit beiden Händen um.

Hey, mhm, was, was machst du?

Scht, scht, ich bin es, lass die Augen ruhig zu.

Tessa.

Komm nur ein bisschen höher, ja, so ist es gut, komm.

Tessa.

Sie hob Billies schweren Kopf näher heran. Billie blinzelte kurz, sah die offene Bluse, schaute hoch, ihr direkt ins Gesicht. Sie hoffte, dass sie fragend und beschwichtigend zurückschaute. Billie schloss die Augen, ihr Körper wurde schlaff, und sie ließ sich weiter leiten. Im Laufe der Operationen hatte man auch die Jochbeine ihrer Freundin gerichtet, alles war aufgefüllt und weicher gemacht worden. Mit zitternden Fingern zog sie Billies immer noch geraden, starken, wiedererkennbaren Kiefer nach, das sanfte Gefälle ihres Adamsapfels. Sie hob Billie noch ein wenig höher, richtete ihren Mund auf ihre nackte Brustwarze.

Mach auf, Billie, bitte, nur kurz aufmachen, ganz kurz, bitte, ein Mal aufmachen.

Billies Kopf lag in der Mulde ihres linken Ellbogens, sie hielt ihn sicher fest. Eine Wange scheuerte über ihre Brust, sie schloss für einen Moment die Augen, beugte sich etwas nach vorn. Billies Mund fand ihre Brustwarze, öffnete sich.

Die halb geschlossenen Vorhänge, die eingeschalteten Lampen, das ferne Kreischen von Autos. Sie spürte Billies Lippen, Zunge, Zähne an ihrer Brust, kurz durchzuckte sie das Verlangen, gebissen zu werden, dann wusste sie nicht mehr, was sie wollte. Vielleicht hatte sie Namen gerufen, laut gesungen oder an Billies Hals geweint. Sie wusste es nicht, war fest entschlossen, sich nicht zu erinnern. Körper, Gesicht und Lippen, erstickt an ihrer Brust. Sie wiegte sich sacht, der Mund löste sich, und Speichel kühlte auf ihrer Brustwarze ab.

Billie richtete sich auf, befreite sich aus ihrer Umarmung, setzte sich hustend und ächzend neben sie. Sie sah, wie Billie sich vom Sofa hochzog und in unsicheren Schlangenlinien aus dem Zimmer stolperte.

Irgendwo ging eine Alarmanlage los, ganz in der Nähe fiel eine Tür zu, die ersten Geräusche der morgendlichen Passanten auf dem Bürgersteig. Sie versuchte, Billies Weg durch das Haus zu verfolgen, hörte eine Tür in der Küche knarren, etwas klirrte, Gläser, Besteck, sie wusste es nicht. Danach Schritte, die sich immer weiter von ihr entfernten. Dumpfes Klopfen, ersterbende Geräusche, wie Kinderstimmen, die zwischen Fremden auf der Straße verloren gehen.

43

Eine der Nachbarskatzen hatte einen Vogel erwischt. Auf dem trockenen Gras unter dem Birnbaum lagen Flaum und dünne Federn verstreut. Den Blick auf den Boden gerichtet, ging sie durch den Garten, um zu sehen, ob die Katze ihre Beute irgendwo bei ihr zurückgelassen hatte. Auf der freien Fläche zwischen dem verblühten Jasmin und der alten Dattelpalme entdeckte sie den toten Vogel, eine Heckenbraunelle. Sie hatte schon keine Augen mehr, eine Schnecke klebte an dem grauen Kopf. Sie nahm einen Spaten, schob Vogel und Schnecke auf das Blatt und warf sie in den großen Korb mit dem toten Laub.

Sie ging hinein und holte die geöffnete Flasche Verdicchio aus dem Kühlschrank. Durch das Küchenfenster konnte sie den Weg nach unten sehen. Sie zündete sich eine Zigarette an, goss Wein in ein Glas, schaute nach draußen und wartete darauf, dass jemand vorbeifuhr. Letzte Woche hatte Melloni seine Türen für den Winter geschlossen, jetzt musste sie zu Della Rosa, um einen Kaffee zu trinken, und dort kam er immer zu kalt auf ihrem Tisch an. Ein Lieferwagen, ein knatternder Roller. Sie nahm einen großen Schluck, schenkte nach.

Mit dem Glas in der einen Hand und einer Zigarette in der anderen schlenderte sie durch den Garten, zupfte hier eine vertrocknete Blüte ab, dort ein schimmliges Blatt. Sie war in diesem Jahr länger als sonst in ihrem Haus auf halber Höhe des Berghangs geblieben. Es würde ihr letzter Aufenthalt hier sein, und es war ihr plötzlich seltsam vorgekommen, dass sie ihre Pflanzen noch nie im Herbst gesehen hatte. Sie genoss es, sich nachts in Decken hüllen zu müssen, den offenen Kamin zu benutzen. Wenn es regnete, las sie. Sie arbeitete etwas mehr, ging seltener zum Essen nach unten an ihren festen Tisch im La Guetta. Mit der Abreise der Touristen am Ende des Sommers hatte sich die Speisekarte halbiert, aber Elgio sorgte für sie. Jeden Freitag gab es ihren Schwertfisch und seine speziellen mit schwarzer Tinte getränkten Linguine.

An ihrem Wein nippend, schlenderte sie barfuß durch das Gras. Es hatte seit über einer Woche nicht mehr geregnet, die spätsommerliche Wärme schien zurückgekehrt zu sein. Im hintersten Winkel des Gartens zwängte sie sich an den üppig wuchernden wilden Glockenblumen vorbei, sodass sie am Hang hinab in die blaue Bucht direkt unter ihr schauen konnte. Sie schirmte die Augen mit einer Hand gegen die Sonne ab und sah auf dem Strand mehr Pünktchen als sonst. Sie leerte ihr Glas und trat zurück auf den Rasen. Der Wein hatte sie hungrig gemacht, gelangweilt. Sie ging ins Haus und suchte ihren Badeanzug. Zum letzten Mal in diesem Jahr wollte sie im Meer schwimmen.

Als sie damals das Haus gekauft hatte, kamen noch nicht genug Leute in die kleine Bucht, um dafür Eintritt zu verlangen. Aber seit den neuen Touristenströmen ab zweiundzwanzig hatte auch dieser graue Streifen Kiesstrand ein bewachtes Tor bekommen.

Oktober, aber so voll wie in einem Sommermonat. Wenig Kinder, mehr Paare, jüngere Männer und Frauen in ihren selbstbestimmten Auszeiten. Nenn es nur immer Arbeit, sagte Marius, er sagte es oft und klang dabei wie ein strenger Vater. Sie suchte sich einen Platz weit weg vom Wasser, wo die Flut nie hinkam und die Kiesel klein und trocken waren. Den Badeanzug hatte sie schon oben angezogen. Sie würde kurz schwimmen, sich danach auf ihr Handtuch legen, um zu trocknen, und anschließend etwas essen gehen. In ihrer Tasche hatte sie ein Buch und eine Flasche Wasser, sie traute sich nicht, am Strand Wein zu trinken wie manche anderen.

Der Wind war einen Tick zu kühl, sie wusste, dass ihr später, nach ihrer kurzen Runde im dunkelblauen Wasser, kalt werden würde. Sie sah hoch zu den Felsen, die streng und dunkel auf das Meer hinabblickten, zu der kleinen Kapelle, einem merkwürdigen Fleck in der Ferne, in mutigeren Zeiten unmittelbar am Rand einer Klippe erbaut. Hier und dort hingen Netze über die Kanten der steilen Hänge, so unfassbar typisch und so unmenschlich hoch. Hagere Bäume wuchsen auf den Kämmen. Manchmal schlief sie am Strand ein, und wenn sie zwischen diesen Felsen wieder aufwachte, kam es ihr einen Moment lang so vor, als befände sie sich noch immer in ihrem Traum.

Obwohl der Sand unter ihren Füßen nicht sehr heiß war, ging sie in Flipflops ans Wasser. Sie hatte gelernt, sich nicht ständig nach den Blicken der anderen umzuschauen. Sie wollte nicht an ihren Bauch denken, der unter dem verhüllenden, formenden Stoff immer noch zu sehr schwabbelte, nicht an die übrig gebliebenen Besenreiser, an alles, was sich nicht mehr wegspritzen oder sonst wie aus ihren Kniekehlen und von ihren Waden entfernen ließ. Oben hatte sie nackt vor dem Spiegel gestanden und sich vorgestellt, wie ihr Körper mit Spermaspuren aussehen würde, die sich vom Hals über die Brüste hinab zu den Falten an ihrem Bauch und ihren Oberschenkeln ziehen würden. Sie träumte sich Mut an, das wusste sie, aber sie sah noch aus wie eine Frau und wollte stolz darauf sein.

Mit hochgestecktem Haar ging sie ins Meer. Langsam watete sie weiter, gewöhnte sich an die kleinen, kühlen Wellen. Sie tauchte die Hände ins Wasser, spritzte es sich ins Gesicht. Dadurch beschleunigte sich ihre Atmung, ihre Haut spannte sich, als ob in ihrem Körper etwas aus den Startlöchern schnellte. Sie fing sich wieder, holte ein paarmal tief Luft und tauchte ein ins Meer.

Es war kälter als gewohnt, und mit kräftigen Schwimmzügen versuchte sie in ihrem Körper Wärme zu erzeugen. Schnell merkte sie, dass sie davon müde wurde, und verlangsamte ihre Bewegungen, um einen Rhythmus und ein Tempo zu finden, die ihre Arme und Beine weniger anstrengten. Sie blies Wasser aus, drehte sich auf den Rücken und ließ sich, das Gesicht zum leeren Himmel gewandt, auf der sanften Dünung treiben. Die Ohren unter Wasser, der Wellenschlag dumpf wegen des Drucks auf ihren Trommelfellen, das blaue Rauschen. Sie gewöhnte sich an die Kälte, ließ die Beine sinken und beschloss, zur Boje zu schwimmen. Sie war nicht weit vom Ufer entfernt, konnte immer noch die großen Steine erkennen, die grün und braun auf dem Strand lagen. Die Sonne schien grell auf das Wasser, sie blinzelte und prustete nach jedem Schwimmzug. Sie bewegte sich vorsichtig, nicht weil sie alt war, sondern weil sie noch wusste, dass das Meer nicht ahnt, dass Menschen in ihm schwimmen.

Die Wellen brachen sich an den Felsen, sie hielt Abstand und fühlte sich stark, ihr Körper war warm, und die Boje wurde allmählich größer. Eine Möwe tauchte dicht neben ihr ins Wasser, sie drehte den Kopf, um zu sehen, wo sie mit ihrer Beute wieder hervorkommen würde. Aber nichts schoss aus dem Wasser hoch, die Oberfläche blieb glatt und unbewegt.

Bei der Boje ruhte sie sich aus. Sie stützte sich mit den Ellbogen auf dem wackligen Ding ab, ihre Füße streiften das glitschige Tau, das in der Dunkelheit unter ihr verschwand. Weder ihre Finger noch ihre Zehen waren so taub, dass sie nicht mehr hätte weiterschwimmen können, und so wählte sie eine Richtung und stieß sich ab.

Plötzlich gerieten ihre Beine in eine kalte Strömung. Es war, als schreckte sie aus dem Schlaf hoch, die Felsen sahen fremd aus, so weit draußen war sie noch nie gewesen. Sie schwamm weiter. Die Wellen wurden höher, mehr und mehr hatte sie das Gefühl, dass ihre Schwimmzüge bedeutungslos waren, sie wurde hochgehoben und fallen gelassen. Sie hörte ein Brüllen um sich her und erkannte, dass sie der tosenden Brandung zu nah gekommen war.

Die alte Angst, die Warnungen vor dem Meer, die sie als Kind gehört hatte. Sie schlug Wasser weg, versuchte zu entkommen, krallte sich langsam und schwerfällig in die entgegengesetzte Richtung, sie wollte den Strand sehen, ihre Beine traten das dunkle Wasser. Ein Schluck Meerwasser und noch einer, sie klammerte sich an die Wellen, sie schrie und atmete.

Das Wasser, eine Hand vor dem Mund, ihr blieb nichts anderes übrig, als sich entführen zu lassen, weiter hinaus aufs Meer. Erkenntnis und Trauer verlangsamten ihre Bewegungen, lähmten sie. Sie trieb ab.

Dunkel, dumpf, alles schien weit fort zu sein, zu anderen zu gehören. Wie wunderbar, endlich zu gehen. Sie war froh, dass sie nun an der Reihe war, niemand, dem sie die Ehre erweisen oder den sie trösten musste. Wie wunderbar, selbst zu sterben und nichts tun zu müssen.

Als der Schlag sie traf, wurde sie wütend. Sie wollte ihren Kopf schützen, aber jemand zog ihre Arme weg. Sie rang geräuschvoll nach Luft und hustete. Jemand schimpfte, schrie ihr zu, sie solle ruhig bleiben. Ihre Bewegungen waren seltsam, jemand trieb sie hin und her, sie wehrte sich, schlug ein auf die, die sie bedrängten.

Sie wurde an Bord gezogen. Die Hände, die auf ihre Brust einhämmerten, konnte sie nicht abwehren. Eine Gestalt zwischen ihr und der Sonne. Sie roch Mann, drehte sich weg, er küsste sie trotzdem. Ihre Lungen brannten wie Feuer.

Bis alles realer wurde, das Licht zurückkehrte. Der wogende Himmel, das schaukelnde Boot, das harte Deck, auf dem sie lag, die verschwommene Gestalt über ihr, die eisige Tropfen auf ihr Gesicht fallen ließ, aber niemand, der sie festhielt, der sie zudeckte, wie sie es wollte, und sie unter sich begrub.

Sie saß am Strand, jemand hatte ihr ein Handtuch umgelegt. Ihre Gedanken wankten und fielen, sie war noch nicht so weit, dass sie sich wieder daran erinnerte, wo ihre Sachen lagen. Sie zitterte und schämte sich dafür, dass sie ihren Körper nicht unter Kontrolle hatte. Sie war von Menschen umringt, merkte, dass auch hinter ihr Leute standen. Sie sah behaarte Beine, Männerbadehosen. Ein kleines Mädchen mit nassen Haaren, zurückgehalten durch einen Mutterarm. Sie musste sich bei jemandem bedanken, doch sie wollte nicht den Falschen erwischen. Sie schaute auf, aber inmitten der starrenden Blicke waren alle Gesichter ihr fremd, es war niemand dabei, den sie wiedererkannte. Und auch niemand, der sie wiedererkannte und sich ihr erwartungsvoll näherte. Alle blieben reglos stehen.

Da trat ein junger Bursche mit einem Schritt aus der Menge hervor. Er wirkte groß, auch wenn er die Umstehenden nicht überragte. Das Haar lockte sich nass auf seinen Schultern, Wasser tropfte von seinem Körper auf den grauen Sand. Er wischte sich die störenden Tropfen aus den Augen, als wäre er gerade aus dem Meer gekommen. Breite Schultern, ansonsten schmal gebaut, drahtig, die Badehose hing tief auf seinen Hüften, wo er auch die Hände hielt, sie sah den Ansatz seines Schambereichs.

Als hätte irgendwo eine Glocke geläutet, lösten sich rechts und links von ihr Menschen aus dem Kreis, die Show schien vorbei zu sein, der eigene Liegeplatz lockte wieder, die letzten Sonnenstrahlen, dieser späte funkelnde Blick aufs Meer.

Aber der Junge blieb stehen, schaute sie unverwandt an.

Va bene. Non c'è nulla.

Sie wiederholte die Worte, lachte matt, winkte ihn fort. Er nickte, drehte sich um und rannte zum Ufer, wo ein kleines weißes Boot ins Meer zu gleiten drohte. Der Junge schob es ins Wasser und sprang an Bord. Schwungvoll riss er den Motor an und ließ das Boot ruckelnd über das Wasser in Richtung Brandung schnellen, ein schrilles Dröhnen erfüllte die schmale Bucht. Sie erkannte gerade noch seinen sonnenbeschienenen Rücken, sein wehendes Haar.

Die Paare mit Sonnenbrille, Klappstühlen und wärmenden Decken über dem Schoß, die nassen, schlotternden Kinder und ihre Eltern unter den Sonnenschirmen, niemand von ihnen schien ein Handtuch zu vermissen. Sie ließ sich auf ihren eigenen Platz fallen, spürte einen Schmerz in der Seite. Sie wollte nicht mehr nach oben gehen, nicht mehr allein schlafen.

Sie fand ihre Zigaretten und zog eine aus dem Päckchen. Der Wind trieb sie tiefer hinein in das fremde Handtuch, die Zigarette in ihrem Mund blieb unangezündet. Sie musste pinkeln und ließ einfach laufen, da, wo sie saß, auf dem lauwarmen Sand.

42

1956 war Sylvia Plath in Paris. An einem Samstag reiste sie ohne Begleitung aus Cambridge ab, wo sie damals studierte. Am nächsten Morgen spazierte sie von ihrem Hotel in die Rue Duvivier im siebten Arrondissement und läutete bei der Hausnummer vier. Aber es stellte sich heraus, dass der Mann, ein heimlicher Geliebter, den sie anzutreffen hoffte, nicht zu Hause war. In der Wohnung der Concierge durfte sie sich kurz hinsetzen, einen Brief schreiben und weinen.

Ihr Nacken war noch wund und trug die Spuren eines Liebhabers, den sie in England zurückgelassen hatte.

In den darauffolgenden Tagen unternahm sie ausgedehnte Spaziergänge durch die Stadt, genoss die Croissants und den Kaffee im Hotel, holte im American-Express-Büro ihre Post ab, traf sich mit Bekannten zum Mittagessen und wäre beinahe mit einem alten Freund im Bett gelandet. Sie zeichnete Stadtansichten in ihr kleines Notizbuch, und wohin sie auch ging, bedrängten zahlreiche Männer die junge, blonde Amerikanerin.

Ich ging in die Avenue Montaigne, erstand eine sehr günstige Karte für Anouilhs Komödie Ornifle *am selben Abend und war erneut sehr stolz auf meine Unabhängigkeit und meinen Mut.*

Für ihre Rede wollte sie etwas von Anne Sexton verwenden, ganz gleich, was. Einen Tag vorher blätterte sie in den

Büchern und Gedichtbänden und wunderte sich über ihre alten Bleistiftmarkierungen.

Ich hoffe, ich werde noch besser, und wenn ja, will ich hoch hinaus. Warum auch nicht.

Sie würde den Preis nicht bekommen, aber falls doch, wollte sie elitär und überheblich klingen. Sie zog ihr altes schwarzes Yves-Saint-Laurent-Kleid an und nahm ein Taxi für das kurze Stück von ihrem Haus zum Amstel Hotel, wo die Preisverleihung stattfinden sollte. Vor dem Eingang lag ein roter Teppich, aber alle waren schon hineingegangen. Sie rauchte hastig eine Zigarette und suchte anschließend die Garderobe. Das Programm hatte schon angefangen, aber ihr Lektor wirkte nicht verärgert. Er hatte die anderen am Tisch eingeladen, sie schüttelte eilends Hände, küsste Wangen, setzte sich rasch hin.

Das war es also, was einem die Belletristik einbrachte. Süßen Weißwein an einem funkelnd gedeckten Tisch, Männer im Smoking mit Rasurstriemen an ihren brennenden Hälsen, unablässiges Klirren aus einer fernen Küche und ein hässliches Rednerpult aus Sperrholz. Ihr Lektor strich ihr über den Rücken, schenkte ihr nach. Sie prosteten einander zu.

Hast du noch etwas vorbereitet?

Eine Kleinigkeit. Zu viel.

Das weißt du doch nicht.

Es wird ein Kerl.

Das weißt du doch nicht. Schönes Kleid.

Sie trank einen großen Schluck und beschloss, es an diesem Abend so richtig spät werden zu lassen. Jemand zupfte sie am Ärmel, ein Kollege, wie sich herausstellte, den sie bewunderte. Sie stand auf, schüttelte dem Mann die Hand, er hatte ihr Buch gelesen und wünschte ihr Erfolg und Kraft. Während ihr Gedächtnis sich noch bemühte, seine Worte zu speichern, war er schon wieder verschwunden, zu seinem eigenen Tisch irgendwo im Saal. Sie setzte sich wieder hin.

Das war doch nett, oder?

Ja. Witzig.

Es geht gleich los.

Hat er einen neuen Verlag?

Er kommt jedes Mal. Gefällt ihm hier. Ein wirklich netter Mann.

Hat er sich nicht gut verkauft?

Tolle Bücher, aber er hat seit Jahren nichts mehr geschrieben.

Sie setzte zu einer matten Entgegnung an über das Verstreichen der Jahre und die Kraft des Frühwerks von Autoren, doch ihre Stimme begann sie selbst zu langweilen, als sie Gott sei Dank durch einen Moderator unterbrochen wurde, der den Vorsitzenden der Jury vorstellte, einen würdevollen Expolitiker, der mit einiger Mühe die Bühne erklomm und einen weißen Umschlag aus der Innentasche seines Jacketts zog.

Ihr Lektor legte ihr eine Hand auf den Arm und schaute sie aus aufrichtig bekümmerten Augen an. Sie klatschten und sahen zu, wie sich der Gewinner durch die verschwitzte Menge nach vorn kämpfte. Er sagte etwas, das sich zu einer gefühlvollen Rede entfaltete, und hielt dann den Betrag in die Höhe.

Jetzt wissen sie zumindest, dass du auch etwas anderes kannst.

Sein Verleger kam zuerst dran, hast du gesehen? Die arme Frau.

Alle schauten zur Bühne, Blitzlichter flackerten in Richtung der lachenden Gesichter. Sie zog eine Zigarette heraus, beugte sich vor und griff nach einer der Kerzen auf dem Tisch. Blies eine große, verbotene Wolke hinauf zu den herrlichen Kronleuchtern.

Die Kälte und der Spaziergang hatten den willkommenen Nebel in ihrem Kopf schon wieder zu sehr zerstreut, sie musste sich jetzt schnell entscheiden, irgendwo reinzugehen, ganz gleich, wo. Aber es durfte nicht den Anschein erwecken, als suchte sie, sie wollte ganz beiläufig ankommen und mühelos den Weg zu Kleiderhaken, WC und Theke finden. Der lange Abend auf hohen Absätzen hatte ihre Beine heimtückisch werden lassen, ihr Mantel war zu zartbesaitet und erhaben, um einem echten Körper Wärme zu spenden. Als sie an einem Fenster vorbeikam, hinter dem sie jemanden in ihrem Alter bemerkte, blieb sie stehen. Eine einfache Kneipe mit dunklen, holzvertäfelten Wänden, nichts Ausgefallenes, sie öffnete die Tür, schob einen ledernen Vorhang beiseite und sah Menschen an Tischen und auf Barhockern. Es war gerade voll genug. Sie würde nicht so tun, als wartete sie auf jemanden. Sie hängte ihren Mantel an einen der Haken hinten im Raum und bestellte bei dem Studenten hinter der Theke sofort einen Wodka mit Eis.

Sie widerstand dem Impuls, jedes Mal, wenn jemand hereinkam, zur Tür zu schauen. Sie trank ihren Wodka, winkte dem jungen Mann, dass sie noch einen zweiten wolle, und behielt die Frau vor dem Klo im Blick. Der Junge war flink und nicht geizig. Sie nahm einen kleinen Schluck, behielt das brennende Wasser noch einen Moment auf der Zunge. An der Rückwand hingen Plakate von Ausstellungen und Theateraufführungen in einer zwanglosen Collage bis unter die Decke. Sie verpasste viel, hatte sich nie wirklich bemüht, auf dem Laufenden zu bleiben. Die wartende Frau war fort. Sie glitt vom Hocker und nahm ihren Platz vor der WC-Tür ein. Alte Fotos und Grafiken an der Längswand, sie versuchte sich zu erinnern, ob sie hier schon einmal gewesen war. Der Mann in ihrem Alter, den sie durch das Fenster gesehen hatte, saß zusammen mit zwei jüngeren an einem langen Tisch. Er trug einen grob gestrickten grauen Pullover mit Knöpfen auf den Schultern und hatte mehr Brauen als Augen im Gesicht. Er schien von allen dreien am betrunkensten zu sein, stützte sich auf den Ellbogen ab, hatte Mühe, seinen Körper still zu halten. Neben der Theke bemerkte sie eine Holzkiste mit Zeitschriften, aber bevor sie sich in diesem Kleid traute, etwas zu lesen, musste sie erst noch mehr trinken. Die Wasserspülung, das Klicken eines Schlosses, sie war an der Reihe.

Das Klopapier fiel ihr aus den Händen und rollte über den nassen Boden.

Als sie an der Theke vorbeikam, trank sie einen Schluck von ihrem Wodka, hielt kurz die Zigaretten hoch, um sie dem jungen Mann zu zeigen, er nickte, und sie ging nach draußen. Ihren Mantel nahm sie nicht mit, wozu auch.

Sie zündete sich eine Zigarette an und schob gleich darauf die Hände unter ihre Achseln. Sie blies den Rauch durch einen Mundwinkel aus, kniff unwillkürlich die Augen zusammen. Eine Frau kam nach draußen, sie erinnerte sich an ein Paar an einem Tisch neben der Wand. Groß für eine Frau, eckige Schultern, aber mit überraschend vollen Brüsten und langem dunklem Haar. Die Frau wollte sie etwas fragen, sie wirkte verlegen, und das belustigte sie.

Hast du auch eine für mich?

Die Frau deutete auf ihre Zigaretten. Nicht mehr ganz jung, flaumfeine Fältchen in Mund- und Augenwinkeln. Sie reichte ihr das Päckchen und gab ihr Feuer.

Danke.

Es ist natürlich zu kalt, um draußen zu rauchen.

Das ist die gerechte Strafe.

Zu blöd, dass ich meinen Mantel drinnen gelassen habe.

Die können dein Kleid ruhig sehen.

Darüber musste sie lachen, und sie wollte diese Frau länger anschauen, sie eindringlicher mustern, aber sie traute sich nicht mehr, dosierte ihre Blicke.

Ich bin Billie.

Mit y oder ie? Tessa.

Sie schüttelten einander die Hand.

Ie. Ich weiß Bescheid.

Was?

Ich habe dein Interview gesehen.

Mein Interview.

Du warst danach sogar noch im Fernsehen. Tut mir leid für dich.

Hmm, was, ja, ich, ich wusste, dass ich nicht gewinnen würde.

Wie hieß dein Buch noch mal?

Ich hab keine Lust, darüber zu reden. Find es selbst raus.

Kannst du nicht verlieren?

Du hast recht. Entschuldige.

Kein Problem. Wartest du auf jemanden?

Nein.

Du willst einfach nur den ganzen Abend Wodka trinken.

Du hast mich beobachtet.

Du bist berühmt. Da drin beobachten dich alle, wir haben schon heimlich Fotos gemacht. Schriftstellerin ertränkt ihren Kummer.

Das ist nicht unbedingt was Besonderes.

Im Ernst. Bist du halbwegs okay?

Wodka hilft. Ich weiß es nicht. Ich wollte noch nicht nach Hause.

Wartet da jemand auf dich?

Wenn du mich noch lange ausfragst, musst du mir einen Gefallen tun.

Das kostet dich noch eine Zigarette.

Mein Mantel. Und du schmuggelst mir meinen Drink nach draußen.

Dann wird der hübsche Junge aber sauer.

Dann drückst du einfach deine schönen Titten raus.

Ich bin mir nicht sicher, ob er darauf steht.

Meinen Mantel und meinen Drink. Bitte.

Ihre Rauchgenossin zögerte kurz, Zweifel zeichneten sich in ihren Zügen ab, doch dann wichen sie einem kessen Lächeln, und sie erkannte, dass diese Billie mit ie den Mantel und das Glas holen würde.

Während sie wartete, zündete sie sich eine Zigarette an und versuchte sich unauffällig zu bewegen, wie ein schüchterner Fußballer, der seine Beine trotzdem warm halten will.

Hör auf damit. Das sieht bescheuert aus.

Billie bedeutete ihr mit einem Wink, sich umzudrehen, und half ihr in den Mantel.

So ist es besser, danke. Und der Rest?

Ich habe einen doppelten bestellt, und er hat mich gar nicht beachtet, als ich damit rausgegangen bin.

Ich danke dir, Billie.

Sie nahm das Glas, leerte es in einem Zug und steckte es in eine Tasche. Dann hielt sie Billie das offene Päckchen unter die Nase.

Ist dieses suchtfördernde Verhalten typisch für dich? Dann werde ich noch oft bei dir schnorren.

Du könntest auch damit aufhören.

Bald, wenn ich alles hinter mir habe.

Wenn du was hinter dir hast?

Meine letzte OP.

Bist du krank?

Dann werde ich eine richtige Frau.

Für eine Fremde, die vor der Kneipe rauchen will, kommst du ziemlich schnell zur Sache.

Ich habe mich ordentlich vorgestellt. Und es kann Zeit sparen, wenn ich es gleich erwähne.

Auf dich, Billie. Billie ist dein neuer Name.

Ja.

Aus einer Innentasche zog Billie ein Bierglas hervor.

Wenn ich das gewusst hätte, hätte ich gewartet.

Du musst mir etwas erzählen, Tessa, du musst mir erzählen, was für ein Mann zu dir gehört.

Jetzt, wo sie Billie mit ihrem Glas Bier in der Hand sah, bemerkte sie die kleinen Anzeichen für einen leichten Schwips oder einen gut getarnten schwereren Rausch.

Dafür ist es noch zu früh. Prost.

Sieh mich einfach als eine Fremde, nicht als deine neue beste Freundin.

Du bist meine neue beste Fremde.

Ich will es trotzdem wissen.

Ihr Blick wanderte zu den vorbeifahrenden Radfahrern, zu den Fenstern auf der anderen Straßenseite, in denen nach und nach die Lichter erloschen, zum kalten Himmel hoch, aber nicht zu Billie.

Ich bin geschieden.

Schon lange?

Ja. Ziemlich lange. Nein. Nicht ganz so lange.

Wie denn jetzt?

Ich bin zwei Mal geschieden.

Fangen wir mit dem Ersten an. War es vorbei? War er gut im Bett?

Saß da drinnen nicht jemand, der auf dich wartet?

Der wartet schon.

Das erste Mal hat zehn Jahre gehalten. Aber wir haben erst spät geheiratet, wir waren schon länger zusammen.

Kam es dir lang vor?

Hast du es schon mal probiert?

Möglich. Erzähl weiter.

Beim zweiten Mal war es nach zwei, drei Jahren vorbei. Zweieinhalb. Nein, das stimmt nicht.

Wie alt bist du?

Das fragt man eine Dame nicht.

Noch keine sechzig.

Über fünfzig klingt netter. Aber trotzdem sechzig, danke schön.

Hast du Kinder?

Eins. Einen Sohn. Onno.

Was ist los? Jetzt traue ich mich nichts mehr zu fragen.

Tut mir leid. Manchmal gehe ich zu weit.

Schon okay. Ich weiß auch nicht, was mit mir los ist. Ich halte mich zurück, obwohl ich mich gar nicht zurückhalten will. Mehr trinken oder weniger trinken. Vielleicht sollten wir doch Freundinnen werden, ich merke, dass ich über alles Mögliche reden will.

Wenn wir Freundinnen werden, haben wir reichlich Zeit.

Ja.

Du zitterst ja am ganzen Leib. Lass uns wieder reingehen.

Dann störe ich euch bloß.

Das ist nichts Ernstes. Er ist ein Gentleman. Der erste.

Der letzte.

Er wird das schon verstehen.

Billie hielt die Tür auf und bedeutete ihr mit einem Wink vorzugehen. Sie trat über die Schwelle, spürte Billies Hand in ihrem Rücken.

Der Gentleman war in der Tat gepflegt und leutselig und von unbestimmbarem Alter, und nachdem Billie ihm ein paar Worte zugeflüstert hatte, verabschiedete er sich amüsiert und mit sorgsam abgemessener Enttäuschung. Ein Händedruck und eine knappe Verneigung für sie, ein trockener Kuss auf die Wange für Billie.

Sie wusste es nicht, musste erst einmal sehen, wie sich alles entwickelte, aber sie wollte es versuchen, und Billies Lächeln war einladend, und sie verspürte den starken Wunsch, sich zu ihr zu setzen.

Der junge Mann sammelte die leeren Gläser ein und

fragte, ob er ihnen noch etwas bringen könne, kurz zuvor hatte er die letzte Runde ausgerufen. Sie sah, wie Billie ihm zwinkernd zunickte.

Sie war betrunken und sagte das auch, aber sie konnte ihre eigene Stimme kaum hören. Alkohol schien jedes Mal eine dröhnende Glasglocke über ihre Sinne zu stülpen. Sie wurde sich ihres Atmens bewusst, öffnete ein paarmal den Mund und schloss ihn wieder, fragte sich, ob das bedeutete, dass sie zu weit gegangen war. Sie wollte sich nicht übergeben und ärgerte sich über sich selbst. Die letzte Runde wurde auf den Tisch gestellt, und sie schüttelte den Kopf. Nein.

Billie nahm es ihr nicht übel und füllte den Inhalt des zweiten Glases in ihr eigenes. Plötzlich griff Billie unter dem Tisch nach ihrer Hand, sie verkrampfte sich vor Schreck, doch Billie beruhigte sie, sie brauche keine Angst zu haben. Der Strudel in ihrem Kopf war schon zu stark, um sich zu sträuben, und sie spürte, wie Billie ihre Hand zu ihrem Oberschenkel führte, tief unter ihr Kleid, bis ihre Finger auf die unerwartete Wölbung stießen, und sie verstand sofort, warum das jetzt geschehen musste, so wie alles an diesem Abend erklärbar schien, sie formte die Hand zu einer Schale und umschloss Billies mit Binden umwickelten Penis, die letzte lebendige Erinnerung an ihre Jahre als Mann.

41

Marius wurde für sie wieder real.

Sein ch, wenn er eigentlich sch sagte, Fich, Chule, seine quadratischen Hände und schlanken Finger, die jeden Winter schmerzhaft trocken wurden, die roten Flecken an seinen Mundwinkeln, wenn er sich rasiert hatte, die merkwürdigen langen Haare um seine Brustwarzen, sein Rücken, der nie ganz frei war von Akne, sein Gang, er hatte ihr einmal erklärt, wie er sich den selbst antrainiert hatte, den Rücken immer gerade halten und nicht zu sehr mit den Armen schwingen, seine Angst vor Gas, vor Blitzen, vor Formularen, vor Gebäuden, in denen er sich nicht auskannte, seine Bemühungen, ihr Stichwortgeber zu sein, er wollte, dass sie witzig war, im Mittelpunkt stand, seine dünnen Waden und breiten Hüften, die Art, wie er ihr Gesicht am Kinn anhob, um sie zu küssen, seine vollen Lippen und die Stoppeln, seine Zunge, die sich nie als Erste vorwagte, wie stolz er war, wenn ihn jemand auf der Straße erkannte, und die Verlegenheit, die sich davorschob, das ständige Rechtfertigen seiner Kleiderwahl, seiner Lebensentscheidungen, wie er sich selbst als Schöpfer und Monster beschrieb, die Runzeln an seinen Ellbogen, wie er über ihr hing, immer wollte er sie sehen, oft bewegte er lediglich den Unterkörper, wie sie ihn immer aufforderte, langsamer zuzustoßen, sein Schwanz, den sie oft gemeinsam betrachtet hatten, die

Eichel dick und rot und noch halb unter der Vorhaut verborgen, seine drängenden Hände auf ihren Oberschenkeln, sein Blick, von dem sie wusste, dass er ihn selbst nicht kannte, zu rührend fürs Bett, die Diskrepanz zwischen dem, was er tat, und wie er sie dabei ansah, aber er scheute nicht davor zurück, sie um Dinge zu bitten, das sanfte Pfeifen aus seiner Lunge und das Zittern in seinem Bein, kurz bevor er kam, wie er manchmal einschlief, den murmelnden Mund noch auf ihrer Brust, seine kindliche Freude in teuren Restaurants, in Hotelsuiten, bei Empfängen mit Prominenten, seine Bücherschränke, die auf alle Zimmer verteilt waren, sein schmerzlicher Gesichtsausdruck beim Lesen, seine Eier unter der struppigen Hecke aus dichtem Haar, wie er knurrend ihre Achseln leckte, seine vielen Namen für sie, sie wagte gar nicht daran zu denken, sie hatte sie nicht notiert, er hatte so viele Namen für sie, er dachte sich das Spiel aus, verteilte die Rollen, seine Ruhelosigkeit, die großen Pläne, die ihm in den Sinn kamen und die er bald darauf wieder vergaß, er rauchte mit ihr mit, aber nie von sich aus, wie er mit neckender Zunge an ihrer Klitoris saugte, er leckte sie lange und geduldig und wollte kein Tut mir leid von ihr hören, wenn es nicht klappte, er war galant, stieg als Erster aus dem Zug, um dann nach ihrer Hand zu greifen, er bürstete ihr Haar, kannte den schmalen Weg über ihren Rücken, der sie erschauern ließ, seine manikürten Nägel, der Ring, den er für sie trug, er wollte, dass sie ihm vorlas, hatte ihr von seinem Traum erzählt, in dem er hochgehoben und umhergetragen wurde, sein Gesicht, das alt und jung war zugleich, seine warme Haut unter ihren erinnernden Fingern, die grauen Locken an seinen Ohren, egal, sie brauchte sich nicht mehr zu entscheiden, er erschien ihr häufig jünger, als sie ihn gekannt hatte, Liebste, sagte er, Liebste, meine Traumfrau, wie er manchmal über ihre alten Lehrer reden wollte, ihr Tag in Brügge, ihre Eile, endlich ins Hotel zu kommen, sie konnten die Adresse nicht finden, knutschten schon auf dem Weg dorthin, es war Winter, ihre dicken Winterjacken, oder war es schon Frühling, zu kalt für April, die Knöpfe, die sie an der Gracht für ihn öffnen sollte, er zog die Handschuhe aus und kratzte sein Verlangen neben die Spitze auf ihren Brüsten, sie erschauerte, strich aufreizend über seine verhüllte Erektion, bis sie die richtige Gasse mit dem Treppengiebel fanden und ohne jedes Gepäck hineinplatzten, sie ging ihm voraus nach oben, keine Erinnerung mehr an das Zimmer, nur an das Gefühl der Tagesdecke an ihrer Wange, sie war vornüber auf das Bett gefallen oder gedrückt worden, ihr Hintern plötzlich nackt und kühl, der Rest ihres Körpers warm in warmen Kleidern, der String bis zu den Stiefeln hinuntergerollt, ihre Knie dicht über dem Boden, ihre Vulva verletzlich und bloß, die männliche Raserei, die sie heraufbeschwören wollte, die Zustimmung, die er brauchte, ihre Hoffnung, er möge deren Grenzen überschreiten, das Klirren seines Gürtels, seine kühlen Finger, die fühlten, ob sie schon feucht war, er drang in sie ein, kettete sie ans Bett, seine Lippen an ihrem Hals, die groben Jackenärmel, sein fiebriger Schwanz, gegen den sie ohnmächtig ankämpfte.

40

In einem der Autos, die unten vor ihrem Fenster parkten, saß eine Frau hinter dem Steuer. Die Frau hatte schon dort gesessen, als sie mit einer Tüte voller Bücher aus der Stadt nach Hause gekommen war, und jetzt, eine halbe Stunde später, blockierte sie ihren Parkplatz noch immer. Sie fragte sich, ob darin eine Geschichte steckte, ob sie die Frau beobachten und ihre rätselhafte Lethargie zu Papier bringen sollte, um sie später zu verarbeiten. Die braun eingebundene Gesamtausgabe von T. S. Eliots Gedichten legte sie neben den Aschenbecher. Sie konnte das Kinn und die Schultern der Frau erkennen, der Rest ihres Gesichts blieb aus dieser Höhe unter dem Autodach verborgen. Die Weinhandlung gegenüber hatte mittlerweile geschlossen, auch das Schaufenster der Wäscherei direkt daneben war dunkel. Sie wollte die Sache mit einem Schulterzucken abtun, sich wieder ihrem Stuhl, ihrem Buch und ihrer Zigarette zuwenden, aber dann wartete sie doch noch einen Moment. Die Sonne sank auf die Dächer gegenüber hinab und schien durch das Fenster herein. Die Frau legte eine Hand aufs Steuer.

Sie öffnete die Tür und sah Corinne die Treppe hochkommen. Sie blieb in der Türöffnung stehen und streckte die Hand aus, als Corinne ihre Schwelle erreicht hatte.

Ich würde gerne reinkommen.

Niemand kam ohne eine Begrüßung herein, und so hielt sie ihre Hand weiterhin ausgestreckt. Corinne ergriff ihre Finger, doch ihrer Berührung fehlte es an Schwung, mehr würde sie nicht bekommen. Also los.

Komm rein.

Corinne sah sich um, als suchte sie den richtigen Platz und könnte ihn nicht finden.

Setz dich, wohin du willst. Falls du dich hinsetzen willst.

Energisch schloss sie die Tür, damit der Knall sie wach rüttelte.

Möchtest du etwas trinken? Kaffee oder etwas Stärkeres? Vielleicht lieber nicht. Du bist ja mit dem Auto da.

Ich hätte sofort aussteigen sollen. Ich weiß jetzt, was du denkst.

Setz dich doch erst mal hin.

Corinne ging zum Tisch und zog einen Stuhl darunter hervor.

Ich weiß, was du denkst.

Sie selbst wählte den Stuhl gegenüber.

Ich habe so einen Automaten, da brauche ich nur auf den Knopf zu drücken.

Ihr habt euch über mich lustig gemacht.

Wann denn? Er hat nie über dich gesprochen, und ich habe nicht nach dir gefragt.

Du glaubst gar nicht, wie sehr ich es bereue, dass ich wohl einmal nach dir gefragt habe.

So etwas ist auch nie gut.

Das hier ist deine Wohnung. Du hast das Recht, mir ins Gesicht zu lachen, und trotzdem bin ich hier. Das würdest du nicht wagen.

Wovon redest du? Ich habe keine Ahnung, was du hier willst.
Gehst du zu seinem Grab?
Wenn du glaubst, ich hätte die Tage gezählt, täuschst du dich in mir. Und du täuschst dich in ihm.
Etwas an ihrer Wand schien plötzlich Corinnes Aufmerksamkeit zu fesseln. Sie versuchte herauszufinden, was es war. Der niedrige Bücherschrank mit ihren Nachschlagewerken, der gerahmte kleine Westerik darauf, der Riss im Putz, der sich wie ein dunkler Faden nach oben zog. Aber Corinne schaute schon nicht mehr hin.
Darf ich rauchen?
Ja. Ich nehme auch eine.
Es kam ihr vor wie die Zigarettenpause nach der ersten Runde. Corinne wirkte nicht betrunken oder sonst wie benebelt, das Unerwartete ihres Besuchs machte ihr Erscheinen so befremdlich, das Zimmer wirkte verändert, es war, als wäre sie unversehens durch eine Geheimtür hereingekommen. Sie überlegte, wie lange sie ihren Gast bleiben lassen sollte.
Corinne rauchte mit kurzen Zügen, atmete geräuschvoll aus, fuhr mit einem Finger über den Staub auf dem Tisch, zeichnete Muster um den Eliot.
Ich mache mir doch einen Kaffee.
Dann nehme ich auch einen.
Klein oder groß?
Klein.
Von der Küche aus konnte sie noch ein gutes Stück des Wohnzimmers sehen, doch Corinne schien sich nicht von ihrem Stuhl zu rühren. Sie holte das teurere Geschirr hervor, ließ Kaffee in die Tassen laufen, suchte anschließend nach etwas Essbarem.

Sie hatte Corinne in den letzten Sonnenstrahlen zurückgelassen, doch nun saß ihre Besucherin reglos im Schatten.

Hier ist ja es ziemlich ruhig. Das ist mir draußen schon aufgefallen. Die Gegend kenne ich gar nicht.

An den Straßenecken bekommt man noch einen Eindruck davon, wie es früher mal war. Mit den abgestützten Mauern und den vernagelten Fenstern.

Es ist näher beim Museum, als ich dachte.

Das gleicht sich alles an. Ich habe noch ein bisschen Kuchen gefunden, nimm dir davon, wenn du magst.

Danke.

Doch ihre Besucherin nahm nichts, auch die Zigaretten rührte sie nicht an.

Ich habe mich vorbereitet. Ich muss hier sein, mit dir in einem Raum. Das ist keine Unterhaltung.

Wenn das so ist, kann ich schweigen oder sagen, was ich will.

Es gibt keinen besonderen Anlass. Es hat mich nicht einfach so überkommen, es war keine plötzliche Eingebung. Ich habe in Ruhe darüber nachgedacht. Dass ich so lange im Auto sitzen geblieben bin, hat mich überrascht. Ich kann es nicht erklären.

Irgendwie bin ich erleichtert, dass du das warst in dem Auto. Dich kenne ich ein wenig.

Zuallererst will ich dir sagen, dass ich dich hasse. Du hast zwischen mir und Marius vieles vergiftet, und ich will, dass du das weißt. Du bist die einzige Frau auf der Welt, der ich nicht verzeihen kann.

Corinne. Bitte. Du machst es mir schwer. Ich habe dich reingelassen, weil ich neugierig bin, weil ich wirklich hören will, was du zu sagen hast. Und dann kommt so etwas. Dein Hass klingt für mich wie Besessenheit, wie etwas, was zwischen dir und Marius nie richtig verheilt ist.

Das ist keine Unterhaltung. Ich bin hier, um dir zu erzählen, wie er gestorben ist. Nach reiflicher Überlegung bin ich zu dem Schluss gekommen, dass er das trotzdem verdient hat.

Dass er was verdient hat? Ist er denn anders gestorben als andere? Witzig, dass du mich für so morbid hältst.

Ich halte mich nicht an mein Konzept. Genau wie mit dem Auto. Aber jetzt bin ich wieder drin. Marius ist gestorben, und alles, was du darüber weißt, hast du aus der Zeitung. Ihr hattet keine echten gemeinsamen Freunde. So viele Jahre, und niemand, der dir persönlich erzählen konnte, was passiert war. Vielleicht war das genug für dich, aber nicht für ihn. Es ging alles zu schnell, ich weiß genau, wenn er mehr Zeit gehabt hätte, dann hättest du von ihm gehört. Er hätte dich gerufen. Und ich hätte es nicht verhindern können und dich nur noch mehr gehasst.

Sie dachte an den kalten Kaffee in den teuren Tassen, an die Risse in der Wand, sie fragte sich, wie viel das Parken in ihrer Straße wohl kostete. Ihr Vater hatte bis ans Ende seines Lebens eine dieser schweren braunen Uhren besessen, die mit ihrem Ticken jede Stille voranbrachten. Sie dachte an sein altes Wohnzimmer, an das Gemälde mit den hässlichen Hirschen, deren Hufe hinter Grasbüscheln und Sträuchern verborgen waren.

Ich hatte mich entschieden. Er hatte sich entschieden. Wenn du mich dazugerufen hättest, wäre ich vielleicht gekommen. Wahrscheinlich schon.

Du bist mir nichts schuldig.

Lass mich ausreden. Ich habe damals keinen besonderen Schmerz oder Kummer gefühlt. Da war nichts Unerwartetes. Ich kann mich nicht daran erinnern.

Das ist keine Unterhaltung. Padua. Alle waren freundlich, sogar der Leichenbeschauer sprach ein bisschen Englisch. Marius war dort wegen irgendeiner Tagung. Vor der Abreise war er sehr nervös gewesen. Er fürchtete, sie hätten den Falschen eingeladen und würden enttäuscht sein, wenn ihnen klar wurde, dass er bloß Kolumnen schrieb in einer Sprache, die niemand verstand. Aber gleichzeitig fühlte er sich auch geschmeichelt. Internationale Anerkennung. Eine Frau erwartete mich dort, sie hat mich erkannt. Es war die Dolmetscherin, die seinen Vortrag übersetzt hatte. Eine tüchtige Person. Sie hatte schon vieles mit dem Krankenhaus geregelt.

Ach, ich habe gedacht, du wärst bei ihm gewesen. Am Ende.

Ich habe ihn mit nach Hause genommen. Ich war genug seine Frau, um ihn zu begraben. Und danach habe ich alles verbrannt.

Unwillkürlich lachte sie auf, sie konnte nichts dagegen tun. Von dem Moment an, als sie Corinne auf der Treppe erkannt hatte, hatte sie sich gegen zornige Vorwürfe und hysterisches Geschrei gewappnet, sogar einen unerwarteten Schlag oder Stoß hatte sie nicht ausgeschlossen. Aber die überwältigende Theatralik dieses letzten Satzes, dieser schüchterne und trotzdem mit Leidenschaft hervorgestoßene Höhepunkt, hatte sie vollkommen unvorbereitet erwischt, und sie brach in schallendes Gelächter aus. Sie schluckte ein paarmal, um sich zu beruhigen, holte tief Luft, um ihren fliegenden Atem wieder unter Kontrolle zu bekommen. Zu spät erkannte sie, dass sie mit diesen auffälligen Reaktionen auf das Pathos ihrer Besucherin einging. Sie beschloss, ihre Wut, denn letztlich war es Wut, die ihr ohnmächtiges Gelächter entfesselt hatte, gegen Marius zu richten. Gegen seine Entscheidung, zu dieser Frau zurückzukehren. Gegen seine Bequemlichkeit und Eitelkeit.

Auch seine alten Arbeiten? Vielleicht waren ja noch ein paar interessante Sachen dabei. Besser als die Vatertagsgeschenke, mit denen er jedes Jahr die Welt beglückte.

Es hat mich wahrscheinlich etwas Geld gekostet, aber ich habe alles vernichtet. Darum sind nach seinem Tod auch keine gesammelten Artikel oder ein Roman aus der Schublade erschienen.

Seine Aufzeichnungen.

Ich habe nichts davon gelesen. Er war sehr ordentlich. Es lag alles beisammen. Ich habe natürlich nicht alles verbrannt. Im Grunde nur wenig. Seinen Computer habe ich von einem Fachbetrieb löschen lassen. Später habe ich noch ein paar Kartons gefunden und alles, was darin war, einfach ins Altpapier geworfen.

Ich habe noch Briefe von ihm.

Ihn kennt doch niemand mehr. Und von dir ist auch schon seit Jahren kein Buch mehr erschienen.

Komisch. Ich glaube, du hast recht. Ich glaube, das ist genau das, was er verdient. Er wollte nie etwas Großes, etwas Bleibendes schaffen. Kolumnen, Unterhaltung. Das reichte, um in seinen schicken Klamotten rumlaufen zu können. Und dich zu finanzieren.

Du verstehst mich nicht, Tessa. Er hatte dir sein unveröffentlichtes Werk hinterlassen. Seine ganzen Mappen, Briefe, angefangenen Bücher. Das Geld für mich, alles andere für dich.

Es war wirklich ein herrlicher Abend in der Stadt, der milde Ofenduft, der von der warmen Straße durch das offene Fenster hereinwehte, die Essensgeräusche. Auf der gegenüberliegenden Straßenseite sah sie den Nachbarsjungen mit freiem Oberkörper durch die Wohnung laufen.

Marius hatte immer angekündigt, dass er das tun würde, er schwadronierte davon, drohte damit, spottete darüber, schon in der Schule hatte er ihr all seine Worte in Aussicht gestellt, aber sie hatte gesehen, wie seine Bravour immer mehr geschwunden und Zweifeln und Reue gewichen war, die ungelesenen Kartons waren zwar immer noch für sie bestimmt, aber mehr und mehr schien er sich für die Misserfolge zu entschuldigen, die er ihr zu versprechen glaubte. Sie dachte an die Geschichten über seinen Vater, an sein Tagebuch aus Bosnien. Für einen Moment überkam sie Rührung, doch sie wollte sich vor Corinne nichts davon anmerken lassen. Sie trank einen Schluck, achtete darauf, dass ihre Hände sie nicht verrieten.

Ich nehme an, du sprichst von seinem Testament. Er hatte es bei einem Notar aufgesetzt.

Ich habe behauptet, ich hätte alles schon weggeschafft, bevor ich davon erfuhr. Im Nachhinein bin ich noch bei einem Anwalt gewesen, und der hat mir gesagt, dass du nicht mehr viel dagegen unternehmen kannst. Es ist kaum möglich, den genauen Schaden zu beziffern.

Sie dachte an das Mondlicht in der Mojave-Wüste, grell

genug, um einen Schatten auf den sandigen Weg zu werfen, um ein Buch zu lesen und ohne Taschenlampe spazieren zu gehen, alles warm und hell und die Dunkelheit weit fort. Es wurde Zeit, den Moment zu durchbrechen.

Du sitzt mit dem Rücken zu ihm, aber der Junge gegenüber hat sich endlich etwas angezogen.

Ihre Besucherin schob den Stuhl zurück und stand auf.

Nach einem Jahr hatte ich schon jemand anders kennengelernt. Das war nicht schwer. Jetzt weißt du so viel über mich, aber du kannst nichts damit anfangen.

Sie zündete sich eine Zigarette an und sah Corinne nach, wie sie zur Tür ging, das Haus verließ. Das Anlassen des Wagens, das tiefe Seufzen des Motors und das schnaubende Rangieren aus der engen Parklücke heraus. Die letzte Gelegenheit, etwas Schweres auf das Autodach zu werfen, die Scheiben zerbersten zu lassen. Nachdem sie weggefahren war, Stille, der beißende Geruch von Abgasen.

Für diesen Abend hatte sie sich Bücher versprochen, und sie saß da und las und vergaß zu essen. Sie las und trank, und alle Lichter waren eingeschaltet. Am nächsten Morgen fühlten sich ihre Arme und ihr Hals an wie glühende Ameisenstraßen, noch Tage danach juckten die Mückenstiche.

39

Sie gab den üblichen Dingen die Schuld. Es war kindisch, sich nicht einfach hinzusetzen und zu schreiben. Sie hatte genug Zeit und ein ruhiges Zimmer, aber ihre Gedanken ordneten sich nicht zu Schrift.

Der Aufbau war einfach, das war nicht das Problem. Ein Leben, von dem Moment an, ab dem sie es selbst miterlebt hatte, bis hin zu einem erfundenen Ende. Sie brauchte sich nicht mehr an die Regeln zu halten, sich nicht mehr hinter den immer höher anwachsenden Bücherstapeln auf und neben ihrem Schreibtisch zu verstecken. Sie brauchte nicht zu verreisen, sich bei niemandem zu bedanken. Sie durfte lügen. Es war jetzt an ihr, all seine angefangenen Geschichten zu beenden. Als sie ihrem Lektor von ihrem Entschluss berichtet hatte, einen Roman zu schreiben, war er ihr um den Hals gefallen. Das sei der ideale Moment dafür, ihre Leser würden den Schritt verstehen, ihr Lektor nannte es eine Befreiung, ihr war nicht klar, wovon. Ihr Agent handelte einen vielversprechenden Vorschuss aus. Und trotzdem schrieb sie nicht.

Vielleicht stand er ihr doch noch zu nah, was, wenn er nicht mehr Marius hieß, sich selbst nicht mehr allzu ähnlich sah? Sie würde sein gesamtes Äußeres verändern, doch seine Gedanken und Ängste, seine Vergangenheit und seine Erinnerungen, ob erlogen oder nicht, wollte sie unangetastet lassen. Sie schrieb erste Passagen, ausführliche Sätze mit Orts- und Zeitangaben und unerwarteten Details. Es fiel ihr leicht, ihre Einfälle freuten sie. Es war Text und tot und ging an keiner Stelle über Anekdoten hinaus.

Sie versuchte, ihn bis ins letzte Detail zu beschreiben, stellte einen ganzen Katalog von Gewohnheiten und Schrullen zusammen und zweifelte zum Schluss doch an Wert und Wirklichkeit ihrer Aufzählung. Sie wusste nicht, wen sie heraufbeschwören wollte.

Vielleicht lag es am Medium, an ihren Arbeitszeiten. Sie wechselte zu Bleistift und Notizbuch. Stand immer früher auf, bis sie schließlich schon vor Tagesanbruch am Schreibtisch saß. Sie lernte die morgendlichen Gewohnheiten ihrer Nachbarn kennen, das Klingeln der Wecker, das Ächzen des ersten aufgedrehten Wasserhahns, wann auf der gegenüberliegenden Straßenseite die Lichter angingen, wer in kalte Autos stieg, wer im Morgenmantel hinter dem Fenster zurückblieb.

Kein Weltuntergang, es gab noch genug anderes zu tun. Ihr letztes Buch hatte ein längeres Leben als üblich, sie wunderte sich über die anhaltenden Einladungen zu Lesungen. Gegen üppiges Honorar sprach sie vor Publikum, musste sogar signieren, sie kritzelte ihren Namen immer auf den Schmutztitel. Sie besuchte kleine Orte, in denen sie noch nie zuvor gewesen war und in die sie auch nie wieder kommen würde, näherte sich im Alter ihrem Publikum an. Sooft sie Zeit hatte, versuchte sie, beim örtlichen Chinesen zu essen, nur Staus konnten sie von der vollen Warmhalteplatte, dem Vierertisch am Fenster und dem Luftstrom aus den Heizungsschlitzen fernhalten, wo sie mit leiser Stimme bei dem Mann, der Frau von Theke und Bedienung bestellte, die so fern wirkten, so sehr nicht an ihrem Platz in diesem menschenleeren Lokal.

Während eines literarischen Empfangs hatte sie einen Flirt mit einem etwas jüngeren Mann. Sie gingen ein paarmal miteinander essen, er war ein Universitätsprofessor mit kurzem dunklem Haar und einem Vertrag bei ihrem Verlag, sie tauschten Schreibtipps aus, unterhielten sich über das Essen. Eines Abends besuchte er sie in ihrer Wohnung, sie tranken Wein und erzählten einander von Reisen, verlorener Zeit und anderen schmerzfreien Erinnerungen, mit denen sie den Abend füllen konnten, bis es Zeit wurde fürs Bett. Auf dem Sofa fragte sie ihn, was er vorhabe, ob sie die Vorhänge schließen solle. Er nickte. Sie hatte schon entschieden, nicht mit ihm zu schlafen, trotzdem wollte sie ihn für seine Mühen belohnen, ging mit fließenden Schritten zum Fenster und zog die Vorhänge zu. Sie blieb kurz stehen, wo sie war, doch sie hörte ihn nicht aufstehen, um hungrig zu ihr herüberzukommen. Die ultimative Enttäuschung, sie setzte sich wieder neben ihn aufs Sofa. Löste seinen Gürtel, öffnete den Reißverschluss an seiner Hose. Nach einer Weile hörte sie auf, ihn zu küssen, seine Zunge machte zu oft die gleichen Bewegungen. Sie legte eine Wange auf seine Schulter und beobachtete ihre Hand, die seine Eichel entblößte. Sie fragte ihn, ob er bequem sitze. Er nickte, aber zur Sicherheit schob sie seine Beine ein Stück auseinander, damit ihre Hand nicht mehr gegen seine Eier stieß. Sie merkte, dass es so besser war, er keuchte lauter, sie fühlte, wie sein Körper starr wurde, die ersten Tropfen sickerten aus seinem Penis. Sie stoppte kurz und leckte die Haut zwischen ihrem Daumen und Zeigefinger an. Danach bewegte sie ihre Hand schneller hin und her. Er gab ihr keine Anweisungen, sie wusste nicht, wie sie diese scheinbare Ergebenheit auffassen sollte. Sie verstärkte den Druck, machte kürzere Bewegungen, sah, wie die Eichel dunkel anschwoll. Stöhnend warnte er sie, dass er gleich kommen werde. Abrupt hielt sie inne und entgegnete, dass sie noch rasch etwas holen müsse.

Als sie mit einem kleinen Handtuch zurückkam, saß er immer noch in der gleichen Haltung da, aber mit einem hilflosen Ausdruck in den Augen. Sein Penis lag krumm und erschlaffend, fast schon träge zwischen seinen Beinen. Sie nahm eines der Sofakissen und kniete sich vor ihn auf den Boden. Es dauerte nicht lange, und kurz bevor er losspritzte, breitete sie das Handtuch über seinen Penis und ihre Hand. Sie wandte sich ab, um sein Gesicht nicht zu sehen, spürte, wie er zuckend beinahe vom Sofa fiel. Ein kurzer, seltsamer Laut, als wäre er verletzt, dann stockte er und sank in sich zusammen. Sie trocknete sich die Hände ab und gab ihm das Handtuch. Er dankte ihr, versuchte sie zu küssen. Danach trafen sie sich nie wieder.

Sie machte sich auf die Suche nach einem Haus in Italien, einem Platz zum Schreiben mit Blick aufs Meer im nicht so teuren Ligurien. Es brauchte nicht in gutem Zustand zu sein. Eine gemauerte Hütte mit Stromanschluss, Garten und genug Platz für eine Küche und ein Bad. Ein alter Holztisch vor dem Fenster.

38

Den Öffnungszeiten an der Tür zufolge sollte eigentlich jemand da sein, aber auf ihr Klopfen hin rührte sich nichts. Sie drückte die Nase an die Scheibe und spähte ins Innere. Ein dunkles, enges Büro, auf einem schmalen Schreibtisch Bücher, die wie Bibeln anmuteten, leere Regale an der Wand. Sie sah sich um. Wieder studierte sie die Angaben an der Tür und zog ihr Handy aus der Tasche, aber sie hatte sich nicht geirrt. Ihr blieb nichts anderes übrig, als zu warten und ein bisschen herumzulaufen, bis jemand auftauchte.

Nicht weit hinter dem Eingangstor lagen schon die ersten Gräber vor niedrigen grünen Hecken. Sie schlenderte den kiesbedeckten Hauptweg entlang, las hier und dort Namen. Bald merkte sie, dass sie nach Menschen Ausschau hielt, die jung gestorben waren, und hörte damit auf. Lieber konzentrierte sie sich auf die Bäume, die zwischen den Grabsteinen wuchsen und die Stille genossen. Sie gelangte zur Kapelle. Die Glastür war nicht abgeschlossen, und sie ging hinein.

Auf den schwarzen Stühlen, die fächerförmig um einen Altar herum angeordnet waren, saß niemand. In Marmor gemeißelte Namen bedeckten die Rückwand, der letzte stammte von 2017. Ein paar dünne, flackernde Kerzen verstärkten noch den feuchten Kirchengeruch nach Ruß und altem Wachs. Vor dem Ständer mit den Dornen für die

Kerzen kramte sie nach Kleingeld. Sie warf zu viele Münzen in das Kästchen und nahm eine Kerze. Sie stahl eine Flamme und steckte ihre brennende Kerze auf einen der hinteren Dorne.

Nach der kühlen Kapelle schien draußen unvermittelt der Junitag explodiert zu sein. Sie zog die Jacke aus, atmete Waldluft ein, obwohl sie rings um den Friedhof die Häuser und sonstigen Gebäude der Stadt sehen konnte. Eine halbe Stunde war vergangen, und sie ging zurück zum Torhäuschen.

Die Tür stand offen, es hörte sich an, als würde drinnen jemand etwas verrücken. Sie klopfte ans Fenster. Ein korpulenter Mann mit Brille schaute heraus. Sein Hemd schaffte es kaum, seine Leibesfülle zu bändigen, sie konnte seinen grau behaarten Nabel sehen.

Ja, bitte?

Guten Morgen.

Ja, guten Morgen.

Haben Sie geöffnet?

Waren Sie vorhin schon mal hier?

Ich bin ein bisschen spazieren gegangen. Freut mich, dass Sie jetzt da sind.

Tut mir leid, ich musste kurz weg. Was kann ich für Sie tun?

Ich bin auf der Suche nach einem Grab.

Ich habe alles hier. Kommen Sie doch bitte rein.

Sie hatte sich den Raum anders vorgestellt. Die Regale waren nicht leer, sondern enthielten säuberlich gestapelte dünne weiße Kerzen. Alles in diesem kleinen Zimmer besaß eine eigene Ordnung, ein Stillleben, von dem Metallständer neben der Tür, in dem ein einzelner schwarzer Regenschirm stand, bis hin zu dem Haken neben dem Fenster mit dem einen Schlüssel daran. Die Bibeln entpuppten sich als Werke von Titus Livius und Seneca, auf dem Holzstuhl hinter dem Schreibtisch lag ein Kissen, das rührend unbeholfen verziert und ausgestopft war.

Der Mann öffnete eine Schublade.

Wir machen das hier noch auf die altmodische Art.

Er zog ein Buch heraus, schlug es auf und holte deutlich hörbar Atem. Sie sah, dass er sich an diesem Morgen nicht rasiert hatte.

Welches Jahr?

2015. Zwischen Tod und Beerdigung ist einige Zeit vergangen, macht das etwas aus?

2015. Das ist jetzt erst mal das Wichtigste.

Der Mann blätterte, bis er das richtige Jahr fand.

7. September.

7. September 2015. Fast schon Herbst. War es da auch noch so warm?

Ich war zu der Zeit im Ausland.

Und dann im Oktober erst bestattet, ja? So lange ist das ja noch gar nicht her. Jetzt erinnere ich mich wieder besser. Ich war damals öfter in Amsterdam. Meine Tochter hat da ein Hausboot. Bei schönem Wetter machen diese Freizeitkapitäne sie wahnsinnig. Wie lautet der Name?

Weber. Marius Weber.

Sein Finger glitt über die Seite, er murmelte etwas vor sich hin. Sie blickte über seine Schulter auf all die toten Namen.

Weber. Weber. Nummer 34D12. Aber das hilft Ihnen natürlich nicht weiter. Ich fürchte, die Lagepläne sind aus.

Ich habe schon längst neue angefordert, aber das liegt leider nicht in meiner Macht. Ich zeige Ihnen kurz, wo Sie hinmüssen.

Er führte sie zu dem Weg, den sie entlanggehen sollte bis zum zwölften Grab auf der rechten Seite. Sie bedankte sich, und der Mann verabschiedete sich mit einem diskreten, seltsam verlegenen Nicken.

Sie ging los, zwölf Gräber lagen vor ihr. Sie spürte, wie sich etwas in ihrem Inneren zusammenzog, und blieb kurz stehen. Sie drehte sich um, aber der Mann war nicht mehr zu sehen. Autos rollten über das Klinkerpflaster jenseits der alten Friedhofsmauern. Nur kurz, dann würde es schon wieder gehen. Gurrende Vogelstimmen. Erst jetzt wurde ihr bewusst, dass sie mit leeren Händen gekommen war.

Der Weg zwischen den Gräbern bestand aus trockenen weißen Muschelschalen. Sie setzte sich wieder in Bewegung, las den Namen auf jedem Grab zu ihrer Rechten. Laurijsen, Simons, Witteveen. Sie hörte damit auf, erschrak, als eine junge Frau an ihr vorbeiging. Sie wollte wieder stehen bleiben, doch ihr fiel kein einziger triftiger Grund dafür ein.

Sie brauchte nicht zu zählen, da war sein Name, wuchtige Buchstaben über den Lebensdaten auf einer ansonsten leeren Grabplatte. Grau, streng und überraschend alt, Moos wucherte wie Schimmel in den Ecken und den Buchstaben. Sie ging zu der Stelle zurück, wo die Gießkannen und Eimer standen. Sie füllte eine Kanne, bemerkte eine Harke und nahm sie ebenfalls mit.

Mit Wasser und Fingernägeln entfernte sie das Grün aus den Kuhlen der Buchstaben, kratzte alles Moos weg und harkte säuberliche Bahnen in die Erde zu beiden Seiten des Grabsteins. Sie fuhr sich mit einem Ärmel über das verschwitzte Gesicht, kontrollierte das Grab und den schmalen Bereich ringsum auf Unebenheiten, Flecken und aufkeimende Probleme, und als sie nichts mehr entdeckte, goss sie das restliche Wasser über den Stein und die matte Erde. Als sie aufschaute, sah sie nicht weit von sich entfernt die junge Frau neben einem Grab knien. Sie trug Gartenhandschuhe und schien etwas einzupflanzen. Sie beobachtete ihre Gesten und fragte sich, ob die junge Frau Vater oder Mutter Blumen brachte oder ob sie das Grab ihres Geliebten pflegte.

Sie stellte die Gießkanne und die Harke zurück an die Wasserstelle und beschloss, einen Umweg zu machen, vorbei an der knienden Frau mit ihrem Strohhut und ihren Gartengeräten, die aussah, als ob sie noch lange hierbleiben würde.

37

Unter ihr leuchteten, wie Algen im tiefen Meer, die verschwommenen Lichter von Hongkong. Der Mann neben ihr lehnte sich unangenehm dicht herüber, um auch einen Blick darauf zu erhaschen. Sie schob ihre rechte Schulter in sein Blickfeld und merkte, dass er verstanden hatte, denn er ließ sich zurück in seinen Sitz sinken.

Sie war noch nie zuvor in Hongkong gewesen, liebte das Ankommen, die ersten Eindrücke von einem unbekannten Flughafen in einem unbekannten Land.

Das Flugzeug näherte sich dem undefinierbaren Gewirr, das schon bald in Gebäude, beleuchtete Straßen und rastlose Autopünktchen zerfiel. Sie kontrollierte ihren Gurt, versuchte zu gähnen, um die Ohren frei zu bekommen. Hielt sich kurz die noch vage nach Zigaretten riechenden Finger unter die Nase. Als die Stewardess mit der Tüte vorbeikam, hatte sie ihre Kopfhörer schon in der Hand. Zehn Stunden, sie hatte genug von dem engen Sitz und den reifen menschlichen Aromen, sie wollte raus.

Mehrere hohe Ebenen und ein Zug, der die Terminals miteinander verband, alles war angenehm weitläufig und hell und schlaflos. Die Boutiquen hatten bereits geschlossen, aber vor den Theken der Schnellimbisse standen Schlangen, anderswo war es noch nicht zu spät für Champagner und Austern, Geschäftsleute saßen auf hohen Hockern vor Sushi, Kinder ruinierten ihre Gewohnheiten mit Ferien-Pommes-frites und Mitternachtseis. Mit ihrem Rollkoffer betrat sie einen Kiosk und kaufte einen Reiseführer. Sie fand einen Geldautomaten und hob einen Betrag ab, der für ungefähr vier Tage reichen würde. Das Geld steckte sie in ihr Portemonnaie, sie wusste noch nicht, was sie damit machen sollte, ob es klüger wäre, es unter ihrer Kleidung zu verstecken, oder ob das Seitenfach der Handtasche ausreiche. Sie folgte den teuren Koffern zur Schlange am Taxistand.

Das Taxi wurde langsamer und bog in eine Seitenstraße ein, sie zwang sich aus ihrem Dämmerschlaf und bereute sofort, dass sie während der Fahrt nicht aufmerksamer gewesen war, die Leuchtreklamen und Gebäude, über die sie sich hoch oben in der Luft gefreut hatte, lagen jetzt hinter ihr. Langsam rollten sie weiter durch die dunkle Straße, der Fahrer blickte suchend auf die Fassaden. Die erste Zigarette nach dem stundenlangen Flug war ihr wie eine Vorspeise erschienen. Der Fahrer bremste und rief nach hinten, dass sie angekommen seien. Sie stieg aus, und der Fahrer stellte ihren Koffer auf den Gehweg. Das Licht der Lobby fiel heraus auf die Straße, auf ihre Scheine, die noch alle gleich aussahen. Sie schälte den richtigen heraus, es war zu viel, sie hatte es nicht kleiner, aber der Mann hatte das Wechselgeld schnell zur Hand, lächelnd ließ sie ihn einen Teil davon behalten. Er bedankte sich und stieg wieder ein. Als sie ihre Zigaretten aus der Tasche holte, flog die Tür zur Lobby auf. Ein junger Mann hieß sie willkommen. Entschuldigend hielt sie die Zigarette hoch. Der junge Mann deutete auf ihren Koffer. Mit einer Geste gab sie ihm zu verstehen, dass er ihn hineintragen könne. Sie nahm eine Visitenkarte aus ihrer Umhängetasche und reichte sie ihm zusammen mit dem Rest des Wechselgelds. Er dankte ihr und bemühte sich, ihr begreiflich zu machen, dass sie sich Zeit lassen solle. Sie zündete die Zigarette an, nahm einen tiefen Zug und freute sich über den milden Abend, obwohl es in den Niederlanden womöglich sogar noch wärmer war. Ein Mann und eine Frau gingen an ihr vorbei, freundliche Blicke. Am Rücken des Mannes hing ein schlafender Junge. Sie betraten das Hotel, nickten den Leuten an der Rezeption zu. Durch die Glastür sah sie den dreien nach, wie sie den Flur entlanggingen, bis sie im Aufzug verschwanden.

Ein breites Bett, ein richtiger Kleiderschrank, erleichtert erkannte sie den Schreibtisch von den Fotos wieder, die sie zu ihrer kurzfristigen, überstürzten Buchung geleitet hatten. Sie war zufrieden und hob den Koffer aufs Bett. Sie ging ans Fenster, stellte die Lamellen der Jalousien schräg und sah, dass sie wie erhofft zur Straße hin schlief. Die Minibar war im Fernsehschränkchen versteckt. Viele englischsprachige Kanäle, je weiter sie schaltete, desto schlechter wurde das Bild, und sie musste an die Fernsehgeräte von früher denken, an ihren Vater, der die grießeligen deutschen Sender nach hinten verschoben hatte.

Auf der Toilette bemerkte sie, dass ihr Urin stank, sie hatte zu wenig getrunken. Neben dem Waschbecken stand eine Plastikflasche mit Mineralwasser, und sie zwang sich, tiefe Züge daraus zu nehmen. Dann spritzte sie sich Wasser ins Gesicht und schminkte ihre Augen nach. Schwindlig, weil sie wenig gegessen hatte, nicht richtig müde. Sie ging nach draußen.

Auf dem Bürgersteig stand ein Mann über mehrere dampfende, brutzelnde Tontöpfe gebeugt. Er hatte alle Deckel im Blick, rührte hier und da, goss Wasser oder braune Soße nach, die Gasflammen unter den Töpfen loderten hell und lärmend. Nachdem sie den Mann und sein Treiben kurz beobachtet hatte, beschloss sie, seinen Imbiss zu betreten, und bat um einen Platz in der Nähe seiner flinken Hände. Die junge Frau, die ihr den Tisch zugewiesen hatte, reichte ihr die Speisekarte, und sie suchte nach einem Gericht, das aus einem dieser Töpfe kommen würde. Schließlich bestellte sie etwas mit Champignons, Rindfleisch und Ei, Zutaten, die sie erkennen würde, wenn sie mit geschicktem Schwung in die Pfanne flogen. Sie schaute sich um, das Lokal war halb voll, aber sie sah niemanden rauchen. Die Kellnerin rief dem Mann auf der Straße etwas zu, woraufhin dieser nickte, ohne den Blick vom Herd zu wenden, sofort einen neuen Topf auf eine Flamme stellte, den Deckel kurz anhob und einen tiefen Löffel Öl und eine Handvoll Schalotten hineingab. Sie beobachtete, wie er das Gericht zusammenstellte, merkte, dass sie sich wünschte, er möge nur noch ihren Topf berühren. Der Reis kam schon früh hinein, das Fleisch und die Pilze mussten offensichtlich unterwegs garen, denn da kam ihr Essen schon, die Kellnerin warnte sie vor dem heißen Topf.

Die ersten Bissen waren tatsächlich glühend heiß, und sie konnte gar nicht anders, als mit offenem Mund zu kauen.

Sie bohrte mit den Stäbchen in ihrem Essen und stellte fest, dass Reis am Topfboden klebte. Sie ignorierte Fleisch und Ei und aß nur noch von dem festgebackenen Reis, beinahe schwarz und süß und knusprig und verboten.

Nach dem letzten Bissen hartem Reis lehnte sie sich zurück und trank einen kühlenden Schluck von ihrer Cola. Der Mann draußen auf der Straße kochte nicht mehr, sondern lehnte rauchend am Türrahmen. Ihr wurde plötzlich bewusst, dass sie zu den letzten Gästen gehörte. Der Mann drehte sich um, schaute ins Innere des Lokals und drückte seine Zigarette aus, indem er mit der glimmenden Spitze an seiner schmutzigen Schürze entlangstrich. Sie stand von ihrem Tisch auf und bedeutete der Kellnerin, dass sie zahlen wolle. Danach gesellte sie sich zu dem Mann und bot ihm eine Zigarette an. Er nahm das Geschenk an und dankte ihr kaum hörbar auf Englisch. Sie gab ihm Feuer, und sie rauchten, nicht zusammen, sondern gleichzeitig.

Nirgendwo war es wirklich einsam, die Stadt schien die ganze Nacht hindurch in Beschlag genommen zu sein. Alte Damen in dicken Pyjamas wanderten mit hinter dem Rücken verschränkten Händen schlaflos durch die Straßen. Eng aneinandergedrängte Mädchentrauben und kleinere Gruppen von Jungen drehten ihre Kreise auf Plätzen und vor den verschlossenen Türen der Einkaufszentren, die Gesichter blau über ihren flackernden Displays. Sie steckte die Hände in die Taschen ihres Trenchcoats und bemühte sich, nicht zu oft stehen zu bleiben. Sie hatte ihren Reiseführer im Hotel liegen lassen, folgte den Schildern Richtung Ufer.

Am Wasser fand sie einen Platz auf einer steinernen Bank. Paare und Familien schauten über den schmalen Strom zu dem grellen Gewimmel auf der anderen Seite hinüber. Bilder und Buchstaben leuchteten auf oder wanderten über endlose Fassaden nach oben. Die massiven Streben der Bank schmerzten an ihrem Hintern, ihre Füße fühlten sich taub an, und ihr wurde allmählich bewusst, dass sie die ganze Strecke auch wieder zurücklaufen musste. Aber sie riss sich zusammen, konzentrierte sich und nahm ihren Gedankengang wieder auf. Mit zehn hatte sie einen Unfall gehabt. Sie hatte damals lange am Straßenrand gelegen, aber sie hatte einen Weg gefunden, die Zeit zu überstehen. Es war ganz leicht gewesen. Erst hatte sie die trockenen braunen Blätter fixiert, die neben ihrem Gesicht lagen, manche davon halb eingerollt und mit dunklen Flecken übersät, sie erinnerten sie an Papier, später an Haut, danach hatte sie das Moos darunter betrachtet, den abgestorbenen Zweig, vertrocknet, aber weiß und glatt, als sie die Hand danach ausstreckte. Ein Stück weiter weg der Strauch mit den Dornen, die nackte Beine blutig ritzten, und den zerdrückten Früchten, die sie als Brombeeren identifizierte. Eine Ameise kam auf sie zugekrabbelt, aber die hatte, ohne dass sie sich dazu zwingen musste, ihren Schrecken verloren, und sie beobachtete ihre Beine und Antennen, folgte ihrem hektischen Geraschel durch die Gänge der herabgefallenen Blätter. Da war etwas an ihrem Kopf, was eine bleibende Narbe hinterlassen würde, sie wagte nicht, es anzufassen.

36

Es gab da eine Art Niemandsland, eingefasst zwischen Übungsgelände und Nationalpark, wo er mehr als ein Mal seinen Wagen abgestellt hatte. In der späten Abenddämmerung, wenn nur wenige Autos vorbeikamen. Es war ein ruhiger Abschnitt, zu beiden Seiten der Straße standen Eichen dicht am Asphalt, an einer zerschrammten Rinde klebte Farbe von einer Stoßstange und der dazugehörigen Motorhaube, im Dunkeln war die Strecke bei Betrunkenen beliebt.

Ein hoher grüner Zaun versperrte den Zugang zu einer großen Wiese, die in der Ferne an den Waldrand stieß. Als Kind hatte er oft nach Hirschen Ausschau gehalten, die aus genau so einer dunklen Baumreihe hervortreten sollten. Er verhakte seine Finger im Drahtgeflecht, beugte sich vor und dachte an Juni und September, die Monate, deren Abende die Wärme des Tages rascher an den kühlen Tau verloren. Er hatte zu riechen gelernt, aufmerksam zu sein, trotzdem wollte er den Zaun zwischen sich und dem Wald spüren, der ihn dazu brachte, die Augen zu schließen, um das Würzige, modrig Feuchte von Gras und Laub in sich aufzunehmen. An genau so einem Ort war alles gewesen.

Bald würde es dunkel werden. Er sah nie etwas, wusste nicht einmal mehr genau, was er eigentlich erwartete, und auch diesmal würde er sich wieder seinem Auto zuwenden und mit heruntergelassenen Scheiben zu seiner Verabredung fahren, zu ihr. Bis sich in der Ferne plötzlich etwas aus der Hecke löste, die nun nicht mehr aus einzelnen Bäumen bestand. Eine graue Gestalt – ein altes Grau wie von trockenen Kieselsteinen – wanderte hin und her durch das Gras, das ohne Licht nicht mehr lange grün bleiben würde. Er sah, wie die Gestalt zögerte, vielleicht suchte sie etwas, er fragte sich, ob sie ihn ebenfalls gesehen hatte, überlegte, ob er winken solle.

Plötzlich kam ihm die Gestalt bekannt vor. Nicht, dass er ein Gesicht hätte sehen können, aber etwas in ihrer Haltung, in den stets wiederholten zögerlichen Schritten verwirrte ihn, frustrierte ihn, wie immer, wenn man sich einer Sache nähert, der nur noch ein unbedeutendes Detail fehlt, um sie fassen zu können.

Hier. Ich bin hier.

Vielleicht würde die Gestalt ihn erkennen und so das Rätsel lösen. Aber sie schaute bei seinem Rufen nicht auf, schien sich nicht vom Waldsaum lösen zu können.

Er streckte einen Arm durch den Zaun, riss sich den Ärmel auf. Er winkte und rief immer lauter. Doch die Gestalt reagierte nicht.

Und da begriff er, dass sie genauso unerreichbar war wie früher sein eigenes Bild im Spiegel und dass er die Bäume nicht wirklich gerochen hatte.

35

Die junge Frau, die die Zimmer sauber machte, war früher zur Arbeit gekommen, weil der Arzt an diesem Nachmittag endlich Zeit hatte, sich ihren Arm anzusehen. Ehe sie nach oben ging, schlüpfte sie kurz in den Frühstücksraum, wo sie fünf besetzte Tische sah und drei leere, die noch nicht abgeräumt waren. Eierschalen auf Tellerrändern, dampfende Becher, Krümel, schmutziges Besteck, Männer und Frauen mit nassem Haar in T-Shirts und Flipflops am Buffet. Es war Mittwoch, alle Museen hatten geöffnet, leider nicht Montag, wenn alle immer sofort wegwollten, aber zum Glück auch nicht Sonntag, wenn die Gäste länger im Bett blieben und sie mehr Spermaflecken auf den Bettlaken und Handtüchern fand. Sie stapelte zusätzliches Toilettenpapier und Bierdosen auf ihren Wagen und betrat den Aufzug.

Im obersten Stock gab es nur drei Zimmer, aber an keinem davon sah sie ein grünes Schild an der Türklinke. Ihr Chef hatte ihr verboten zu klopfen. Obwohl die meisten das Ding einfach ignorierten oder vergaßen, es umzudrehen, musste sie auf das grüne Schild warten. Sie schepperte geräuschvoll mit ihrem Wagen durch den Flur, dann blieb sie stehen und lauschte. Aus dem Zimmer neben ihr drang ein federndes Quietschen, als sich jemand im Bett umdrehte. Sie ging zur Suite an der Ecke und horchte an der Tür. Gerade als sie ihre Schlüsselkarte durch den Schlitz ziehen wollte, hörte sie jemanden husten und schnauben. Sie streichelte ihren schmerzenden Arm und ging zurück zu ihrem Wagen.

Sechs Stockwerke, vierunddreißig Zimmer, noch Sommer, schönes Wetter. Grüne Schilder, zum Glück, einfache Zimmer von Leuten, die noch eine weitere Nacht blieben. Alle Laken, die noch halbwegs unberührt aussahen, ließ sie heute liegen, sie füllte Shampoo und Bodylotion nach, wischte hastig über Duschwände, suchte Fernbedienungen, putzte Urinränder um die Toiletten weg. Die menschlichen Hinterlassenschaften, die alten oder neuen Koffer und unordentlichen Kleider, die Bücher, Bettgerüche und vollen Mülleimer beschworen für sie keine Geschichten mehr herauf. Die immer gleichen Andenken, das immer gleiche Verhalten, wie die Gäste schliefen, in ihrem Zimmer aßen und tranken, stritten, badeten, Sex hatten, das alles erschien in einer derartigen Fülle, dass ihre Verwunderung und damit auch ihre Fantasie erloschen waren.

Sie sah auf ihrem Handy nach, wie spät es war. Vor jeder Tür, aus der Badgeräusche drangen, blieb sie stehen. Eine halbe Stunde, länger brauchten die meisten nicht, sie notierte die Zimmernummer auf ihrer Liste. In Zimmer siebzehn waren die Fensterscheiben mit einer seltsamen Substanz verschmiert, aber sie stank nicht und verschwand schon nach kurzem, energischem Reiben. Der Nachschub auf ihrem Wagen war noch nicht aufgebraucht, bis jetzt hatte niemand die Hotelration übermäßig verschwendet, es würde reichen. Sie massierte ihren Oberarm, ruhte sich in einem der großen Zimmer kurz aus.

Kein grünes Schild bei Nummer elf, sie kannte den Gast, einen Mann, der in den vergangenen drei Tagen jeden

Morgen die gleiche Routine befolgt hatte. Normalerweise hing um diese Zeit noch das rote Schild an seiner Tür, aber jetzt nicht. Sie wagte zu klopfen. Es kam keine Reaktion, und sie kontrollierte ihre Liste. Vielleicht war er schon früher in die Stadt gegangen, weil er eine Neunuhrbesucherkarte für die Kapelle hatte. Sie öffnete die Tür mit ihrer üblichen lauten Begrüßung, good morning, housecleaning, sie gebrauchte die englischen Worte, die ihr so viel deutlicher über die Lippen kamen als die italienischen, und steckte den Kopf ins Zimmer. Die Vorhänge waren halb geöffnet, niemand lag im Bett. Der Gestank von Scheiße, sie erschrak, doch gleich darauf wurde sie wütend. Sie zog ihren Wagen ins Zimmer, knallte die Tür hinter sich zu und fluchte laut. Sie hatte keine Zeit, ein komplettes Badezimmer zu schrubben, sie hasste den Mann, der ihr diese zusätzliche Arbeit eingebrockt hatte, überlegte, wie sie sich an ihm rächen könnte. Sie überprüfte ihre Gummihandschuhe auf Löcher, band sich ein Geschirrtuch vor den Mund und ging ins Bad.

Der Mann lag auf dem Boden, die Arme unter dem Körper. Er trug lediglich eine Unterhose. Sie erkannte es an der Farbe seiner Haut, Gelb und Grau, obwohl dies ihr erster hellhäutiger Toter war. Der Gestank rührte von einem braunen Kreis in seiner Unterhose her, seine Augen waren offen, sie bemerkte ein wenig dunkles, getrocknetes Blut neben seinem Mund, wahrscheinlich vom Sturz auf die Fliesen. Das Tuch vor ihrem Mund wurde feucht.

Sie schloss die Badezimmertür, öffnete ein Fenster, zog jedoch die Vorhänge zu und setzte sich auf das Bett. Das Portemonnaie des Mannes lag auf dem Nachttisch. Sie klappte es auf und blätterte durch Ausweise und Geldscheine. Einen Zwanziger steckte sie ein. Sie nahm immer nur kleine Beträge, das war der Grund dafür, dass sie noch nie erwischt worden war. Und sie musste immer schon im Voraus wissen, wofür sie das Geld ausgeben würde. Mit diesem Fang würde sie einkaufen gehen, sodass sie nach ihrem Arzttermin endlich wieder einmal Calulu kochen konnte.

Wenn sie jetzt nach unten ginge und Marco von dem Toten in Zimmer elf erzählte, würde er sie wahrscheinlich wütend nach Hause schicken, damit die Polizei sie nicht zu Gesicht bekam, und sie für alle Zimmer bestrafen, die sie noch nicht geputzt hatte. Es war klüger, erst alles zu erledigen, bevor sie ihren Fund meldete. Sie musste sich beeilen, damit sie fertig war, bevor der Geruch des Mannes hinaus auf den Flur drang.

Sie ließ alle Hemmungen fallen, klopfte an jede Tür ohne Schild und sogar an die mit einem roten. Ihre Zeit und ihr Arm waren ihr die Beschwerden wert. Manchmal öffneten Männer in Unterwäsche, sie lächelte freundlich, um eingelassen zu werden, war erleichtert, wenn sich herausstellte, dass auch eine Frau dazugehörte, die im Zimmer ihre Haare föhnte oder sich im Bad vor ihr versteckte.

Es war genau wie mit dem Arzt, sie hatte Glück, konnte es kaum glauben, sie wurde nirgends weggeschickt, und die meisten schweigenden Türen führten in verlassene Zimmer. Nummer vier strich sie als Letztes von ihrer Liste, sie war fertig, und es war erst kurz nach elf. Sie brachte ihren Wagen in den Keller, stopfte die schmutzigen Handtücher in die blauen Säcke, die der junge Mann später abholen würde. Während sie ihre Schürze losband, hakte sie in Gedanken noch einmal ihre Aufgaben ab. Sie hatte nichts vergessen und ging die kurze Treppe hoch zum Büro.

Marco reagierte genau so, wie sie es erwartet hatte. Er stand vom Schreibtisch auf und rief von der Tür aus nach Lena. Lena hatte den Mann gefunden, nicht sie, sie arbeitete gar nicht hier, sie existierte nicht, sie konnte froh sein, dass sie hier arbeiten durfte. Sie hörte wortlos zu und senkte den Kopf, weil sie durchschaut hatte, wie empfänglich er für Reue und demütiges Auftreten war. Er erkundigte sich nach den Zimmern, und sie antwortete, sie sei mit allen durch. Er ließ sie die Antwort wiederholen, und sie begriff, dass sie ihm durch ihren unerwarteten Arbeitseifer die Gelegenheit genommen hatte, ihr noch länger die Leviten zu lesen. Danach schickte er sie mit einer wegwerfenden Geste nach Hause. Sie war schon fast zur Tür hinaus, als er fragte, wie der Tote aussehe. Sie glaubte, er wolle wissen, auf welche Weise der Mann Selbstmord begangen habe, und antwortete, dass sie kein Seil oder Verletzungen gesehen habe. Aber das hatte Marco nicht gemeint. Er sagte, der Mann habe Anfang der Woche eine Frau auf seinem Zimmer gehabt. Dann bedeutete er ihr mit einem Wink, dass sie die Frage vergessen solle. Sie nickte und eilte beinahe im Laufschritt an Lena vorbei, die verblüfft zu ihr aufsah.

Ein Fensterplatz im frühen Bus, alles würde gut werden. Der Bus fuhr aus den engen Schatten des alten Stadtkerns hinaus in die ruhigeren Straßen der Außenbezirke, sie schob einen Ärmel hoch, hielt den Arm an die warme Scheibe. Am ersten Morgen hatte sich der tote Mann kurz mit ihr unterhalten. In gebrochenem Italienisch hatte er sie gefragt, woher sie stamme. Sie hatte Kamerun geantwortet, doch als er daraufhin auf Französisch weiterredete, was er besser beherrschte, hatte sie zugegeben, dass sie eigentlich doch nicht da geboren war. Da hatte der Mann gelacht und va bene gemurmelt. Er wechselte ins Englische, und in dieser Sprache plauderte sie erleichtert mit ihm über die Stadt. Er erkundigte sich, was ihr auf dem Weg zur Arbeit Besonderes auffiel, und so würde sie ihn in Erinnerung behalten, beschloss sie: als einen höflichen Mann. Marcos Bemerkung, dass er sich eine Frau ins Zimmer geholt habe, konnte diesen Gedanken nicht beflecken. Er war ein einsamer Mann, weit weg von zu Haus, warum sollte er sich nicht trösten lassen. Soweit sie sich erinnerte, hatte er auch keine Spuren dieser Begegnung zurückgelassen. Sie hätte gern mehr über diese Frau gewusst, weil sie als Letzte mit dem Mann geschlafen hatte. Sie hoffte, dass sie ihm gutgetan und ihm nichts vorenthalten hatte.

Sie näherte sich ihrer Haltestelle. Kurz dachte sie noch an ihren Toten und daran, was eine Frau für einen Mann tun kann. Bis der Bus anhielt und sie ausstieg und ihre Füße auf den Bürgersteig einer sonnigen Einkaufsstraße traten. Sie war glücklich über diesen Tag, glücklich über ihren Termin. Endlich würde jemand einen Blick auf ihren Arm werfen, der ihr die Arbeit erschwerte und manchmal so heftig pochte, dass sie nachts davon aufwachte, endlich würde er kundige Hände spüren. Sie war zu früh dran und nutzte die Zeit, um sich die Schaufenster anzusehen, die glasierten Torten, die rote Jacke, die ihr Gesicht in der Scheibe umschloss.

34

Er las viel, wozu er schon lange keine Gelegenheit mehr gehabt hatte. Heute Morgen zum Beispiel war er noch vor Sonnenaufgang aufgewacht, Stunden bevor sein Handy ihn wecken sollte, und das Erste, was ihm in den Sinn kam, war sein Buch und an welcher Stelle er die Lektüre unterbrochen hatte. Er griff danach, packte das Kissen neben sich, faltete es doppelt, schob es sich unter den Kopf, damit er etwas höher lag, und begann zu lesen.

Ein Bibelspruch kam auf meine Lippen, aber ich hielt ihn zurück, denn ich weiß, daß Geistliche es für blasphemisch ansehen, wenn Laien auf ihrem Gebiete wildern. Mein Onkel Henry, der siebenundzwanzig Jahre Vikar von Whitstable war, sagte bei solchen Gelegenheiten stets, daß der Teufel für seine Zwecke auch immer Bibelsprüche bei der Hand hat. Er erinnerte sich noch der Zeiten, wo man dreizehn Austern für einen Schilling bekam.

Danach stand er auf und ließ ein wenig Licht zwischen den Vorhängen herein. Er liebte Frankreich, wo junge Leute mit aufgeschlagenen Büchern im Schoß auf den Stufen von Buchläden saßen, und Japan, wo Geschäftsleute auf Dachterrassen mit einem süßen Brötchen und einem selbst eingebundenen Roman ihre Mittagspause verbrachten.

Er schlug das Buch in der Mitte auf und hob das Papier an seine Nase. Penguin, 1965. Ein Geruch, den er zum ersten

Mal in den Bücherkartons seines Vaters auf dem Speicher gerochen hatte. Danach hatte er ihn mitgenommen, in sein Studentenzimmer, sein Studentenbett, hatte ihn bei sich getragen, später mit Tessa geteilt, nie wieder aufgegeben, ein Geruch, der immer so viel mehr gewesen war als der von Holz und Druckerschwärze.

Drei Bücher hatte er mitgebracht, und das dickste hatte er sich für den Schluss aufgehoben. Er plante seinen Tag um den Vortrag herum, den er halten würde, um sein Buch und um das Abschiedsessen am Abend.

Etwas Einfaches. Jemanden, mit dem er reden, die Eindrücke der fremden Stadt und die Freude an altem Romanpapier teilen könnte.

Er legte das Buch auf den Schreibtisch und ging ins Bad, um sich zu rasieren.

33

Ihm blieb noch etwas Zeit bis zum Abendessen, und er fand einen Tisch in einem Straßencafé. Der Ober kam nach draußen, und er bestellte einen Caffè corretto, eine Entdeckung, die er bereits am ersten Tag gemacht hatte. Der Ober nickte und wandte sich einem anderen Tisch zu, an dem eine ältere Frau mit erhobenem Finger seine Aufmerksamkeit forderte. Als der Ober neben ihr stand, deutete die ältere Frau auf etwas über ihr. Keine Bestellung, ein anderer Wunsch. Der Ober sah sich kurz um, es schien, als zählte er die Gäste an den Tischen, dann ging er an die linke Seite der großen Fensterscheibe, zog am Riemen der Markise, und die rote Glut, die über der Terrasse gehangen hatte, verschwand. Die ältere Frau machte ein zufriedenes Gesicht.

Er legte das Buch und sein Handy auf den Tisch und schob den Stuhl noch ein Stück weiter zurück, sodass er die Beine übereinanderschlagen konnte. Er blickte auf eine Einbahnstraße und sah viele Studenten auf Fahrrädern, vor allem junge Männer. Am Tisch neben ihm redete ein korpulenter Mann in einem ununterbrochenen Strom auf seine unter Hut und Sonnenbrille versteckte Frau ein, doch die einzigen Wörter, die er aufschnappte, waren casa und adesso.

Es war alles nicht so dringend, für die Leser war er noch gar nicht weg. Die Zeitung würde seine erste Kolumne aus Padua am Mittwoch drucken. Der Ober brachte seinen Caffè corretto heraus, sah sein Handy auf dem Tisch und erkundigte sich auf Englisch, ob er damit zufrieden sei.

I bought it two days ago. I don't know. It's okay. It's nice.

Ihm wurde bewusst, dass sein Tisch nur eine Armlänge von der Straße entfernt stand, und er zwängte das Handy in seine Hosentasche. Das Buch wurde zum Untersetzer für Tasse und Untertasse, er durfte erst weiterlesen, wenn er etwas Passendes für den ersten Satz gesehen oder sich etwas ausgedacht hatte. Der Grappa im Caffè corretto überraschte ihn doch wieder aufs Neue, glühend floss er durch seinen Mund und brannte weiter auf seinem Weg hinunter in den Magen.

Sein Hotel lag ganz in der Nähe, und es war luxuriöser, als er erwartet hatte. Anfangs hatte man ihm ein Zimmer in einem der Universitätsgebäude versprochen, doch im letzten Moment hatte er erfahren, dass ein Hotel den Aufenthalt des niederländischen Gasts sponsern würde. Er hatte das Einzelzimmer neben dem Aufzug gegen eine Ecksuite getauscht und mit dem Manager vereinbart, dass er alles selbst bezahlen würde.

Die über den unebenen Straßenbelag rüttelnden Autoreifen, der Klang einer Glocke aus einer der zahllosen alten Kirchen, ein knatternder Roller mit einem alten Mann darauf, schöne Falten, ein Gesicht wie Vittorio Gassman, ein schlampig gekleideter Junge, der zu starr die Tische betrachtete, ein Mann, der ein Plakat über andere Plakate kleisterte, der Blick des Obers, der vorbeigehenden jungen Frauen nachsah.

Er schien sich über das ganze Leben lustig zu machen, und seine Spöttereien über die Kolonie Tsching-Yen waren beißend; aber er lachte auch über die chinesischen Beamten in Mei-tan-fu und über die Cholera, welche die Stadt verheerte.

Nach kurzem Suchen hatte er eine Webseite auf Englisch gefunden. Er wählte die angegebene Nummer, und am anderen Ende ertönte ein italienisches Sprachmenü. Er tippte nichts ein, sondern wartete, bis er weiterverbunden wurde. Nach einer kurzen Stille erklang blecherne Musik, und er beschloss, nach einer Minute aufzulegen. Doch er achtete nicht so genau auf die Zeit, schlenderte zum Fenster, schaute hinaus auf die Straße, setzte sich zurück an den Schreibtisch. Ein lautes Klicken, dann rief eine weibliche Stimme pronto, er horchte, ob er Ärger und Frostigkeit in diesem einen Wort vernahm, und geriet kurz ins Zweifeln, doch er legte nicht auf, komisch, wie empfindlich er anfangs immer reagierte. Er antwortete auf Englisch, dass er jemanden für diesen Abend buchen wolle. Die Frau am anderen Ende der Leitung wechselte in ein mühsames, aber verständliches Englisch. Sie erklärte ihm die Regeln und Preise, dann fragte sie nach der Adresse, und er nannte den Namen seines Hotels.

Not a problem. Not a problem.

Die Fotos auf der Webseite zeigten einen privaten Rahmen, die Frauen saßen oder lagen auf dem Bett oder auf Sofas mit Überwurf, als hätte ihr Freund oder Ehemann sie abgelichtet. Schlichte Fantasien, Femmes fatales, aufreizende Hausfrauen, bei den meisten blieben die Brustwarzen bedeckt, und das gefiel ihm auch. Er war sich darüber im Klaren, dass die Fotos wahrscheinlich einfach aus dem

Internet stammten, trotzdem hatte er sich eine bestimmte Frau ausgesucht. Camilla, siebenundzwanzig Jahre alt, züchtig auf einem Diwan sitzend, eine Brünette mit geschlossenen Augen, deren kurzes schwarzes Kleid den Blick auf den Saum ihrer Strümpfe freigab. High Heels, volle Lippen, die Knöpfe bis zum Nabel offen. Er ging davon aus, dass er letztlich einen bestimmten Typ auswählte, und das war die Art Frau, mit der er heute Abend schlafen wollte: eine nicht zu junge, laszive Brünette. Er nannte Camilla und hörte das Zögern, aber sie hatte sich gleich wieder im Griff und versprach ihm den Namen, den er wollte, die Frau seiner Träume.

Er hatte den Preis vorab richtig eingeschätzt und brauchte nicht mehr rauszugehen, um noch Bargeld zu holen. Die Wartezeit überbrückte er mit einem ausgedehnten Bad, zwanzig Seiten aus seinem Buch, einer Dose Cola aus der Minibar, einem Anruf bei Corinne und der Aussicht auf die Straße. Für einen Moment war er der Tourist hinter dem Hotelfenster, die einsame Gestalt mit nassem Haar im weißen Bademantel, gelb erleuchtet, deutlich sichtbar für die Passanten und die dunklen Fenster auf der gegenüberliegenden Straßenseite.

Schon während des Telefonats hatte er eine Erektion bekommen, später im Bad, aber auch danach, hielt er seinen Penis wach, träge erregt und mit glänzendem Lusttropfen an der Spitze. Er sah, wie ein Auto in die Straße einbog.

Wenn sie ihm nicht gefiel, würde er ihr das Geld geben und sie wieder wegschicken. Sein Haar war fast trocken, seine Erektion hatte ein wenig nachgelassen. Im Bad spülte er sich noch kurz den Mund aus, dann ging er zur Tür und wartete.

Sie glich der Camilla, die er gesehen hatte, zumindest sah sie ihr ähnlich genug, dass er sie dabehalten wollte. Sein Mund war plötzlich wie ausgedörrt, wodurch er etwas Unangenehmes bemerkte, einen schal gewordenen Essensrest irgendwo weit hinten in Mund oder Kehle. Er versuchte, ihn hinunterzuschlucken. Sie stellte sich als Camilla vor, und er war zufrieden mit ihrer Vorbereitung. Sie trug keinen Mantel, lediglich ein schlichtes, hochgeschlossenes Kleid, dünne goldene Karos auf Schwarz, und einen Gürtel um die Hüften, die ihm immer besser gefielen. Eine Kette funkelte an ihrem Hals, der Anhänger lag halb verborgen unter dem sich wellenden dunklen Stoff, es funktionierte, seine Neugier war geweckt, er wollte sehen, wo sie sonst noch glänzte.

Er fragte sie auf Englisch, ob sie sich hinsetzen wolle. Sie lächelte, kam ins Zimmer und setzte sich auf das Fußende des Bettes. Sie schlug die Beine übereinander, wodurch die Ränder ihrer schwarzen Strümpfe sichtbar wurden. Er wollte nicht an Routine denken, an abgenutzte Rituale. Sie lehnte sich ein wenig nach hinten, die Hände neben sich aufs Bett gestützt, und sah sich um.

Do you speak English?

Sie schüttelte den Kopf, noch immer strahlte dieselbe Sonne aus ihrer Miene. Er deutete auf die geöffnete Weinflasche und die beiden Gläser auf dem Schreibtisch. Sie nickte, und er bemerkte, dass sie an ihm vorbeisah, um sich in dem mannshohen Spiegel an der Tür zu betrachten. Er schenkte Weißwein in die Gläser, das eine etwas voller als das andere. Danach rückte er den Stuhl vom Schreibtisch vor das Bett. Er reichte ihr das vollere Glas und setzte sich ihr gegenüber. Er hielt sein Glas schräg, sie stieß behutsam mit ihm an und schaute ihm dabei unverwandt in die Augen, was ihm den Atem raubte. Er sah zu, wie sie einen Schluck trank, dann trank auch er, doch er verlangsamte seine Gesten bewusst, um das Zittern in seinen Händen zu unterdrücken.

Ich möchte etwas mit dir vereinbaren. Ich habe ein paar Wünsche, nichts Ausgefallenes. Aber ich fände es schön, wenn du mir einen Gefallen tun könntest.

Ah, Olandese.

Sì. Olandese. Das Erste ist ganz einfach. Hör mir gut zu. Ich werde dich Tessa nennen. Du heißt Tessa. Tes-sa.

Tessa.

Sehr gut. Solange du hier bist, heißt du so. Ich heiße Marius.

Mariuss. Mario.

Nein. Marius.

Marius.

Sehr gut. So heiße ich. Ich bin Marius, und du bist Tessa.

Er spürte, wie unterhalb seines Nabels etwas zur Seite glitt. Sie blickte nach unten, auf seine Erektion, die aus dem weißen Stoff des Bademantels hervorragte. Er bedeckte sich wieder. Sie streichelte seinen verhüllten Schwanz, doch er hielt sie ruhig und freundlich davon ab.

Das kommt gleich, warte nur. Ich möchte, dass du dich noch einen Moment geduldest. Ich bin noch nicht fertig. Trink noch einen Schluck.

Um ihr mit gutem Beispiel voranzugehen, trank er sein Glas in einem tiefen Zug halb leer. Sie verstand, was er von ihr wollte, und nippte an ihrem Wein, doch ihre Beine rutschten näher an ihn heran, ließen ihr Nylon über seine Schienbeine gleiten.

Ja, das ist okay, das geht. Das fühlt sich gut an. Das Nächste, worum ich dich bitten möchte, verstehst du vielleicht nicht ganz so schnell, aber ich werde mich bemühen, dir dabei zu helfen. Kurz bevor ich nachher komme, ich weiß nicht, wie oft, wahrscheinlich nur ein Mal, will ich, dass du etwas sagst, etwas rufst. Und zwar Folgendes, hör gut zu: Mach mir ein Kind. Das ist ein schwieriger Satz. Aber ich spreche ihn dir noch einmal vor: Mach mir ein Kind.

Zu seiner Erleichterung sah er, wie ihr Lächeln in ein Stirnrunzeln überging, sie schien sich zu konzentrieren.

Mach. Mir. Ein. Kind.

Ihre Lippen bemühten sich, die fremden Klänge zu formen, sie war ernst geworden, wie jemand, der aufrichtig gewillt war, ihm eine Gefälligkeit zu erweisen, und ihre Anstrengungen rührten ihn. Er begann, die Arme zu schwingen wie ein Dirigent.

Mach.

Mak.

Mir.

Makmir.

Ein Kind.

Kinnte.

Mach mir ein Kind.

Makmir Kinnte.

Er lächelte weiterhin enthusiastisch und beugte sich vor, bis sein Gesicht fast das ihre berührte.

Mach, mir, ein, Kind.

Mak mir eine Kinnde.

Gut so! Mach mir ein Kind.

Mak mir ein Kinnd.

Fantastisch, noch einmal!

Mak mir ein Kind!

Sie hatte es geschafft, und er ließ sich wieder zurücksinken und prostete ihr zu. Sie wurde verlegen, und ihm war egal, ob sie es nur vortäuschte.

Quando io vengo. Capisco? Nein. Capisce?

Mak mir ein Kind. Com' una vera donna Olandese.

Sì. Eine echte Holländerin. Mit holländischen Hüften und schweren holländischen Titten. Komm, Tessa, jetzt will ich dich genießen. Steh auf.

Er winkte ihr, sich auszuziehen, aber sie zeigte auf die Fenster und sagte ein Wort, das wahrscheinlich Vorhänge oder so etwas bedeutete. Er tat, worum sie ihn gebeten hatte. Die Nachttischlampen brannten, genau wie die Stehlampe neben dem Fernseher. Er blickte sich suchend nach der Stelle um, wo sie anfangen sollten. Der Stuhl sah nicht stabil genug aus, unter dem grauen Sofa lag ein hochfloriger Teppich. Sie war aufgestanden, ihre Haltung fragend, vielleicht auch gelangweilt, aber er hatte seinen Ausgangspunkt schon gefunden und führte sie zu dem schmalen Lichtstreifen, der aus dem Bad ins Zimmer fiel.

Erst glitt er mit der Nase über ihr Haar, ihren Hals und ihr Kleid. Als er ihren Rücken erreichte, hielt er auf Höhe der Achseln inne, schnupperte ausgiebiger, hob ihren Arm an und vergrub das Gesicht in der warmen Kuhle, er spürte ihre Hand in seinem Nacken und wusste, dass er noch länger dort bleiben würde.

Er zog seinen Bademantel aus, wollte sie nackt umarmen. Sein Schwanz zog eine glänzende Spur über ihren verhüllten

Hintern. Er drehte sie ein wenig und legte ihre Hände an die Wand, sodass sie leicht vornübergebeugt dastand. Dann schob er das Kleid über ihren von Strümpfen und einem Strapsgürtel eingerahmten Hintern hoch. Es ging zu schnell. Er zog ihren String zur Seite und strich mit einem Finger über ihre Schamlippen, sie schien feucht zu sein, aber vielleicht war das auch nur Gleitmittel.

Tessa, mein Schatz, meine Liebste, du erwartest mich schon.

Sie stöhnte, als er einen Finger in sie hineinschob.

Wo warst du bloß, ich habe dich vermisst. Ich bin so froh, dass du gekommen bist. Spürst du mich? Du bist so schön. Ich will dich sehen, ich will alles von dir sehen.

Der BH war zu klein, ihre Brüste kamen mit roten Abdrücken daraus hervor. Seine Hände waren wärmer als die Haut unter ihrem Kleid. Er leckte an ihren Brüsten, immer abwechselnd, schloss die Lippen um einen Nippel, hörte sie scharf einatmen, als er kurz die Zähne einsetzte. Er wollte lange an ihrer Brust trinken, umarmte sie immer fester, bis er spürte, wie sich ihr Körper verkrampfte, und er sie losließ, um ihr keine Angst zu machen.

Sie ließ sich auf die Knie sinken und nahm seinen Schwanz in den Mund. Er schaute nach unten, auf die wogenden Lippen um seine Eichel, keuchte, bis seine Kehle ganz trocken war, er würde es kurz zulassen, aber so wurde sie zu einer fremden jungen Frau, und das durfte nicht zu lange dauern. Als sie seinen Schwanz fest mit einer Hand umschloss, half er ihr hoch und nahm sie mit ins Bad.

Im Spiegel sah er alt aus neben ihr. Das gefiel ihm, aber es war nicht gut.

Endlich sehe ich dich auch einmal so. Als wärst du aus einem Foto gestiegen. Ich habe dich in der Zeit ja gar nicht gekannt. Jahrelang habe ich dich nicht gesehen, keine Ahnung, wo du nach der Schule abgeblieben bist. Aber jetzt bist du hier.

Er wies sie an, sich mit den Händen auf dem Waschtisch abzustützen, er wollte ihre hängenden Brüste im Spiegel sehen.

Sein ganzer Körper pochte und schrie. Er drängte ihre Beine weiter auseinander, strich über ihre Klitoris, bis sie endlich die Augen schloss. Über ihre Schulter schaute er in den Spiegel. Er legte ihr eine Hand ins Kreuz und führte seinen Schwanz an ihre Vulva.

No no no, signore Olandese.

Sie richtete sich auf, verließ das Bad und kam mit einem eingepackten Kondom zurück. Er sah zu, wie sie die Plastikhülle mit den Zähnen aufriss und die schmale Rille über seinem Schwanz abrollte. Dann nahm sie vor dem Spiegel wieder die Haltung ein, die er von ihr verlangt hatte. Er blickte über ihre Schulter, flüsterte ihr zu, dass er sie ficken werde, in seinem Gesicht sah er Eifersucht und Wut. Er steckte einen Finger in sie und dann noch einen, um sich abzulenken, um sie zum Stöhnen zu bringen, das kahle Bad mit Geräuschen zu füllen. Mit den Fingernägeln der anderen Hand versuchte er, das Gummibehältnis einzureißen.

Vom Bad zum Sofa, vom Sofa zum Bett. Mit jedem Mal sprach er weniger, nannte immer seltener ihren neuen Namen. Auf dem Bett lag sie unter ihm, ihre Brüste schwangen im Takt seiner Stöße, sie hielt die Augen geschlossen. Sein ergrauendes Schamhaar wirkte obszön, so dicht bei ihrer nackten Möse, es provozierte ihn, brachte ihn dazu, sie härter zu ficken. Er war kurz davor, durfte alles tun, doch er wusste nicht, was. Sie spürte es, öffnete die Augen und rief die Worte, die er ihr beigebracht hatte.

Er ergoss sich zuckend in sie, während seine Hand ihren Mund zum Schweigen brachte. Er wollte nichts mehr hören von seiner Bitte, seinem Irrtum, von den schmutzigen Ausläufern seines alten, toten Traums.

IV

32

Es gab nicht viel in Tessas Schlafzimmer. Ein Bett, daneben ein Stapel Bücher auf dem Boden, eine Lampe und in der Ecke ein Stuhl für ihre Kleider. Marius stand hinter ihr, die Hände auf ihren Brüsten, er merkte, dass er genug Platz hatte, um sie ungehindert vor sich herzuschieben. Tessa rieb ihren Hintern an seiner Erektion, die Arme hatte sie vor dem Körper verschränkt, sie wehrte sich gegen seinen Griff, wenn auch nicht ernsthaft, legte den Kopf auf die Seite, sodass er mit Mund und Zunge an ihren Hals gelangte. Sie hatte sich vorgenommen, dass sie auf keinen Fall ihr Bett erreichen dürften, sie schämte sich für den kahlen Raum, aber Marius wirkte unbeirrbar. Sie befreite einen Arm, griff nach unten in seinen Schritt und drohte ihm, zu kneifen. Lächelnd nahm Marius ihre Brustwarzen zwischen Daumen und Zeigefinger und flüsterte, er sei schneller als sie. Tessa kratzte mit einem Fingernagel über die Konturen seines Schwanzes, und als er daraufhin stöhnend die Augen schloss, wand sie sich von ihm los und drückte ihn rücklings aufs Bett.

Da war es wieder, sein junges Gesicht mit Falten und fahlgelben Zähnen, aber verspielt und glücklich, so glücklich darüber, sie zu sehen.

Gott, ich bin verrückt nach dir.

Tessa lächelte zurück, doch sie spürte, wie Niedergeschlagenheit von ihr Besitz ergriff. Sie schüttelte sie ab und hockte sich vor ihn.

Tut mir leid, das geht nicht mehr ohne Knacken. Alte Frau.

Ach, was. Du bist umwerfend. Ich habe dich doch immer erst gestern gesehen. Mein Liebling. Mein Schatz.

Sie tauchte zwischen seinen Beinen auf, schob eine Hand über seine Erektion, die schon wieder ein wenig geschrumpft zu sein schien. Sie öffnete seinen Reißverschluss, doch als sie am Hosenknopf zu zerren begann, versuchte er sie aufzuhalten.

Warte. Ich will dich zuerst verwöhnen.

Daran hättest du früher denken sollen. Dann hättest du mich aufs Bett werfen müssen.

Tessa schaffte es, seine Hose zu öffnen, Marius wehrte sich nicht mehr. Weil er mit gespreizten Beinen dalag, ließ sich die Hose nur ein paar Zentimeter herunterziehen.

Was bist du bloß für ein Mann? Lässt mich einfach gewähren? Vielleicht will ich ja gar nicht, dass du von mir ablässt. Willst du mir nicht die Kleider vom Leib reißen? Vielleicht will ich ja auch gefesselt werden?

Sie griff nach seinem Schwanz unter dem straff gespannten Stoff.

Ich will dich nackt sehen.

Zu spät.

Nichts hatte sich verändert. Immer noch dasselbe Gefühl, aufgewacht zu sein und einen Mann zu sehen, einfach nur einen Mann.

Nichts mehr sagen, nicht mehr auf Fragen antworten, das war sein Moment geworden, seinen Schwanz steif werden lassen, ihm Lust bereiten, seine Frau sein, so perfekt wie möglich diesem Bild entsprechen, ihre schlanken Finger, die funkelnden Ringe, die sie eigens für ihn angelegt hatte, weil sie wusste, was er dann sah, ihre Hände, die Speichel auf Eichel und Schaft verrieben, dann ihre Lippen auf der schmerzenden Haut, denn seine Unruhe, seine Reflexe waren für sie Raserei und Traurigkeit, sie empfand beinahe Mitleid, danach aufschauen, ihn reizen und auf das richtige Stöhnen warten, seine Hand an ihrer Wange, als wollte er sich selbst dort spüren, kräftiger blasen, saugen, bis die Eichel anschwoll und er endlich den Kopf auf dem Bett ruhen ließ und sie anflehte, wie er es immer tat, seine Eier packen, den Schweiß auf seinen Oberschenkeln riechen, er richtete sich auf, um sie doch noch auszuziehen, sie drückte ihn zurück, sein Widerstand, seine Umarmung waren schwach, mehr Lusttropfen auf ihrer Zunge, es war so weit, sie würde ihm keine Gelegenheit mehr geben, sie zu unterbrechen, ihren drängenden Kuss zu beenden, sie hatte ihn hergerufen, aber das hier war für ihn, das war, was er bekam, sie wusste nicht mehr, wieso das alles.

Ich komme Liebes du musst aufhören du musst aufhören mein Engel das ist zu gut meine Göttin ich liebe dich du hörst nicht auf du willst meinen Samen willst du mich schmecken willst du meinen Samen schmecken ich geb dir was du willst in deinem Mund Liebes in deinem heißen Mund hast du mich vermisst ich komme Liebes ich komme in deinem Mund ich –

Tessa sah, wie sich sein Körper zitternd verkrampfte.

So ist es gut komm nur Liebster spritz nur ich gehöre dir ich bin deine Göttin.

Schnell noch einmal fest um seine Eichel, ein paarmal kräftig gesaugt, und sie spürte, wie sein Sperma in ihren Mund strömte. Sie schloss kurz die Augen, doch dann erinnerte sie sich an ihren Auftrag und schaute ihn wieder an und schluckte sein Sperma, bis nichts mehr zwischen ihren Lippen herauszulaufen drohte.

Als die Lähmung nach seinem Orgasmus abklang und Marius merkte, dass sie immer noch seinen Schwanz lutschte, ihn immer noch ansah, ihn länger steif hielt, als er es seit Langem gewesen war, lächelte er schwach und richtete sich auf, er strich ihr ein paar Strähnen hinter die Ohren, streichelte ihre Wangen, sie kam ihm entgegen, und er küsste sie, Zunge an Zunge, seine Art, ihr zu beweisen, dass er für sie das Gleiche getan hätte, seine Art, Demut zu zeigen, Dankbarkeit.

Legst du dich zu mir?

Nur kurz.

Ich will dich halten.

Ist dir kalt?

Ich dachte, du willst vielleicht nicht ins Schlafzimmer, weil du die Laken schon länger nicht mehr gewechselt hast.

Sie biss ihn in eine Brustwarze. Er zuckte zusammen und schrie auf, es schien wirklich wehzutun.

Du Biest.

Er rieb seinen Nippel, zog sie an sich, seine ganze Haut bestand aus hungrigen Händen.

Du kannst dich ruhig an mich kuscheln, du hast ja dafür gesorgt, dass ich sauber bleibe.

Er wollte sie riechen, packen, ersticken, ihr alte Umarmungen entlocken, er wollte nicht mehr groß sein, sondern klein und versteckt, und er spürte, wie sie ihm half, alles zu überwinden, solange sie jetzt nur neben ihm lag, auf ihm lag, um ihn lag.

Nicht zu lange.

Wohl zu lange.

Dann will ich unter die Decke.

Marius zog das Federbett über sie, ohne sie unter seinem anderen Arm zu verlieren. Er spürte ihren Körper durch die Wärme und den Schutz leerer, beinahe leichter werden und küsste sie mehrmals auf die Stirn.

Das ist zu warm. So schlafe ich ein.

Schlaf nur. Ich finde es immer schön, wenn du neben mir einschläfst.

Ich habe noch viel zu tun.

Ich auch, ich wecke dich schon wieder auf.

Wenn ich im Dunkeln wach werde, kann ich nicht mehr arbeiten. Dann hat die Nacht schon angefangen.

Weiß ich, weiß ich, entspann dich. Ich passe auf.

Ihr Arm und ihre Wange ruhten auf seiner Brust, ihr Schamhaar piekte an seiner Hüfte, ihr Kopf lag unter seinen Lippen, sie hatte ein Bein leicht über sein Bein geschoben, so ihren Platz bei ihm wieder eingenommen, er atmete tief ein, um ihren Geruch zu speichern, und umarmte sie noch etwas fester, bis es beinahe ein Quetschen war.

Tessa schien bereits zu schlafen, doch plötzlich merkte er, wie sie sich kurz regte, ihre rechte Hand tauchte über der Decke auf, sie schien etwas zwischen den Fingern zu verreiben.

Ich bin feucht.

Ich fürchte, da musst du dich noch ein bisschen gedulden,

Liebes. Die Zeiten, in denen ich mehrmals hintereinander konnte, sind vorbei. Ich bin ein alter Mann. Gib mir noch einen Moment, gleich geht es wieder.

Wir werden nicht mehr miteinander schlafen. Tut mir leid, ich hätte das nicht sagen sollen.

Dass du feucht bist? Liebste, ich will alles hören, was du denkst und fühlst. Das ist doch nicht schlimm.

Jetzt ist das noch okay, aber bald nicht mehr, das weißt du, oder?

Was?

Liebster, mein Schatz, mein Herz.

Ja, ich weiß.

Sie lag wie zuvor, hatte sich nicht bewegt, aber jetzt schien sie aus seinem Griff zu verschwinden, seine Brust wurde kühl und hohl, alles Gewicht sank in seinen Magen, bis ihm etwas einfiel, was er in Gedanken so lange übte, bis er sich schließlich traute.

Dann ist das jetzt also mein Moment.

Ja, der gehört dir.

Ich liebe dich. Wenn das hier mein Moment ist, darf ich es so oft sagen, wie ich will. Ich liebe dich, ich liebe dich so sehr. Ich werde warten, bis du mich wieder zu dir rufst. Ich bin dein Ehemann, wann immer du es willst, dein Geliebter. Ich liebe dich, ohne dich kann ich nicht leben. Und das war nie anders.

Vielleicht solltest du damit aufhören. Ich bin wach, es wirkt nicht mehr.

Es ist mir egal, wie lange es dauert. Ich will das Gefühl haben, dass dies eine Wartezeit ist. Eine Strafe. Also warte ich. Ich warte, bis du mich wieder rufst. Und du weißt, was ich dann tue.

Ja. Das weiß ich.

Ich habe dich letztes Jahr in Berlin gesehen. Mit Paul.

Wo in Berlin?

Keine Ahnung. Irgendwo auf der Straße. In der Nähe vom Alexanderplatz. Ich weiß es nicht mehr.

Warum hast du nichts gesagt?

Wie geht es Paul?

Er ist krank. Waren wir zu weit weg, um uns zu winken?

Krank? Das ist ja schade. Wie blöd.

Ich hätte dir nicht von Weitem nachgesehen.

Es ging alles zu schnell. Ich wollte euch nicht stören. Was hat er denn?

Paul ist ein Freund geworden. Wir brauchen nicht mehr über ihn zu reden.

Seid ihr zusammen?

Er spürte, wie sie sich aufrichtete, zu entschlossen, um sie zurückzuhalten. Tessa stand auf und zog sich an. Nichts bedeckte ihn mehr, und er fand seinen Körper hässlich, es gab kein anderes Wort dafür. Er setzte sich auf, erleichtert, dass sie ihm den Rücken zuwandte, und hob seine Kleider vom Boden auf. Tessa verließ das Schlafzimmer ohne ihren Rock. Etwas nachgetröpfeltes Sperma hatte einen nassen Fleck auf seiner linken Leiste hinterlassen, er bemerkte die unnützen Dinge um sich herum, die noch kurz zuvor für ihn unsichtbar geblieben wären. Ein umgefallener Schuh, ein Aschenbecher neben einem Bettfuß, ein Karomuster als einziges Blau zwischen seinen Kleidern, längliche Flecken auf dem Teppich, abgeplatzte Stellen in der Farbe an der Tür. Er schaute zu lange hin, und es wurden zu viele, um sie jemals wieder zu vergessen.

31

Dem Makler hatte sie gesagt, sie suche eine Dreizimmerwohnung, zwei größere Räume, von denen einer ihr neues Arbeitszimmer werden sollte, und ein kleines Schlafzimmer. Eine Erdgeschosswohnung oder im ersten Stock, nicht höher. Was das Viertel betraf, so hatte sie beschlossen, nicht allzu wählerisch zu sein. Sie würde das letzte Geld ihres Vaters dafür nehmen, sie wusste gar nicht mehr, warum sie so lange damit gewartet hatte, es in die Hand zu nehmen. Kaufen oder mieten, das war ihr gleich.

Es wurde eine Etagenwohnung in einer ruhigen Gegend mit Bäumen draußen auf der Straße. Eine eigene Haustür, aber eine lange Treppe nach oben. Egal, sie würde keine zwanzig Jahre hier wohnen.

Zwei durch eine große Schiebetür getrennte Räume, an die langen Wände im Hinterzimmer kamen ihre Bücher. Für den Tag ihres Umzugs war sommerliches Wetter gemeldet, und sie deckte sich mit Cola und Wassereis für die Möbelpacker ein. Sie waren zu viert, drei junge Männer und ein älterer Kollege. Die Hitze schien ihnen wenig auszumachen, bis zehn Uhr hatten sie schon alles für die Fahrt zu ihrem neuen Zuhause eingeladen. Während der Schlepperei machten sie grinsend neckende, aber ebenso schmeichelhaft gemeinte Bemerkungen über lebenslustige Frauen in schönen Häusern und den großen Karton, auf den sie *Unterwäsche* geschrieben hatte. Beim Abschied hielt der ältere Mann ihre Hand einen Moment länger, ein Ausdruck von Anteilnahme, mit der sie an diesem Tag nicht gerechnet hatte und die sie daher nur schwer annehmen konnte. Er sagte, sie solle sich nicht unterkriegen lassen, jeder müsse sich am Anfang daran gewöhnen, dafür gebe es keine Regeln.

Am ersten Abend packte sie die Bücherkartons aus und holte sich beim Surinamer in ihrer Straße etwas zu essen. Ihr langer Tisch stand näher am Fenster, als sie es gewohnt war, alle Fenster waren geöffnet, sie aß, trank Bier dazu, und es störte sie nicht, dass sie die kleinen Kinder der Nachbarn hörte.

Sie konnte nicht einschlafen, aber das mochte auch an der Hitze liegen oder an den neuen Gerüchen und Geräuschen. Sie stand wieder auf, wickelte sich in das Bettlaken und ging ins Vorderzimmer. Die Straße lag zu verlassen da, um sie abzulenken, gegenüber waren alle Fenster dunkel. Sie zündete sich eine Zigarette an und schloss die Augen.

Im Garten in Frankreich hatte der alte Birnbaum doch noch einmal Früchte getragen. Die Nachbarn hatten sie gewarnt, dass sie wahrscheinlich nicht mehr schmecken würden, aber sie hatte die reifen Birnen in Wein, Zucker und Zimt gekocht und abends auf den Tisch gebracht. Und da stockte ihre Erinnerung kurz, denn sie wusste nicht mehr, ob sie mit Paul oder mit Marius dort gesessen, mit wem von beiden sie lachend das ungenießbare Obst wieder ausgespuckt hatte.

30

Er war schon früher da, aber er kam ja oft sehr zeitig. Er legte seinen Mantel über die Stuhllehne, winkte der Bedienung, bemerkte die Tageszeitung auf der Fensterbank. Es war niemand da, den er kannte, und auch den jungen Mann hinter der Theke hatte er noch nie gesehen. Er bestellte einen Espresso und einen Whisky, blätterte vor zu den Auslandsseiten.

Der Heizkörper unter dem Fenster pochte und war zu heiß, um ihn anzufassen. Er wechselte von Kaffee zu Bier und stellte das Glas auf eine Ecke des quadratischen Tischs, in sicherer Entfernung zur Zeitung. Eines der Fotos erwies sich als Abbildung eines Lynchmords, und als er genauer hinsah, entdeckte er einen dunklen Arm, der aus dem Feuer herausragte. Er zog sein Notizbuch aus der Innentasche, notierte das Datum und schrieb zwei Zeilen über das verspätete Entdecken des Arms in dem schwach brennenden Feuer. Danach legte er Notizbuch und Stift neben sein Glas.

Vor dem letzten Schluck hatte er bereits einen Finger gehoben und dem jungen Mann gewinkt. Auf der gegenüberliegenden Straßenseite sperrte eine Frau ihren Laden zu. Das Licht in der Auslage war gedimmt, er wusste, dass nur noch die billigeren Stücke im Schaufenster lagen. Er war noch nie drinnen gewesen, obwohl er schon mal einen

Blick in die Schaukästen geworfen hatte, aber sie hatten zu wenig Ringe und zu viel aus Gold.

Nachdem er die Zeitung ausgelesen und sie auf die Fensterbank zurückgelegt hatte, steckte er auch das Notizbuch und den Stift wieder ein, trank sein Glas leer und sah sich nach dem jungen Mann um. Er war zufrieden mit ihm, der Junge nickte den Gästen schweigend zu und trödelte nicht unnötig, wenn er hinter der Theke die Bestellungen erledigte.

Die Lampen, die an Kabeln zwischen den Häusergiebeln hingen, färbten die graue Straße gelb, der Wind ließ das Licht flackern. Er trank aus seinem neuen Glas, schaute Schluck um Schluck auf, sooft jemand hereinkam. Die Kneipe wurde zu einem Wald aus zwitschernden, manchmal kreischenden Klängen.

Und immer kam ein Glas mit einem ersten Schluck, der das Ende einer Serie einläutete. Er wählte eine Lücke zwischen zwei Frauenrücken, um an der Theke zu bezahlen. Er gab ein Trinkgeld, der Junge zwinkerte ihm zu, auf dem Weg nach draußen winkte er über die Schulter zurück.

Es war kühler geworden, den Mantel, den er zuvor als Schirm über dem Arm getragen hatte, falls es regnen sollte, musste er jetzt anziehen und zuknöpfen. Er kontrollierte, ob er Notizbuch, Stift, Portemonnaie und Handy bei sich hatte. Dicht neben ihm rief jemand etwas, erschrocken trat er zurück auf den Bürgersteig, der Radfahrer war so schnell vorbei gewesen, dass er das Schimpfwort nicht richtig verstanden hatte.

Er hatte nicht reserviert, aber es waren mehrere Tische frei, und er wählte einen Platz nicht zu weit vom Fenster entfernt neben einem der Aquarien. Die Kellnerin nahm seinen Mantel vom Stuhl und verschwand damit nach hinten, er war zu langsam, um sie aufzuhalten. Kurz darauf kam sie mit der Speisekarte zurück, aber er sagte, er wisse schon, was er wolle, und bestellte die Seezunge und eine Flasche Chablis. Sie schrieb nichts auf, lächelte mit geschlossenen Lippen.

Der Wein kam und dazu ein kleines Brett mit Brot, nachdem die Kellnerin ihn hatte probieren lassen, fragte er, ob er die Flasche auf dem Tisch behalten dürfe. Während er trank, musste er sich beherrschen, um nicht an die Aquariumscheibe neben ihm zu klopfen. Er aß das ganze Brot auf.

Ein altes Ehepaar kam herein und schaute ihn an, als würde es ihn erkennen, und wie so oft bei solchen Gelegenheiten wurde ihm heiß und er fühlte sich unbehaglich. Er nickte den beiden zu, woraufhin sie zurückstrahlten und sich von der Kellnerin zu einem Tisch am Fenster führen ließen.

Ein Kellner, den er noch nie gesehen hatte, schob den Wagen mit der Seezunge heran. Ein älterer Herr, er sah aus, als hätte er sich kurz zuvor in der Küche den Schweiß von der Stirn gewischt, Nase und Wangen jedoch glänzen lassen. Mit Löffel und Gabel versuchte der erhitzte Mann, die Filets von den Gräten zu lösen, dabei beschädigte er die knusprige Haut, was ihn zu bekümmern schien, und mit verstärkten Bemühungen, aber unvermindert zitternden Händen zerstörte er den Fisch noch mehr. Die Kellnerin kam heran, warf einen Blick an ihrem Kollegen vorbei auf das sich anbahnende Fiasko auf dem Wagen und bat ihn um Löffel und Gabel. Der Mann trat einen Schritt zurück, war jedoch nicht so klug, in die Küche zurückzukehren. Die Kellnerin filetierte die Seezunge, bis nur noch die nackten Gräten übrig waren, und entschuldigte sich für das lädierte Stück. Er sah ihnen nach, als sie nach hinten gingen, und war froh, dass die Kellnerin so geduldig mit ihrem Kollegen war, sie schien sein falsches Manöver mit dem Löffel zu imitieren und zeigte ihm anschließend die richtige Technik und Bewegung.

Er aß die Hälfte von seinem Fisch, die Flasche Chablis war lange vor dem letzten Bissen leer. Er bestellte einen Cognac und danach noch einen zweiten, schaute auf die Uhr, es war tatsächlich noch keine Stunde vergangen. Früh genug für die Schouwburg, vielleicht gab es noch Karten für Schostakowitsch oder den neuen Farhadi in einem kleinen Saal. Bei den seltenen Gelegenheiten, als sie zusammen ausgegangen waren, war das seine Aufgabe gewesen. Er verriet ihr nie, wo er Plätze reserviert hatte, manchmal lag das Restaurant in der Nähe ihres abendlichen Vergnügens, häufiger jedoch nicht. Ein Mal hatte er die Augenbinde mitgenommen, sie hatte es ihm erlaubt und wurde nervös, als er ihr mit dem schwarzen Stoff die Augen verband, alles Anspannung, Hunger, Vorspiel, und er lotste sie durch die geschäftige Stadt zum Theater am Wasser und dem Stück, dessen Ankündigung sie hoffentlich noch nirgendwo gesehen hatte. Freie Platzwahl, während der Vorstellung behielt sie seinen langen Mantel auf dem Schoß, und seine Fingerspitzen berührten das Gummibündchen ihres Strings, die warmen, feuchten Ränder ihrer Vulva. Er trank seinen Cognac und erträumte sich ihre Hand unter dem Tisch, die seine Erektion streichelte.

Plötzlich lag die Rechnung vor ihm, obwohl er sich nicht erinnern konnte, darum gebeten zu haben. Er ging nach hinten, um seinen Mantel von der Garderobe zu holen, und merkte, dass der ältere Kellner ihm mit der Rechnung in der Hand folgte. Sein Portemonnaie steckte noch im Mantel, der Inhalt schien unverändert, er zählte den Betrag für das Essen ab und nur ein kleines Trinkgeld wegen des ramponierten Fischs und des spärlichen Vertrauens.

Das Laufen klappte noch hervorragend, er brauchte sich nirgends festzuklammern, um sich auf den Beinen zu halten, so wie manche anderen, die aufgrund von Alter und Starrsinn die unvermeidlichen Folgen des Alkoholkonsums nicht mehr tragen konnten und jeden schwankenden Schritt zu fürchten begannen.

Es war kühl, aber trocken, und so saßen Leute draußen in den Straßencafés. Er fand einen Platz an der Ecke mit Blick auf ein Hausboot. Er saß auf einer Holzbank mit dem Rücken zum Fenster und bat die Studenten neben ihm um eine Zigarette. Es tat gut, mal wieder zu rauchen, er sah sich selbst mit der Zigarette, den weißen Rauchkringel und den Halbschatten, gespitzte Lippen, seine Hände endlich ruhig. Freudige Erregung durchströmte ihn, und er war neugierig, was er an diesem Abend noch tun würde. Er ließ sich von der Kellnerin etwas empfehlen, irgendein dunkles Bier, er wollte gleich zwei bestellen, aber dann würde er sie seltener vorbeikommen sehen.

Obwohl er versuchte, sich zu beherrschen, musste er immer wieder zu dem jungen Pärchen neben ihm hinübersehen. Sie waren ungefähr gleich alt, schätzte er, zwanzig, vielleicht ein bisschen älter. Der Junge hatte rotes Haar, das Mädchen war blond, sie saßen einander gegenüber, der Junge auf der Bank mit Blick auf die Passanten und die Gracht. Neben ihm lag eine zusammengefaltete rote Decke, auf die er sein Handy gelegt hatte. Die Kellnerin erkundigte sich, was sie trinken wollten, und das Mädchen wartete, bis der Junge seine Wahl getroffen hatte, offenbar hatte er für sie beide bestellt, denn die Kellnerin wandte sich ab, ohne dass das Mädchen ein Wort gesprochen hatte. Danach hörte er den Jungen etwas Kompliziertes über den Preis von Weißwein sagen. Ihr Gespräch tröpfelte weiter in den Pausen, die sich der Junge von seinem Display gönnte.

Es ging ihm natürlich um das Mädchen, er beobachtete sie aufmerksam. Sie ließ den Jungen, der kaum zurückschaute, nicht aus den Augen, versuchte jedoch nicht, ihn zu einem Wort oder Blick zu verleiten, sie stimmte ihm zu, wenn er doch einmal etwas sagte, griff auf dem Tisch nach seiner Hand, wirkte aber nicht gekränkt, wenn er sie zurückzog, um etwas einzutippen, sie tat ihr Möglichstes, um deutlich machen, dass sie zusammengehörten, ohne die natürlichen Regeln ihres Freundes zu brechen, etwas an ihr wirkte fest entschlossen, ein früheres Band zu bewahren, ja, das war es, sie wirkte warm, bettwarm. Die rührende Aufmerksamkeit des Mädchens für diesen ungehobelten Kerl versetzte ihn zurück in seine eigene eifersüchtige Jugend und bewog ihn dazu, den Jungen zu hassen.

Er stellte sich vor, wie sie vögelten, der Junge ein ungeduldiger, gelangweilter Liebhaber, der seine Hand zu fest in ihren Nacken drückte, während sie ihm einen blies, und sie danach zu grob von hinten nahm. Schon bald trat er selbst an die Stelle des Jungen, und es war sein Schwanz, den sie dumm und dankbar umklammerte. Er würde sie beruhigen, ihr etwas beibringen, würde sie auf den Rücken legen und mit seiner Zunge und seinen Fingern erst Linien auf ihren Hals, ihre Schultern und die weichen Innenseiten ihrer Arme zeichnen und sich dann zärtlich ihren Nippeln zuwenden, er würde sie nicht walken, nicht grob packen, würde sie zurückweisen, wenn sie nach ihm griff, zuletzt würde er mit seinem Mund ihre Vulva berühren, sie ruhig, aber immer nachdrücklicher erregen, bis sie ihn endlich um das zu bitten wagte, was sie brauchte, um zum Orgasmus zu kommen. Er würde sie in ein teures Restaurant ausführen, rosig und glücklich, würde ihren grazilen Körper für jeden sichtbar im bleichen Licht der Lampen an der Gracht herumwirbeln.

Das Mädchen und der Junge blieben nicht lange, er sah, wie sie umständlich bezahlten und schweigend auf ihre Räder stiegen. Er hielt seine Ecke besetzt, trank den Satz aus all seinen Gläsern, und er aß mit ihr und vögelte sie, bis eine Bedienung ihn um die Decke bat, die halb über seinen Beinen lag.

In der Gracht grollte das Wasser wie ein reißender Fluss, jedes Licht auf der Straße wurde zu einem Leuchtturm, der ihn rachsüchtig anstrahlte. Neben einer Brücke stand eine offene Pferdekutsche, er sah einen Mann und eine Frau dort hinschauen, Touristen, der Mann hatte einen Arm um die Frau gelegt, sie schienen sich nicht zu getrauen, den Kutscher anzusprechen. Er stellte sich ihr Hotelzimmer vor, wollte ihnen zurufen, dass er wusste, wie sich das anfühlte, die Freiheit eines fremden Bettes. Er ging auf die Pferde zu, streichelte die Mähne des linken und sah sich nach dem Paar um, er hoffte, dass sein Blick einladend genug war, um sie zu ihrer nächtlichen Fahrt zu locken. Plötzlich zog das Pferd den Kopf weg, der Kutscher schimpfte etwas vom Kutschbock herab. Danach passierte vieles gleichzeitig, wobei auch er allerlei Geräusche von sich gab und einem überraschenden Peitschenhieb des Kutschers ausweichen musste. Die Kutsche fuhr davon, und er wandte sich dem Paar zu, um ihm etwas über verrückte Tiere und den wahnsinnigen Kutscher zu erklären. Doch noch bevor er etwas sagen konnte, hatte der Mann ihn schon zu Boden geworfen, komisch, wie leicht er zu Fall gebracht worden war. Er bekam einen Tritt gegen die Schulter, konnte jedoch nicht genau sagen, ob ihm etwas wehtat. Ein zweiter Tritt traf seine Arme, mit denen er sich den Kopf hielt.

Er kotzte in die Gracht und versuchte danach, einige Taxis anzuhalten, die leer an ihm vorbeifuhren. Er rüttelte an Türen, zerbrach seine Schlüssel in fremden Schlössern. Er wollte, dass ihn jemand fand und hereinließ, es machte ihn wahnsinnig, dass alles so lange dauerte.

29

Verabredungen. Warnungen. Bedingungen.

Er hatte immer noch einige Briefe herumliegen, die er nie abgeschickt hatte, die meisten davon handgeschrieben. Jeder Brief begann mit einer Anrede, manchmal nur ihr Name, aber eigentlich waren sie gar nicht an sie gerichtet, niemals bestimmt für ein Hin und Her von Frage und Antwort. Tagebuchnotizen, das war es vor allem, woran sie ihn erinnerten, als er sie durchsah. Sie reichten von der Zeit, als er siebzehn war, bis ins vergangene Jahr, es kam ihm vor wie ein natürliches Ende.

Von ihr hatte er alles aufgehoben, alles, was sie ihm gelassen hatte, aber diese Briefe, seine eigenen tauben Worte, verwirrten ihn, waren es, weil sie nicht da war, auch nicht wert, bewahrt zu werden.

Und so arbeitete er sich von oben nach unten durch den Stapel. Er faltete jeden einzelnen Brief, steckte ihn in ein Kuvert, und während seiner nächtlichen Spaziergänge in jenen Wochen warf er immer wieder neue Umschläge in die Briefkästen von Unbekannten. Wieso er das tat, wusste er nicht.

Eines Tages hatte er unter Zeitdruck eine Kolumne erfunden. Etwas mehr Leser als sonst mailten ihm Komplimente und ihre eigenen Geschichten, um auf die seltsame Übereinstimmung zwischen ihrer und seiner Realität hinzuweisen.

In den darauffolgenden Wochen versuchte er, seiner Fantasie mehr Raum zu geben, aber es stellte sich heraus, dass ein Traum oder ein freier Gedankengang letztlich doch nicht so ergiebig waren wie eine aktuelle Anekdote oder ein kurzer Spaziergang durch die Stadt. Die menschliche Fähigkeit, sichtbar, hörbar und gleichzeitig unerreichbar zu leben, lieferte ihm leichter Material für seine Arbeit. Er brauchte einfach nur über das zu schreiben, was er um sich herum hörte, und was kümmerten ihn schon die Leser.

Er fuhr an ihrem alten Haus vorbei. Sie hatten den Zaun erneuert, den Garten frei geräumt und die Rasenfläche vergrößert, die Eingangstür war jetzt aus Glas, die Fensterrahmen weiß gestrichen. Nach einer Runde durch das Dorf, dessen Straßen er nicht wiedererkannte, fuhr er noch einmal beim Haus vorbei, jetzt erst bemerkte er die Kinderfahrräder, und auch an der Garage war etwas verändert worden.

Zwischen den Bäumen schlängelte sich sein alter Schulweg. Er fuhr mit heruntergelassenen Scheiben, alles roch grün. Er kannte den Radweg, der, jetzt glatt und schwarz, mit Markierungen versehen worden war, als sollte er wie eine Schnellstraße aussehen, aufgewühlte Wegränder kamen ihm in den Sinn, die dunklen Spuren von Wildschweinen und die türkischen Familien, die mit Tüten über der Schulter Eicheln suchten, die sie als Futter für ebendiese Wildschweine verkauften. Sein Vater hatte einmal angehalten, um einem älteren Mann, der mit einer Schar Kinder oder Enkel die Ernte aus dem Waldboden sammelte, etwas Geld zu geben. Er hatte sich hinten im Wagen ganz klein gemacht und gehofft, der Mann werde auf seinen Vater losgehen, ihn beschimpfen, ihn wegjagen. Aber der ältere Mann nahm den

Schein entgegen und fummelte an seiner Kappe herum, als wäre ihm noch vage bewusst, dass er auf diese Weise Dank auszudrücken habe. Sein Vater sagte noch etwas, was der Mann nicht zu verstehen schien. Die Kinder kamen heran, als fürchteten sie, ihrem Vater oder Großvater könne etwas zustoßen. Danach wagte er nicht länger hinzusehen.

Der Vorort, in dem sie gewohnt hatte, wirkte tiefer in die Stadt hineingeschoben, ein Neubaugebiet hatte sich auf den Wiesen ausgebreitet, aber das Haus lag immer noch hinter derselben Hecke verborgen. Die neuen Bewohner pflegten die Koniferen sogar besser. Er parkte am Bürgersteig, stieg aus und schaute sich um, ob er die anderen Häuser in der Straße wiedererkannte. Es waren etwas mehr Leute unterwegs als in seiner Erinnerung, in der Ferne sah er die wehenden Fahnen eines Supermarkts. Es dauerte einen Moment, bis er es einen Irrtum zu nennen wagte, und als er zu seinem Wagen zurückging und wegfuhr, bedauerte er, dass er jemandem in der Redaktion erzählt hatte, was er an diesem Tag vorhatte.

Lange hatte er sich an Fantasien über ihre Unterwerfung und Erniedrigung aufgeilt und sich gleichzeitig selbst damit gequält. Er holte sich einen runter, während er sich vorstellte, wie sie mit verbundenen Augen auf dem Boden kniete, ihr Körper weiß im hässlichen Licht, umringt von nackten Männern mit den Zügen alter Gegner, sogar Rivalen aus der Schule beschwor er herauf als boshafte Teenager mit schmalen Hüften und langen Schwänzen, die ihr Kinn und ihre Lippen mit Sperma beschmierten, auch Männer von der Straße, die Kollegen, die Loser aus den Kneipen mit ihren fetten Bäuchen und behaarten Handgelenken, sie alle zischten ihr zu, dass sie eine Hure sei, drängten ihre ungewaschenen Eicheln in ihren Mund und ihre Möse, drückten sie vornüber, um an ihren Hintern zu kommen, denn sie wollte es, obwohl sie kein Wort sprach, war es, als könnte er sie hören, dass das jetzt ihr Leben sei, endlich frei von ihm, endlich echte Männer, die sie befriedigten, der Kreis schloss sich um sie, er sah nur noch ihre zuckenden Rücken, hörte ihr fügsames Stöhnen, in seinen Träumen konnte sie wieder Kinder bekommen, und jeder Mann schwängerte sie, ließ mit jedem Stoß ihren Bauch und ihre Brüste anschwellen, bis er selbst schreiend, weinend hinter seinem Schreibtisch kam oder auch im Bett, wo er sie früher in den Armen gehalten hatte, bis er eingeschlafen war.

In Berlin hatte er sich dermaßen erschreckt, als er sie zufällig gesehen hatte, dass er beim Überqueren der Straße einfach stehen geblieben war, einen angstvollen langen Moment verweigerte ihm sein Körper den Dienst, wollte sich nicht bewegen, sich nicht verstecken. Später in seinem Hotelzimmer kam er zu dem Schluss, dass sie ihn nicht bemerkt hatte, weil sie ihn an diesem fremden Ort nicht erwartete. Er selbst hatte sie auf den ersten Blick erkannt und war stolz auf seinen scharfen Blick, doch im selben Moment hätte er diesen Impuls am liebsten geleugnet, weil ihm das Kindische dieses Gedankens peinlich war. Er wich zurück und betrat einen Laden. Zwischen den Schaufensterpuppen hindurch beobachtete er Tessa, die auf jemanden zu warten schien. Eine Verkäuferin erkundigte sich, ob sie ihm helfen könne, und es dauerte einen Moment, bis er genug Deutsch zusammengesucht hatte, um sie höflich abzuwimmeln. Als er wieder aufsah, überquerte Tessa gerade die

Straße, Arm in Arm mit Paul, den er seit Jahren nicht mehr gesehen hatte und der mit einem Mal zerbrechlich, grau und langsam geworden war. Es war keine intime Umarmung, Paul brauchte Hilfe beim Gehen. Tessa achtete auf den Verkehr und sagte hin und wieder etwas. Er wartete, bis sie weit genug weg waren, dann verließ er den Laden und ging in die entgegengesetzte Richtung davon.

Er war häufiger krank. Sein Ausschlag kam wieder, und er verpasste einen Abgabetermin wegen einer Blasenentzündung. Zwei schlaflose Nächte auf dem Klo, um immer wieder kleine Mengen heiße, rostige Pisse aus seinem Schwanz zu quetschen. Sein Hausarzt hatte zwei Wattestäbchen in seine Eichel gesteckt, weil er eine Geschlechtskrankheit als Auslöser der Infektion vermutete. Aber es stellte sich heraus, dass er sauber war, Antibiotika sollten reichen. Im März hatte er die Grippe. Im Mai eine Halsentzündung. Er lächelte, wenn die Leute ihm sagten, er solle mehr Obst essen, anfangen Sport zu treiben. Er lächelte, bis sie nichts mehr sagten.

28

Auf den Bildern hatte sie einen altmodischen Holzschreibtisch mit drei Schubladen gesehen, und das genügte ihr für den Anfang. Nach der Arbeit würde sie ein paar Schritte rückwärts gehen und aufs Bett fallen können. Es war eine Klause im dritten Stock eines Hauses im vierzehnten Arrondissement, und sie freute sich auf die Abgeschiedenheit.

Die meisten Bücher für die nächsten Kapitel hatte sie mitnehmen können. Die Universitätsbibliothek hatte sicher auch genug, um ihr weiterzuhelfen, aber sie brauchte zum Arbeiten ihre Anmerkungen und Unterstreichungen als leuchtende Kiesel auf den dunklen Pfaden ihrer Gedanken.

Was sie an Kleidung zu wenig hatte, würde sie vorerst dazukaufen. In der Einzimmerwohnung gab es eine kleine Küchenzeile, aber kaum Töpfe und nur zwei Teller, die nicht angeschlagen waren. Aber das war ihr egal. Es wurde schon ab dem Moment gemütlich, als ihre eigene *Le Monde* dorthin geliefert wurde. Und sie hatte eine Aussicht, die Spitze eines Kirchturms in einer Lücke zwischen Giebeln und Dächern.

Sie stand früh auf, beschloss, jeden Morgen zu frühstücken. Im Bademantel schrieb sie bis mittags. Nach der letzten Morgenzigarette ging sie unter die Dusche, um sich anschließend sauber auf der schmalen Küchenanrichte ein Brot zu schmieren. Ein voller Magen machte sie immer etwas träge, sie las eine alte Zeitung oder etwas anderes, was zu lange herumgelegen hatte, aber gegen zwei Uhr zwang sie sich wieder an den Schreibtisch und arbeitete durch, bis sie wirklich hungrig wurde. Am frühen Abend, der jetzt im Winter schon dunkel war, ging sie mit einer Plastiktüte nach unten zum Einkaufen. Sie ließ sich treiben, gab den strengen Rhythmus, der in diesen Wochen die neue Umgebung bändigen sollte, auf, sobald sie auf die Straße hinaustrat. Manchmal schaffte sie es bis zum Supermarkt, aber häufiger schlenderte sie an Restaurantfenstern entlang, bis sie einen kleinen, warmen Tisch fand. Die Miete war absurd hoch, also bemühte sie sich zu sparen, und jetzt, wo sie so oft auswärts aß, fiel ihr wieder auf, was sie schon immer als Ironie empfunden hatte. Je weiter entfernt das Herkunftsland von Koch und Kellner, umso günstiger ihre Gerichte. Sie begann Biryani zu essen und sättigende rote Currys, die in heißen Schüsseln serviert wurden, bestellte zum ersten Mal Gheyme und Tschelo Mahitsche, zum ersten Mal Saltfish fritters und Telo mit Bakkeljauw, sie entdeckte Injera und wischte damit die Schüssel aus, lernte, mit den Händen zu essen. Eine Frau ohne Begleitung, freundliche männliche Kellner gaben ihr auf zahllose diskrete Weise zu verstehen, dass sie sich willkommen fühlen solle, ein unwiderstehliches Mitgefühl, das sie immer wieder unbekümmert abschüttelte. Sie las nie beim Essen, wählte stets einen Tisch am Fenster. Danach ein Spaziergang, eine Zigarette, die Fassaden betrachten, bis die Kälte zu erbittert an ihren dünnen Kleidern fraß. Nach dem Abendessen schrieb sie langsamer, aber da der Druck des Tages von ihr abgefallen war, konnte sie sich besser entspannen, die Nacht schien länger zu dauern, unvorhersehbare, erfrischende Stunden, in denen sie immer die beste Arbeit zustande brachte. Nach Mitternacht erlaubte sie sich Wein. Sie selbst hätte andere Vorhänge gewählt, aber das Bett roch neu, und man lag darin nicht schlecht.

Sie schrieb:

Es gibt ein Foto von Thomas Mann, aufgenommen im Garten seiner neuen Villa. Er trägt einen leichten Zweireiher und weiße Schuhe, in seiner linken Hand leuchtet eine unschuldige Zigarette, eine riesige Palme füllt den Hintergrund aus, ein langer Palmzweig scheint zum Kopf des Schriftstellers hin zu wachsen. Ein durchschnittlicher Tag für Thomas in Los Angeles klingt wie die wohlige Idealvorstellung eines jeden Schriftstellers. Um neun Uhr geht er in sein Arbeitszimmer, wo er bis ungefähr halb eins arbeitet. Seine Frau Katia hält sämtliche Anrufe, Besucher und sonstigen Störungen von ihm fern. Wenn er ein Buch aus der Universitätsbibliothek der UCLA braucht, besorgt Katia es ihm. Nach dem Mittagessen – für Thomas keinen Kaffee oder Alkohol – unternimmt er seinen regelmäßigen Spaziergang entlang der Küste. Katia kommt ihm jeden Tag mit dem Auto entgegen, um ihn nach Hause zurückzufahren.

III

27

Sie hatten Glück, es war ein warmer, strahlender Tag. Tessa duschte bei geöffneter Tür, während Marius drei verschiedene Hemden aufs Bett legte. Er stellte die Lamellen der Jalousien schräg, um mehr Licht hereinzulassen. Obwohl er die dunkle Hose, die er an diesem Abend tragen wollte, an alle drei Hemden hielt, kam er zu keinem Ergebnis. Er würde Tessa entscheiden lassen. Sein Handy klingelte, es war ihre Putzfrau, der er mithilfe eines geradezu unverschämten Betrags die Zuständigkeit für das Essen an diesem Abend übertragen hatte. Er nahm sich Zeit, sie zu verstehen, und antwortete, dass er am späten Nachmittag alles bei ihr abholen werde. Der Sohn und die Tochter eines Kollegen, die beide schon studierten, würden Getränke servieren und die Gläser spülen, er überlegte, ob er sie zur Sicherheit noch einmal anrufen sollte. Die Duschgeräusche verstummten, er hängte die Hemden an die Griffe des Kleiderschranks, zog seine Unterhose aus und legte sich mit im Nacken verschränkten Händen aufs Bett.

Tessa kam nackt ins Zimmer, energisch rubbelte sie sich mit dem Handtuch das nasse Haar. Marius sah, wie ihre Brüste bebten, Tropfen liefen über ihren Bauch, ihr Schamhaar glitzerte noch.

Guck mich nicht an. Erst heute Abend. Ich muss noch so viel machen. Heute Abend bin ich wieder deine schöne Frau.

Das bist du jetzt schon.

Jetzt haben wir keine Zeit.

Das läuft doch alles auch ohne uns. Heute Nacht sind wir zu müde.

Hast du diesen Victor noch angerufen?

Du bist umwerfend.

Hör auf.

Es stimmt doch.

Er setzte sich auf und zog den Bauch ein. Tessa trocknete ihre Achseln und stellte das rechte Bein aufs Bett, um an ihren Hintern zu kommen.

Gott, bist du schön.

Ich gehe gleich wieder zurück ins Bad.

Bleib hier.

Mas, ich mache jetzt nichts mit dir.

Und wenn ich nur gucken will?

Manchmal erlaubte sie ihm, sich einen runterzuholen, während er sie beobachtete, aber jetzt, nachdem sie geduscht und so lange in den Spiegel gestarrt hatte, dass in ihrem Kopf zu viele Gedanken über ihr Äußeres rumorten, verspürte sie einen Widerwillen, den sie abrupt kaschierte, indem sie Marius kurz übers Knie streichelte und danach das Zimmer verließ.

Marius strich über seinen Penis, stand auf, schob die Vorhaut ein paarmal zurück. Er spielte mit dem Gedanken, Tessa ins Bad zu folgen, aber sie wirkte unbeirrbar, also zog er sich an und ging in Gedanken noch einmal die Namen aller Gäste durch, die für diesen Abend zugesagt hatten.

Ohne Eile trocknete Tessa sich gründlich ab und zog sich an. Sie feierte ihren Geburtstag schon seit Jahren nicht mehr, aber Marius hatte sich nicht davon abbringen lassen. Eine verspätete Hauseinweihung, eine überfällige Hochzeitsfeier, sie sollte endlich seine Freunde kennenlernen, er würde alles organisieren.

Sie setzte sich an den Schreibtisch und sah nach ihren Mails. Ihr fiel auf, dass die Sonne um diese Uhrzeit direkt auf die Tischplatte schien, es war ihr erstes Frühjahr in diesem Zimmer, die obersten Blätter der Papierstapel links und rechts von ihr leuchteten auf, sie musste die Augen zusammenkneifen, um noch etwas lesen zu können. Sie klappte den Laptop zu und ging ans Fenster. Der Flurboden knarzte, und Marius kam herein, es fühlte sich seltsam an, dass er plötzlich in ihrem Zimmer stand, als hätte er erst anklopfen sollen, obwohl sein Schreibtisch dem ihren gegenüberstand.

Hier bist du.

Ja.

Du hast dein Kleid schon an. Schön.

Du hast recht, vielleicht ist es noch zu früh.

Nein, nein. Schon besser so. Mir gefällt es, wenn du so rumläufst.

Brauchst du was?

Hmm?

Von deinem Schreibtisch?

Nein, nichts. Ich wollte einfach nur wissen, wo du bist.

Holst du gleich das Essen?

Das hat noch Zeit. In ihrem Kühlschrank steht es genauso gut. Ich muss öfter hier reinkommen. Das Licht ist schön.

Ich habe gerade gedacht, ich hätte aufräumen sollen.

Hier muss es ein bisschen chaotisch sein. Geht's voran?

Was meinst du?

Das alles, was da auf deinem Schreibtisch liegt. Geht's voran?

Das ist noch gar nichts. Erst wenn sich die Stapel auch auf dem Boden ausbreiten, kommt wirklich etwas in Gang.

Ich bin gespannt.

Ich auch.

Die Leute warten schon darauf, es wird sicher toll.

Denkst du heute Abend an mich?

Ich denke immer an dich.

Ich kenne kaum jemanden, du musst mir helfen.

Sie werden alle begeistert von dir sein.

Sie kennen mich nicht.

Manche kennen deine Bücher. Und andere werden das Gleiche empfinden wie ich, wenn sie dich zum ersten Mal sehen.

Marius trat zu ihr und legte einen Arm um ihre Taille.

Du riechst fantastisch.

Was sage ich, wenn sie anfangen, Fragen zu stellen?

Worüber?

Über uns.

Was willst du erzählen? Wir sind verheiratet. Wir sind zusammen zur Schule gegangen. Du warst meine erste große Liebe und ich deine. Danach sind wir eigene Wege gegangen, aber wir konnten einander einfach nicht vergessen.

Sei doch mal ernst.

Vielleicht bin ich das ja. Erwarte nicht zu viel. Wer dich nicht kennt, wird sich ganz normal verhalten, sich nach deiner Arbeit erkundigen, eine Bemerkung über das Haus machen, das Essen, was auch immer.

Hattest du eigentlich noch etwas zu Geschenken gesagt?

Du willst also doch welche.

Nein, will ich nicht. Aber es gibt Leute, die nicht mit leeren Händen kommen wollen.

Bücher und Blumen.

Wir haben keine Vasen.

Und keinen Platz mehr für Bücher.

Wir haben überall noch Platz. An der Wohnzimmerwand, sogar hier drin, siehst du, da könntest du noch ein hohes Regal hinstellen.

Ist es zu groß?

Was?

Das Haus.

Können wir später darüber reden?

Sie machte Anstalten, sich umzudrehen und sich so aus seinem Griff zu lösen, aber er folgte ihrer Bewegung und hielt den Arm um ihre Taille geschlungen, sein Mund lag fast an ihrem Hals, auf Flüsterhöhe neben ihrem Ohr.

Na, sag schon. Ist es zu groß?

Du kennst meine Meinung.

Sag es mir noch mal.

Wir wollten schnell etwas haben, und das hier war prima.

Du hättest lieber etwas anderes gehabt.

Lass mich ausreden. Du hast mich gefragt, also musst du mich jetzt auch ausreden lassen.

Tessa legte beide Hände auf die Hand an ihrem Bauch, rieb sie und lehnte sich ein wenig zurück, bis ihre Wangen einander berührten.

Es ist ein herrliches Haus. Das schönste Haus, in dem ich je gewohnt habe. Als du es mir zum ersten Mal gezeigt hast, konnte ich es gar nicht glauben.

Vierundzwanzig Kolumnen pro Monat. Fünfundzwanzig ab nächster Woche, es wird immer günstiger.

Du bemühst dich so, und dadurch fühle ich mich besonders.

Ich will für dich sorgen.

Du sorgst für mich. Sieh dir nur dieses Zimmer an, dieses riesige Zimmer, in das endlich alles reinpasst. Diese Aussicht.

Aber.

Ich muss mich erst daran gewöhnen.

Wir wohnen hier seit fast einem Jahr.

Ich will selbst entscheiden, wie lange ich mich eingewöhnen muss.

Ist schon gut.

Hör auf.

Wir suchen uns etwas anderes.

Sie machte sich von ihm los, und diesmal leistete er weniger Widerstand. Jetzt haftete ihr Geruch an seinen Kleidern, er würde sie riechen können, wohin er auch ging.

Das habe ich nicht gemeint.

Ist schon gut. Wirklich. Es war ja sowieso nur für den Übergang.

War es nicht. Du hast es gekauft.

Ich habe nie etwas mit meinem Geld gemacht, das weißt du.

Du brauchst nicht mehr ständig zu sagen, dass du lange auf mich gewartet hast.

Tut mir leid.

Vier Schlafzimmer. Und wenn du in der Küche stehst, höre ich dich nicht mehr, manchmal weiß ich gar nicht, wo du bist.

Komisch. Das geht mir genauso, deswegen habe ich dich ja vorhin auch gesucht.

Ist das ein Haus für zwei?

Wir müssen hier auch arbeiten können.

Für zwei Menschen, die frisch verheiratet sind und den anderen immer in ihrer Nähe haben wollen?

Jetzt gefällt es mir nicht mehr. Jetzt, wo ich dich so reden höre, will ich so schnell wie möglich hier weg.

Aber das will ich nicht, Mas, du überstürzt alles. Ich will bei dir sein. Ich will, dass du mir öfter beim Arbeiten hier gegenübersitzt.

Ich muss das Essen holen.

Hör auf.

Es ist noch eine Menge zu tun.

Bleib bei mir. Du wolltest reden.

Du hast mir gesagt, wie du darüber denkst. Jetzt muss ich mir überlegen, was ich tun soll.

Du brauchst nichts zu tun.

Doch, das muss ich.

Marius drückte kurz ihre Hand – sie hatten einander während der ganzen Zeit nicht losgelassen – und verließ das Zimmer. Durch das Fenster sah sie ihn unten zum Auto gehen, das ein Stück weiter die Gracht hoch stand, sie wartete gespannt, denn sie wollte winken, sobald er nach oben schaute.

Das Fest war zu Ende, die unteren Stockwerke dunkel und unaufgeräumt, ihre Köpfe und Hände waren nach der langen Nacht und dem Alkohol zu müde und unsicher, um noch Ordnung zu schaffen, und so warfen sie ihre Kleider aufs

Bett und wankten Richtung Bad. Tessa wollte, dass Marius sie festhielt. Er hatte an sie gedacht, war häufig an ihrer Seite geblieben, um sie vorzustellen, sie in Gespräche einzubeziehen und ihr im Beisein anderer den Hof zu machen. Es war sein Abend, sie spürte, dass er hören wollte, wie talentiert und schön seine Frau sei, wie stilvoll und beeindruckend das Haus. Seine Nervosität verriet sich durch die frühen Drinks, die er in der Küche hastig hinunterstürzte. Danach führte er mit ihr zusammen die Gäste durchs Haus, deutete bei jeder neuen Runde wieder demonstrativ auf ihren Schreibtisch und die wachsenden Stapel für das kommende Buch, und sie gab sich jedes Mal wieder genauso verlegen. Obwohl er sich Mühe gegeben hatte, war er nach einer Weile immer wieder eigener Wege gegangen, und wenn sie ihn dann wiederfand, redete er gerade hektisch auf jemanden ein oder mühte sich, einem anderen zuzuhören. Als er später in einem lauten, aber halb leeren Zimmer auf einem zum Fenster gewandten Stuhl saß, ging sie zu ihm und fragte ihn, ob er müde sei. Er griff nach ihrer Hand und antwortete, dass eine Party erst dann wirklich gut sei, wenn niemand den Gastgeber vermisse. Nicht mehr lange, hatte sie gesagt, dann sind wir wieder allein.

Du hast recht. Ich muss zurück ins Getümmel.

So habe ich das nicht gemeint.

Trotzdem hast du recht.

Aber in dem letzten Kreis, der sich im Flur zur Küche gebildet hatte, redete sie mehr als er.

Jetzt stand er hinter ihr, umarmte sie, küsste sie auf Rücken, Nacken und Schulter und flüsterte seufzend, dass sie so gut rieche. Er hatte reichlich getrunken, nicht so viel, dass sein Körper wichtige Befehle verweigerte, aber doch genug, um sich nicht mehr recht behaupten zu können. Er klammerte sich an ihr fest, und es war ihm völlig egal.

Ich liebe dich, ich liebe dich.

Sie wusste, was nun kam. Sie ließ sich ins Bad schieben, tauchte im breiten Spiegel auf, nackt, genau wie er. Sein Blick über ihre Schulter, seine Hände wurden ruhiger, begannen ihren Bauch, ihre Hüften zu streicheln, fanden ihre Brüste, seine Finger streiften ihre Brustwarzen, und sie schloss die Augen.

Er wollte dem Mann im Spiegel entgegenkommen, ihn günstig stimmen, er wollte seine Hände über die Frau leiten, die ihm gegeben worden war. Der Mann berührte ihre Brüste, die straffe, weiche Haut über ihrem Schlüsselbein, die empfindlichen Stellen hinter ihren Ohren, wo sich ihr ganzer Geruch gesammelt hatte, er fasste ihr Haar zu einem Knoten zusammen, hielt die Nase an ihren entblößten Nacken, küsste sie dort, bis er spürte, wie sie erschauerte. Dann ließ er sich auf die Knie sinken, seine Wangen, Lider und Lippen glitten an ihrem Körper entlang, in ihrem Kreuz entdeckte er seine Lusttropfen und versuchte, sie wegzulecken, dann hatte er ihren Hintern erreicht und atmete tief ein.

Er drängte sie, sich ein wenig nach vorn zu beugen und die Beine zu spreizen, und sie stützte sich mit den Händen auf dem Waschtisch ab. Sie spürte, wie seine Zunge sich ihr zu nähern versuchte, und stellte sich auf die Zehenspitzen, damit er besser an ihre Vulva herankam. Seine Bartstoppeln kratzten an ihrer Haut, sie spreizte die Beine noch weiter, wodurch ihre Fersen wieder auf den Boden sanken, und plötzlich saß sie auf seinem gierigen Mund. Ein kniender

Mann mit seiner Zunge in ihrer Möse. Seine Hände kneteten ihren Hintern, legten ihren Anus bloß, sie rief seinen Namen.

Es war schwer, ihre Klitoris ausgiebiger zu lecken, die meisten nassen Züge trafen ihre Schamlippen, zwischen die er jedes Mal kurz mit der Zunge fuhr. Er feuchtete einen Finger an und streichelte ihren Anus. Ihr Ritual aus Überraschung und Stöhnen erteilte ihm die Erlaubnis, und er begann sie dort zu lecken, hin und wieder hielt er inne und schob langsam und strafend einen Finger in sie hinein. Ihre brechende Stimme und ihr Schluchzen, immer wieder die Frage, was er denn da mit ihr mache. Er drückte zwei Finger in ihre Vulva, einen in ihren Anus, vögelte sie und wartete darauf, dass sie sich selbst zu fingern begann.

Sie machte sich kurz von ihm los, beugte sich zu dem Korb hinüber, fand die Tube, gab sie Marius, und kurz darauf spürte sie seine vom Gleitmittel kühlen Finger wieder in ihrem Arsch und ihrer Möse. So war es besser, und sie fing an, sich auf seinen bohrenden Händen zu bewegen, ihr Körper wurde starr und warm. Sie befeuchtete ihre Fingerspitzen, wollte noch nicht kommen, sich nur ganz kurz reizen, alles zu intensiv spüren, um für einen Moment nicht zu zweifeln. Danach wollte sie auf dem Bett unter ihm begraben werden.

Seine Knie drohten auf dem harten Boden zu Stein zu werden, es wurde Zeit aufzustehen, er wollte sich wieder im Spiegel sehen. Als er aufrecht stand, schien alles Blut aus seinem Kopf zu sacken, und er musste sich kurz an ihr festhalten. Tessa öffnete die Augen, erwiderte seinen Blick. Er nickte, es ging schon wieder, und führte ihre Hand zurück an ihre Vulva.

Jetzt gehörst du mir.

Ja, ja. Ich gehöre dir.

Seine Hände packten ihre Brüste, gröber als zuvor. Sie wollte ins Bett, wollte endlich sein Gewicht auf ihrem Körper spüren. Sie sah, dass er im Spiegel nach etwas suchte.

Du sahst fantastisch aus. Alle haben dich angestarrt.

Mach mich zu deiner Frau.

Alle wollten dich haben. Dich nehmen, so wie ich dich gleich nehmen werde.

Er schob seinen Schwanz zwischen ihre Schamlippen, um ihn anzufeuchten, ihr struppiges Haar kratzte über die empfindliche Haut an seiner Eichel. Im Spiegel konnte er noch sehen, wo er ihre Brüste angefasst hatte. Der Gedanke an fremde Hände auf ihrem Körper, der dadurch stets verletzlicher wirkte, weckte seinen Hunger, er wollte verschwinden, um so zu dem Fremden zu werden, der sie ficken durfte. Er führte seinen Schwanz etwas höher, fand die Öffnung, drückte.

Du bist so heiß. Du hast die ganzen Männer heute Abend scharf gemacht. Deinetwegen hatten sie alle einen Steifen.

Aber die kriegen mich nicht. Ich gehöre dir. Ich bin deine Frau.

Diese ganzen betrunkenen Kerle, die jetzt von deinen Titten träumen und sich einen runterholen. Die heute Abend in ihre Frauen spritzen und dabei an dich denken.

Sie rufen meinen Namen.

Ihr Samen ist für dich.

Nein, das dürfen sie nicht.

In deinem Mund, auf deinen Brüsten.

Fremde Schwänze.

Sie halten deine Arme fest, drücken dich vornüber.
Das dürfen sie nicht.
Sie ficken dich, einer nach dem anderen.
Ich gehöre dir.
Du musst mir gehören.
Tiefer. Mach mich zu deiner Frau.

Ab und an schaute er nach unten, auf seinen Schwanz, der wieder und wieder in sie hineinfuhr, auf ihren Anus, der auf seine Stöße reagierte und den er mit der weichen Daumenkuppe berührte. Er versuchte sie zu überraschen, indem er Tiefe und Wucht seiner Stöße variierte. Einen Moment lang schämte er sich für seinen Bauch, für die Bequemlichkeit, der er das zusätzliche Fett verdankte, aber die Eifersucht, die er dadurch verspürte, fachte auch seine Gier weiter an, und sein Körper schien trocken und hart zu werden, ein verlängerter Arm der Strafe, Eintreiber von Besitz.

In dieser Haltung konnte sie nicht kommen. Zwischen ihren Beinen hindurch tastete sie nach seinen Eiern. Sie hörte ihn keuchen und stöhnen, spürte, wie er immer schneller in sie stieß, versuchte abzuschätzen, wie weit er war. Ihre Beine wurden müde, obwohl Marius in die Knie gegangen war, trieben seine Bewegungen sie etwas zu hoch.

Wirst du in mir abspritzen?
Du gehörst mir.
Noch nicht. Dein Samen, gib mir deinen Samen.

Sie schloss die Augen, stellte sich wieder ein wenig auf die Zehenspitzen. Während sie seinen Schwanz mit ihrer Möse immer drängender massierte, stöhnte sie ihm bei jedem Stoß zu, er solle sie spüren lassen, dass sie seine Frau sei. Bis er endlich zu keuchen begann und seine Hände hektisch über ihren Hintern und ihren Hüfte fuhren. Sie öffnete die Augen und sah seinen Blick im Spiegel auf ihre Brüste gerichtet.

Komm nur, Liebster. Komm.

Als er mit dem Essen wieder zurück war, hatten sie so getan, als wüssten sie nicht mehr, worüber sie vorher geredet hatten. Kurz vor dem Eintreffen der Gäste kam Marius in die Küche und sagte, die Klingel sei kaputt. Das sei doch egal, antwortete sie, jetzt könnten sie ohnehin nichts mehr daran ändern. Trotzdem hatte er zum Schraubenzieher gegriffen, verrostete Mechanik und alte Drähte beäugt und Flecken auf sein Hemd gemacht. Daran dachte sie, während Marius ein paarmal heftig zuckte und schließlich in ihr erlahmte.

26

Nach ungefähr vier Stunden tauschten sie den Platz. Marius war den ersten Teil der Strecke gefahren, Tessa hatte ein wenig gedöst und aus dem Fenster auf die Schilder am Fahrbahnrand, die Fabriklichter und die fernen Kirchtürme gestarrt. An der Tankstelle kauften sie Kaffee und waren überrascht von den knusprigen Croissants, die sie stehend in einer Ecke des Verkaufsraums aßen. Rauchend gingen sie zurück zum Parkplatz. Marius prüfte mit der Hand, ob die steinerne Bank auf der Wiese neben dem Auto trocken war, dann setzte er sich hin, zog Tessa auf seinen Schoß, vergrub das Gesicht in ihren Haaren und küsste sie auf den Rücken.

Sie nahmen die Route über Paris, Tessa sagte etwas über die Ringautobahn, aber Marius deutete auf das Navi und antwortete, das werde schon klappen. Lange Abschnitte fuhr sie mit seiner Hand auf dem Oberschenkel, einer warmen Hand, die sie hin und wieder streichelte und festhielt. Während sie langsam die Stadt umrundeten, versuchten sie zu erraten, wo sie gerade waren, was sie antreffen würden, wenn sie jetzt die Abfahrt nähmen. Sie unterhielten sich über die Arrondissements, die sie kannten, und merkten, wie sie beide davon hungrig wurden. Wenn sie den Ring hinter sich hatten, würden sie noch ein Stückchen fahren und dann zum Mittagessen anhalten, Marius sprach von einem halben Hähnchen mit grünen Bohnen, Tessa durfte gar nicht daran denken.

Es lag nicht direkt auf ihrem Weg, aber sie konnten der Versuchung nicht widerstehen, und Tessa fuhr von der Autobahn ab, rasch wurde es grüner, und sie folgten den Schildern nach Fontainebleau. Sie konnten das Schloss schon aus einiger Entfernung sehen, entschieden, dass das genügte, und parkten in der ersten Geschäftsstraße, die sie fanden. In der Brasserie mit den Marmortischen, deren Rechnung Marius für immer aufbewahren sollte, gestanden sie einander, dass sie Lust auf Wein hatten, und versprachen, es bei diesem einen Glas Sancerre zu belassen.

Auf dich. Frau Weber.

Auf dich, Herr Weber.

Dieser Salat sieht nicht schlecht aus. Wie ist deine Bouillabaisse? Das Meer liegt ja nicht gerade um die Ecke.

Macht es dir etwas aus?

Was?

Dass ich nicht Frau Weber bin.

Das bist du wohl.

Du weißt, was ich meine.

Das sind doch bloß Namen. Wenn wir dreißig Jahre jünger wären, würden wir gar nicht darüber reden.

Wenn wir dreißig Jahre jünger wären, hätten wir mit rund zwanzig geheiratet. Kein Mensch heiratet mehr so jung.

Kein Mensch hat so jung geheiratet, als wir noch jung waren.

Du hättest schon gewollt.

Ja. Ja. Ich hätte schon gewollt.

Sie griff nach seiner Hand.

Ich bin deine Frau. Für immer.

Und ich bin für immer dein Mann.

Er stand auf, umrundete den Tisch und küsste sie. Ihre Zungen berührten einander flüchtig, Marius streichelte ihre Wange und ihren Hals, Tessa rieb seinen Arm, versuchte, so viel wie möglich von seinem Geruch einzuatmen. Er lächelte sie an, sie drückten kurz, wo sie einander hielten, dann kehrte Marius auf seinen Stuhl zurück.

Kommt es dir auch so vor, als wäre es noch ziemlich weit?

Das liegt daran, dass du jetzt wieder fahren musst.

Ich wünschte, wir wären schon da.

Wir haben alle Zeit der Welt.

Pass auf, dass ich nicht noch ein Glas bestelle.

Wenn du noch eins trinkst, haben wir gleich eine ganze Flasche geleert.

Dann bleiben wir eben hier, auch gut.

Musst du eigentlich heute noch was machen?

Sie haben noch Material für zwei Tage, danach muss ich ein Internetcafé suchen.

Ich esse jetzt.

Du hast recht, mein Salat ist kalt geworden.

Ich fand dich witziger, als wir noch nicht verheiratet waren.

Lass uns einfach rauchen und kleine Schlucke trinken.

Ich bestelle mir noch ein Glas. Bis ich wieder fahren muss, ist das längst verflogen.

Ich will dich austrinken.

Zu spät, Alter, erst ich.

Sie bleckte knurrend die Zähne. Beim Kassieren ruhte der Blick des Obers lange und eindringlich auf Tessa. Im

Auto würden sie ausgiebiger knutschen können, er wollte mit der Hand zwischen ihre Beine.

Marius fuhr selten schneller als erlaubt. Das männliche Verlangen nach Pferdestärken und leeren Straßen schien ihn nicht im Griff zu haben. Auf wenig befahrenen Abschnitten neckte sie ihn, strich mit einem Fingernagel über seine Hose, wo sich der Penis wölbte. Er nannte sie lebensgefährlich, griff zum Ausgleich nach ihren Brüsten. So rangelten sie hin und wieder und drehten das Radio lauter, wenn sie ein Lied erkannten.

Put the lime in the coconut
And call me in the morning!

Sie machten noch einmal Pause, aber Marius erklärte, er werde auch das letzte Stück noch fahren. Es war ein kleiner Parkplatz ohne Tankstelle oder Restaurant, Asphaltstreifen zwischen den Bäumen, Abfall im Rinnstein und verwitterte Picknickbänke. Tessa musste pinkeln, aber die Toilette war abgeschlossen.

Geh einfach ein Stück in den Wald, ich passe auf.
Worauf? Geh du zuerst.
Ich?
Dann kannst du nachsehen, ob es nicht zu dreckig ist. Ob nicht schon zu viele andere da waren.

Er zuckte mit den Schultern, ging über das Gras auf eine Reihe von Büschen zu, die in sicherem Abstand zur Straße standen, und sah sich dabei gelegentlich um. Hinter der Hecke, die ihm bis zur Taille reichte, tat er so, als würde er vor etwas erschrecken, aber sie fiel nicht auf ihn herein. Er öffnete den Reißverschluss an seiner Hose und pinkelte länger als erwartet, der Strahl spritzte ein kleines Loch in das dichte

Gras. Die Luft kühlte seinen Penis, im Tageslicht sah er aus wie ein ganz normales Organ, das man nicht zu verstecken brauchte. Als er fertig war, schüttelte er ein paarmal kräftig ab, er vermisste das Klopapier, mit dem er seine Eichel normalerweise trocken tupfte. Er schaute kurz zu ihr hinüber, sie beobachtete ihn immer noch, dann entfernte er die letzten Tropfen mit seinem Taschentuch. Er winkte ihr zu, aber sie rührte sich nicht vom Fleck. Auf dem Parkplatz war nicht viel los, er zählte zwei weitere Autos, trotzdem wollte er nicht nach ihr rufen. Er bedeutete ihr noch einmal, ihm zu folgen, bis sie endlich überzeugt schien und auf ihn zukam, mit vorsichtigen, zweifelnden Schritten, genauso wie er selbst zuvor gelaufen war, doch Tessa schien es damit ernst zu sein.

Komm nur. Es ist sicher. Und halbwegs sauber.

Du warst schon da.

Das ist der beste Platz, hier kann dich keiner sehen.

Ich habe genau gesehen, was du tust.

Aber wenn du gehst, sieht es niemand.

Bist du das, oder stinkt es hier nach jahrelanger heimlicher Pisserei?

Das ist aber nicht ladylike. Warte mal. Siehst du? Die fahren beide weg. Wahrscheinlich gehören sie zusammen.

Geh nur schon zum Auto, ich komme gleich nach.

Darf ich gucken?

Er bemühte sich, die Frage unbeschwert klingen zu lassen, indem er so unbeschwert wie möglich dreinschaute, indem er an ein Lächeln dachte, ohne dabei zu lächeln.

Warum?

Draußen ist alles anders. Das Licht. Ich will alles von dir sehen. Auch das.

Ich weiß nicht.

Schon okay, wenn du nicht willst. Ich dachte nur, ich frage mal. Ich bin einfach verrückt nach dir.

Zwischen ihren Augen erschien die Falte, die immer dort zu sehen war, wenn sie über etwas nachdachte.

Aber nur von hinten.

Ja, gut. Wie du willst.

Sie drehte sich um und zog die Hose bis unter die Knie. Derselbe Eindruck, ihr Hintern sah im Freien, in diesem europäischen Licht eines späten April, anders aus, er beobachtete, wie sie sich hinhockte, sich bemühte, das Gleichgewicht zu halten.

Es dauerte einen Moment, bis sie pinkeln konnte. Sie dachte an die Dinge, die ihr in hellhörigen öffentlichen Toiletten halfen, und als sie bei den alten Matheformeln angekommen war, entspannte sich ihre Blase endlich, sie fühlte, wie der Strahl auf ihre Knöchel spritzte, und versuchte, die Beine ein bisschen weiter auseinanderzuschieben.

Der Anblick ihres nackten Hinterns und des Strahls, der von einer unsichtbaren Stelle zwischen ihren Beinen aus ins Gras prasselte, raubte ihm den Atem, er wurde steif und rieb über seine wachsende Erektion. Ihr Anus, der sichtbar wurde, als sie ihre Haltung veränderte, war ein zusätzliches Geschenk.

Hoffentlich sah er, was er wollte. Sie hatte ihm jetzt etwas gegeben, also ging sie davon aus, dass der Rest der Fahrt ihr gehörte.

Hast du irgendwelches Papier dabei?

Nur ein richtiges Taschentuch.

Auch gut.

Da ging es dahin, sein Taschentuch, das kurz zuvor noch den Urin von seinem Schwanz aufgenommen hatte. Er sah zu, wie sie sich damit abtrocknete.

Willst du es zurück, oder soll ich es hier wegwerfen?

Ich will es zurück.

Sie richtete sich auf, machte die Hose zu und kam mit dem Taschentuch in der ausgestreckten Hand auf ihn zu.

Es ist nass.

Komm her.

Er küsste sie, ließ sie einen festen Moment lang nicht los. Dann nahm er das Taschentuch, das sie ihm reichte, und faltete den feuchten Teil so gut wie möglich nach innen.

Du wolltest doch weiterfahren, oder? Ich kümmere mich um die Musik.

Einverstanden. Ich könnte was zu essen vertragen, du auch?

Schon wieder? Wie weit ist es noch?

Der Verkehr war nirgendwo sehr dicht, Marius schätzte, dass sie noch etwa zwei Stunden brauchten, und das Navi bestätigte seine Vermutung. Nachdem sie von der Autobahn abgefahren waren, folgten sie einer schmalen Straße zwischen den Bäumen hindurch. Die Zweige waren schon grün und schwer, und er fürchtete, die längsten davon zu streifen, wenn er zu dicht an den Rand geriet. Es kamen ihnen kaum Fahrzeuge entgegen, und auch sein Rückspiegel blieb lange leer. Obwohl der Geruch anders war, frischer, mehr wie feuchte Felsen und Gebirgsbäche, musste er an früher und zu Hause denken.

Sie fuhren durch Dörfer, die nach wenigen Häusern schon wieder endeten, und an Weiden mit geschlossenen

Ställen vorbei. Aber meistens umgab sie der Wald, manchmal so dicht, dass die Straße zu einer Fahrrinne durch das Grün wurde, während man auf anderen Abschnitten etwas mehr erkennen konnte, und sie merkten, dass sie beide nach Hirschen oder anderem Wild ausschauten. Sie nahmen einander bei der Hand und drückten kurz zu, wenn sie irgendwo eine Bewegung zu entdecken glaubten, doch sie sahen nichts. Der Sender, den sie seit Paris gehört hatten, versank in Rauschen, aber sie vermissten die Musik nicht. Eine Weile lauschten sie der pfeifenden Geschwindigkeit zwischen den Bäumen hindurch, dann begannen sie über Onno zu reden.

Es tat gut, sich jetzt an ihn zu erinnern. Tessa erzählte von ihrem ersten richtigen Urlaub zu dritt, ebenfalls in Frankreich, aber weiter südlich, ihr erster Aufenthalt in Arles, wo Paul in der Nähe des Amphitheaters ein schmales Haus mit vielen steilen Treppen gemietet hatte. Es war Hochsommer, schwüles, schlafloses Wetter, sie wollten nach draußen, in die Straßencafés auf dem Platz, aber Onno weinte zu viel, und so aßen sie jeden Abend in ihrem Häuschen und hörten durch die geöffneten Fenster die Kinder der Nachbarschaft, die bis spätabends draußen spielten. Ein Mal hatten sie auch ein Picknick gemacht, waren lange an der Rhône entlanggefahren, bis sie eine schöne Stelle gefunden hatten. Marius wollte wissen, ob sie damals auch am Meer gewesen seien, aber Tessa konnte sich an keine Fotos von einem kleinen Onno am Strand erinnern. Marius erzählte, dass er in jenem Sommer oder dem danach auch in Frankreich gewesen sei, um das Ferienhaus seines Vaters auszuräumen.

Nicht in dem danach.

Wieso nicht?

Das ist unser Sommer.

Du hast recht. Das ist unser Sommer.

Das hat mir geholfen. Ich wurde besser, besser für Onno. Ich hatte wieder mehr Freude an allem.

Warst du denn damals so deprimiert? Das weiß ich gar nicht mehr.

Du kennst mich ja auch erst seit dir.

Witziger Satz. Und natürlich kannte ich dich schon vorher.

Du weißt, was ich meine.

Ich weiß noch, wie ich ihn zum ersten Mal gesehen habe.

Onno? Wann?

Ich bin einmal bei euch vorbeigefahren. Jetzt kann ich es dir ja gestehen. Ich wollte einfach mal dein Haus sehen. Du hattest Onno bei dir, es sah aus, als kämt ihr von irgendwoher nach Hause.

Wie oft bist du denn vorbeigefahren?

Nur das eine Mal. Ich wollte wissen, wie dein Haus aussah, und nachdem ich es gesehen hatte, war es gut.

Du brauchst nicht mehr so geheimnisvoll zu tun. Du kannst ruhig alles erzählen.

Ich will ja auch alles erzählen.

Und?

Das war alles. Ich habe alles erzählt, was zu erzählen war.

Während der letzten Kilometer wurde Onno älter, veränderte sich zu einem stillen, kranken Jungen, einem Jungen, der gut zeichnen konnte und englische Songtexte auswendig konnte, noch bevor er zehn war, einem Teenager, den die Mädchen süß fanden, einem sensiblen, zweifelnden Heranwachsenden, der nicht allein in Urlaub zu fahren wagte, in dessen Gegenwart sich andere jedoch unweigerlich wohlfühlten, einem angehenden Studenten mit vielen, sehr vielen Interessen. Marius hörte zu, schaute während der Fahrt hin und wieder zu ihr hinüber, erkundigte sich nach einfachen Details, nach vorhersehbaren Abschweifungen. Er strich ihr über die Beine, streichelte ihr Haar, dann fragte er, ob er kurz anhalten solle, aber sie wollte, dass er weiterfuhr, sie war neugierig auf das Hotel, das er ausgesucht hatte. Die restliche Fahrt über lag seine Hand auf ihrem Knie, sie drehte am Radioknopf, bis sie endlich etwas auf Englisch fand.

Das Chambre d'hôte war eine umgebaute Mühle, ein klarer Bach neben dem Gebäude drehte ein großes Rad, und sie fragten sich, ob drinnen wirklich noch gemahlen wurde. Ein junger Mann, den sein dichter blonder Schnurrbart älter wirken ließ, begrüßte sie und wandte sich ihrem Koffer zu, doch Marius bedeutete ihm mit einer Geste, dass er das Gepäck selbst die Treppe hochtragen konnte.

Sie bekamen ein geräumiges Zimmer unter dem Dach. Das Bett stand gegenüber einem breiten Dachfenster, Marius passte genau unter den Querbalken hindurch. Sie fanden einen Platz für den Koffer, wählten jeder eine Schrankseite für ihre Kleider. Das Fenster öffnete sich zu einer heimlichen Zigarette, dann räumten sie das Bad ein. Marius zählte die Handtücher, stellte sein Rasierzeug auf die Ablage. Tessa verteilte ihre Fläschchen und Tuben rechts und links neben dem Wasserhahn und drehte ein Glas für die Zahnbürsten um. Dann legten sie sich kurz aufs Bett, nicht zu lange, es fiel schon kein Sonnenlicht mehr auf die Wände. Sie gewöhnten sich an den Geruch, an die ausgeleierten

Matratzenfedern, die sie aufeinander zurollen ließen. Es wurde rasch kühler, sie mussten das Fenster schließen, hinter dem Sessel entdeckten sie die Heizung.

In Pontaubert gab es nur eine einzige Kirche, aber Marius hatte gelesen, dass sie sehenswert sei. Von ihrem Hotel aus führte ein mit Rindenmulch bedeckter Weg hinauf zur Straße. Sie hatten ihre Jacken angezogen und spazierten Hand in Hand auf das Dorf zu. Erst als sie hinter sich das Geräusch eines Autos hörten, wurde ihnen bewusst, dass sie mitten auf der Straße liefen. Hinter den Fensterläden der Häuser, an denen sie vorbeikamen, schimmerte Licht hervor.

Er merkte, wie gut ihr das Äußere der Kirche gefiel, das Tympanon über den Türen, von denen eine offen stand. Drinnen war niemand, trotzdem dämpften sie ihr Gespräch sofort zu einem Flüstern. Marius bezeichnete sich als schlechten Katholiken, weil er nicht wusste, wie die einzelnen Dinge im Kircheninneren hießen. Tessa wandte den Blick nach oben, drückte seine Hand. Sie beschrieb, was sie sah, half ihm beim Schauen. Das Kreuzrippengewölbe, die unglaublich blauen Glasfenster. Das einzige weitere Licht stammte von einer Reihe flackernder Kerzen weiter vorn.

Du bist die bessere Katholikin. Hast du auch den Eindruck, dass wir irgendwie stören?

Du weißt, wann du aufstehen und dich hinsetzen musst. Ich halte mich an dich.

Hier kann doch jemand einfach reinkommen und etwas stehlen.

Du bist ein echter Holländer.

Ich finde es wunderschön, wahrscheinlich liegt es daran. Und vor Schönheit gehört einfach ein dickes Schloss.

Von diesem Dörfchen und der Kirche hatte ich noch nie gehört. Das ist eine echte Überraschung. Danke.

Darf man in einer Kirche eigentlich knutschen?

In meiner kriegt man davon Kinder.

In meiner auch.

Sie küssten sich, aber nur kurz. Danach gingen sie nach vorn Richtung Altar, bis sie sich nicht mehr weitertrauten, Tessa identifizierte die Heiligen, deutete hinauf zu den oberen Abschlüssen der Säulen und erzählte ihm, dass es im zwölften Jahrhundert Beschwerden über zu viele Affen, Löwen und Hinterteile gegeben habe. Marius gierte nach ihren Geschichten, ein Verlangen, von dem er selbst fand, dass er es in Zukunft zügeln müsse, es gab keinen Grund mehr für seine Hast, endlich war er ihr erster Zuhörer. Er küsste sie, länger diesmal, bis er ihre Zungenspitze an seiner fühlte. Sie schafften es nicht, sich aus ihrer Verschlingung zu lösen, blieben durch flehende Lippen miteinander verbunden. Als sie ein Geräusch hörten, schauten sie auf, doch sie waren noch immer allein im Kirchenraum. Marius warf etwas Geld in eine Blechdose, nahm eine Kerze und hielt den Docht über eine der Flammen.

So. Und jetzt habe ich Hunger, was ist mit dir?

Du hast schon Appetit, seit du mich vorhin so unsittlich beobachtet hast.

Medizinisches Interesse, mehr nicht. Und an Reisetagen ist der Hunger nie echt.

Was ist schon echt?

Sie zwickte ihn in seine Erektion, und er heuchelte Empörung. Bevor sie die Kirche verließen, schlenderten sie noch am Altar, allen Fenstern und den Pfeilern entlang, eine sich langsam hinziehende Runde um die leeren Stühle.

Im Dunkeln gingen sie die Hauptstraße hinab auf der Suche nach einem Lokal, in dem sie etwas zu essen bekommen würden. Es gab wenig Auswahl, das Restaurant, das sie betraten, hatte stumpfe Bodenfliesen und farblose Wände, aber es war gut besucht, und als sie entdeckten, dass auch Hotelzimmer vermietet wurden, störten sie sich weniger an den steifen Tischen und Stühlen und den hier und dort verteilten Blumen, die schon lange nicht mehr abgestaubt worden waren. Eine junge Frau nahm zwei Speisekarten von einem Stapel und begleitete sie zu einem Tisch in der Mitte des Raums. Tessa beobachtete, wie Marius – genau wie zuvor bei ihrem Vermieter – seinen Drang, Französisch zu sprechen, auf die Kellnerin richtete und sie mit Fragen und Bemerkungen, auf die sie immer einsilbiger antwortete, an ihrem Tisch hielt. Tessa streifte einen Schuh ab und fuhr mit den Zehen über seine Knie und Schienbeine. Marius schaute auf, verstand, was sie ihm sagen wollte, und ließ die Kellnerin mit einer gemurmelten Entschuldigung gehen.

Sie bestellten das günstige Menü, wählten beide das Freilandhähnchen als Hauptgericht, und Tessa merkte an, dass sie so nicht gegenseitig probieren könnten. Marius hatte eine Flasche roten Vézelay bestellt, und als die Kellnerin den Wein öffnete, bedeutete er ihr, dass Tessa probieren solle. Der Vézelay war kühl und rustikal, er schmeckte nach Schale und aufgeplatztem Obst, säuerlich auf der Zunge und einen Geruch nach Haut verströmend, ein einfacher, eigenartiger Wein, sie konnte der Kellnerin nur grinsend zunicken und hoffte, dass Marius das Gleiche schmecken würde.

Im Raum war es schummerig genug, die Tischdecken hingen tief herunter. Tessa bat Marius, einen Fuß in ihren Schoß zu legen. Er steckte einen Bissen in den Mund, tupfte sich mit der Serviette die Lippen ab, ließ den Arm an seinem Stuhl herabsinken, öffnete den Reißverschluss seiner Stiefelette, richtete sich wieder auf, trank einen Schluck Wein, wischte ein paar Krümel vom Tisch, nahm das Besteck wieder vom Teller und schob endlich seinen warmen Fuß auf ihren Schoß. Während sie mit der rechten Hand weiteraß, richtete sie mit der linken seine Zehen auf ihren Schritt, sie wollte, dass er näher herankam, dass er drückte. Sie schauten einander an, aßen, tranken, schwiegen. Als sein großer Zeh durch den Hosenstoff hindurch ihre Klitoris berührte, musste sie das Glas abstellen. Sie konnte es kaum erwarten, mit Marius in ihrem fremden Bett zu liegen.

Der Vermieter hatte ihnen einen Schlüssel gegeben, der offenbar auf alle Türen passte, ein Versehen, von dem sie erst genug bekamen, nachdem sie alle Schränke im Frühstücksraum und in der Küche geöffnet hatten. Sie beschlossen, dass niemand ein Päckchen Cracker und ein Stück Reblochon vermissen würde.

Im heißen Badewasser knabberten sie ihre Beute. Marius fütterte Tessa, die ausgestreckt auf ihm lag und seine Brust als Rückenlehne nutzte. Ab und zu goss er Wasser über ihre Nippel, streichelte die kleine Kuhle unter ihrer Kehle und pflückte nasse Krümel von ihren Schultern und Brüsten. Tessa hatte Kerzen angezündet, Marius nannte das Bad ihre eigene Kirche. Am Haken der Badezimmertür hing die neue Korsage, die Tessa dort baumeln ließ, um ihn zu quälen. Marius schlang ihr nasses Haar zu einem Knoten, küsste sie auf Nacken und Hinterkopf.

Ihr war ein wenig kühl, sie kam nicht tief genug ins Wasser, aber sie wollte nicht anders liegen. Jedes Mal, wenn Marius ihre Brüste anfasste oder nur ein wenig länger ihre Haut berührte, spürte sie, wie sein Schwanz in ihrem Rücken hochzuckte.

Was machen wir morgen?

Ausschlafen.

Und danach?

Dann frühstücken wir ganz gemütlich und sehen, ob der blonde Schnurrbart uns Eier kochen kann. Nach dem Frühstück fahren wir auf den Hügel und besichtigen die Basilika. Eine kleine Wallfahrt.

Und essen wieder im Les Fleurs?

Wahrscheinlich. Irgendwo hier in der Nähe soll es ein Sternerestaurant geben, das wäre vielleicht etwas für den letzten Abend.

Ich will jeden Abend genau das Gleiche machen. Wir werden jeden Abend so in der Wanne liegen und danach ganz lange miteinander schlafen.

Vielleicht möchte ich ja, dass du dich einen Tag mal nicht wäschst.

Sie schlang seine Arme um ihren Körper und forderte ihn auf, sie immer fester zu halten.

So bekommst du keine Luft.

Aber sie flüsterte, dass er sie zerquetschen solle, dass sie ihn dafür belohnen werde. Daraufhin umschlossen seine Arme sie so fest, dass sie tatsächlich Mühe hatte weiterzuatmen. Sie schloss die Augen, um den Moment wie ein Kind so intensiv wie möglich auszukosten. Der Schmerz ließ sie aufstöhnen, sie wusste nicht, wie lange es dauern würde und ob sie weinen oder ohnmächtig werden würde. Bis sein

Griff plötzlich aufbrach, ihr nicht länger die Luft abschnürte und sie wieder atmen konnte, wohlbehalten wieder aufgetaucht, schien ihr Körper Funken zu schlagen, sie war enttäuscht und ausgelassen und geil. Sie setzte sich auf, drehte sich um und sah, dass sein Schwanz schlaff geworden war. Ihre Hände verschwanden unter Wasser, sie suchte seinen Blick, um die Veränderung zu sehen, um zu erleben, was ihre intimen Gesten bei ihm auslösten. Sie fuhr mit den Fingernägeln über seinen Sack, wichste ihn, Wasser spritzte auf ihre Brüste, sie wollte seine Lippen an ihren Nippeln fühlen, genau das richtige Maß Angst vor seinen Zähnen spüren.

Sie wies ihn an, sich auf den Wannenrand zu setzen. Dann blies sie ihn, bis ihnen beiden kalt wurde. Sie benutzten alle Handtücher, um sich abzutrocknen, trotzdem wurden die Laken feucht von ihren Körpern, nachdem sie das Bad verlassen hatten und einander auf dem Bett umschlangen.

In dieser Nacht konnte er einfach nicht aufhören, sie anzusehen, stets musste er sie im Blick haben, mit offenen Augen leckte er ihre Klitoris, hob danach ihre Beine an, um ihren ganzen Körper sehen zu können, während er sie fickte. Seine Stöße mussten ihr etwas antun, sie treffen und aufbrechen, sodass er tiefer in sie eindringen könnte. Sie fingerte erbittert ihre Vulva, er spürte, wie sie enger wurde, sah, wie sie sich nach innen kehrte.

Fick mich ich komme ich komme auf deinem Schwanz.

Ja ja komm auf meinem Schwanz auf meinem steifen Schwanz.

Nicht aufhören gleich.

Du bist so eng du geile nasse Möse.

Den Kopf in den Nacken gelegt, beide Hände jetzt auf

ihrer Vulva, die ersten schroffen Laute des Orgasmus entrangen sich ihrer Kehle, er musste sich anstrengen, um in ihr drin zu bleiben, ganz kurz kam ihm der Gedanke an die übrigen Gäste, dann schrie er sie an, dass er sie ficke, dass sie ihm gehöre, wieder und wieder, bis ihr Körper sich den Zuckungen, dem Beben und den unterdrückten Aufschreien überließ. Als sie wieder zu sich kam, merkte er, dass sie seinem Blick auswich, sich kurz zu schämen schien, aber er beruhigte sie, streichelte sie, flüsterte ihr zu, wie schön sie sei, eine wunderschöne Frau, seine umwerfende, wunderschöne Frau. Sie bedeutete ihm, dass er sich auf sie legen, sie mit seinem ganzen Gewicht zudecken solle.

Nur kurz. Ich will dich noch einen Moment ganz nah bei mir haben. Gleich gehöre ich wieder dir. Ich tue alles, was du willst, du darfst alles mit mir machen. Willst du auf meine Brüste spritzen? Oder soll ich dir einen blasen, bis du kommst? Du darfst alles tun, das ist mein Ernst. Du bereitest mir eine solche Lust, ich gehöre ganz und gar dir.

Ihr Versprechen ließ ihn erschauern. Trotzdem würde er keinen Gebrauch davon machen. Es waren Worte, wie alle Worte beim Sex eine Mischung aus Spiel und Ritual, und weil die feinen Grenzen ihn in dieser Nacht verwirrten, wagte er sich nicht zu entscheiden.

Später, als Tessa auf seiner Brust eingeschlafen war und er durch das Dachfenster zum dunklen Himmel aufschaute und seine Fantasie ihrem geilen Angebot auf vielfältige Weise endlich Gestalt gab, bedauerte er sein Zweifeln. Hoffentlich hatte er sie nicht enttäuscht. Sie war nicht mehr aufgestanden, um auf die Toilette zu gehen, sein Samen war noch in ihr, würde wahrscheinlich Flecken auf das Laken machen. Er konnte das Wasserrad draußen schlagen hören, versuchte sich die Frühstückszeiten in Erinnerung zu rufen. Vielleicht gab es im Hotel ja auch Lunchpakete, das wäre praktisch. Sie bewegte sich, ein Schauer. Er zog die Decke höher, küsste sie auf den Kopf, sagte ihr, dass er sie liebe. Sie murmelte eine Antwort und schlief weiter, er hatte sie nicht verstanden.

25

Er musste sich beherrschen, um nicht die Hand nach ihr auszustrecken. Sie lag auf dem Bauch, das Gesicht ihm zugewandt, und atmete durch den Mund, er wollte die Decke von ihr ziehen, um mehr von ihrem Rücken bloßzulegen. Es würde ihr nichts ausmachen, wenn sie kurz aufwachte, weil er die Lippen auf ihre nackte Schulter drückte, und trotzdem berührte er sie nicht.

Das Zimmer gefiel ihr, das hatte er gewusst, als sie ihren Mantel achtlos auf den Boden hatte fallen lassen und zum Fenster gegangen war, um hinauszuschauen, was sie immer tat, wenn sie wie selbstverständlich in ein unbekanntes Schlafzimmer glitt, die vertraute Geste, das Erkennen dieser Geste, er konnte nicht schlafen, konnte nicht aufhören, diese neuen Momente mit ihr immer wieder aufs Neue zu durchleben. Am Fenster hatte er dicht hinter ihr gestanden, eine Hand auf ihren Bauch gelegt. Tessa griff nach hinten, umarmte ihn, er fühlte das Schloss ihrer Hände in seinem Rücken. Sie hatten über Essen gesprochen, über die Restaurants, die zu Fuß erreichbar waren. Das würde sich morgen alles finden, und früh und gut frühstücken konnte man auch überall.

Sie wollte küssen, das merkte er daran, wie sie seinen Hals festhielt, ihre Finger nicht aufhörten, ihn zu massieren. Er hatte sich vorgenommen, dieses erneute Kennenlernen ihres Körpers so ausgiebig wie möglich zu genießen, doch sie hatte nicht die Absicht, sich langsam für ihn auszuziehen. Ihr Überschwang ließ ihn seine Vorsätze vergessen, und als sie den BH von ihren Brüsten zog, schob er die Hose über seine Hüften, und sie balgten und küssten sich einen Weg zu dem breiten Bett. Seine Zunge hatte ihre Vulva gerade erst ein wenig geöffnet und angefeuchtet, als sie ihn aufforderte, zu ihr hochzukommen. Sie sagte, sie wolle ihn spüren, habe ihn vermisst. Sie spuckte in ihre Hand, befeuchtete seine Eichel und führte seinen Schwanz in sich ein. Er dachte kurz an Corinne, an die vergangenen Jahre, ihren routinierten Sex, ihre Empfindlichkeit, was Ort und Geräusche anging, an den bitteren, verstörenden Geschmack, der sich löste, wenn er lange an ihren Brustwarzen saugte, die beinahe wütenden Laute, die sie beim Orgasmus von sich gab, ihr feuchtes Blasen, daran, dass sie am liebsten auf ihm saß und so das Tempo bestimmte, wie sie damit seine Reaktion herausforderte, seine Hände um ihren Hals etwa oder seine Finger, die sich fest um ihre Nippel schlossen, all die geheimen Stellen an ihrem Körper, die er kannte und je nach Laune und Gelegenheit bespielte, all die Wege für seine Zunge, alles, was er sich zu eigen gemacht hatte und jetzt wieder vergessen musste. Er fühlte Tessas Füße auf seinem Hintern, ihr Anblick drohte ihn zu rühren, er wollte noch so viel näher bei ihr sein, ihr geiles Gerede war wie eine Erlösung, er fing sich wieder und antwortete ihr, ja, er werde sie ficken, er sei noch lange nicht fertig mit ihr, er habe sie auch vermisst, das werde er sie spüren lassen, sein harter Schwanz erwartete sie, war sie seine Frau, wollte sie seinen Samen in ihrer heiße Muschi? Ja, ja, sie war seine Frau, er solle weitermachen, fester, sie wollte ihn ganz tief in sich spüren. Er wollte sie zum Orgasmus fingern, doch sie wehrte jede Annäherung seiner Hände ab. Wieder verhakte sie die Füße um seinen Hintern. Kein Entkommen möglich, ihn beschlich die Ahnung, dass sie etwas Ähnliches voneinander forderten. Ihr Keuchen machte ihn scharf, sobald er ihre Schreie hörte, erinnerte er sich an alle davor. Seine Arme pressten ihre Arme auf die Matratze, nur seine Hüften bewegten sich, und er versprach, für immer bei ihr zu bleiben, und sie nickte, als sie merkte, dass er kurz davor war zu kommen. Er rief, dass er sie liebe, und sie lächelte ihn an, als er sich in sie ergoss, er zuckte noch lange, doch er schaute sie dabei an, sie strich ihm die Haare aus den Augen und streichelte seine Wangen.

Danach wollte sie nackt am Fenster stehen und auf die Lichter der Stadt hinausschauen. Wieder stand er hinter ihr, versuchte mit seinen Armen, ja selbst mit seinen unbeholfenen Beinen so viel wie möglich von ihr zu umfangen. Im Bad tupfte sie die letzten Reste mit einem kleinen Handtuch auf. Sie hatten Wasser aus den Hotelgläsern getrunken, waren abwechselnd aufs Klo gegangen, hatten im sanften Licht des Spiegels lächelnd den Körper des anderen betrachtet.

Sie war in seinen Armen eingeschlafen, aber kurz darauf brummelnd auf ihr eigenes Kissen hinübergerutscht. Ihre Koffer standen noch ungeöffnet neben der Tür. Hals über Kopf, eine merkwürdige Formulierung. Er erkannte, dass er nicht schlafen konnte, weil er immer noch dabei war, zur Ruhe zu kommen. Vielleicht würde er es nicht merken, wenn sich seine Augen für die Nacht schlossen, aber er würde neben Tessa aufwachen, müde und glücklich. Er dachte an seine Bücher, die er wahrscheinlich lange Zeit nicht wiedersehen würde. In Gedanken redete er mit Tessa über die Zukunft, über das Haus, in dem sie wohnen, die Reisen, die sie unternehmen würden. Er erinnerte sich daran, wie sie einmal während eines absurd heißen Sommers auf einer Parkwiese eingeschlafen waren, ihr Kopf lag auf seiner Brust, aber sein Radio war gestohlen worden. Der Spaziergang durch die Stadt, das unvermeidliche Gewitter und der erfrischende Regen, der ihren Körper unter der dünnen, leichten Kleidung entblößte.

24

An diesem Montag arbeitete er morgens an seiner Kolumne für die Zeitung, und weil er danach noch keinen großen Appetit hatte, schrieb er die ersten Absätze seines anderen Auftrags, eines Nachrufs auf einen Schriftsteller, den er lange bewundert hatte und der nur eine Spur zu jung und trist gestorben war, weshalb sein Werk niemals den grauen Glanz nationalen Respekts erwerben würde. Er warf einen Blick in seinen Terminkalender und sah das doppelt unterstrichene Wort Buchhaltung.

Seit dem Umzug kam er nicht mehr so oft raus, in letzter Zeit blieben ihm nur Einladungen, Ausstellungseröffnungen und Ereignisse außerhalb der Stadt. Er schlurfte durchs Haus, wollte nicht vor dem Fenster stehen bleiben, nicht in den Kühlschrank sehen, nicht an Essen oder Masturbieren denken, bevor er nicht noch mehr geschrieben hatte. Es hatte einen Mord gegeben, aber es wurden ständig Leute ermordet, darüber konnte er nicht einfach so eine Kolumne schreiben.

Nicht zu düster oder zu lustig. Nicht zu bedeutsam, immer Namen nennen, nicht über Gruppen schreiben, Verallgemeinerungen tunlichst vermeiden, stets hervorheben, wer man ist, ohne allzu bestimmt aufzutreten. Klug mit Prominenten umgehen, ihr geschmackloses Verhalten verurteilen, ohne ihre Bedeutung für den nationalen Diskurs infrage zu stellen.

Vorsicht bei Politik, keine erhobene Faust oder Wahlerklärungen. Politiker wie Prominente behandeln. Dinge gut finden, aber nicht zu ausgefallene Dinge. Die Vergangenheit nur sparsam einsetzen, am besten behandelt man sie als eine untergegangene Ära guter Filme, Bücher und Musik. Ressentiments nur äußern, wenn diese weit verbreitet und über mehrere Stadien hinweg unverändert geblieben sind. Der Heimatfront ein Pseudonym und ein Repertoire geben, sodass bequem mit Perspektiven und Loyalitäten jongliert werden kann. Niemals Erschöpfung oder Überdruss schildern. Mann bleiben, aber nicht zu männlich, genug, um wiedererkennbar zu sein, genug, um nicht allzu viel Neid zu zeigen.

Auf dem Klo las er ein paar Gedichte von Erich Fried. Er konnte sich nicht mehr daran erinnern, wann er das Buch gekauft hatte, der weiße Umschlag war kaum vergilbt, eine gute Ausgabe, jedenfalls kein Andenken aus seiner Studentenzeit. Einer der Gedichttitel, »Karl Marx 1983«, das stand da wirklich, die Strophen stimmten ihn nervös und eifersüchtig. Er legte das Buch in die Ecke neben der Tür, in sicherem Abstand zum Handwaschbecken, putzte sich danach ab, das letzte, feuchte Blatt kühlte seinen wunden Hintern.

Nach einem frühen Mittagessen, einem dick mit rohem Schinken belegten Brot, kam er endlich in Schwung. Nach einer Weile wusste er, dass es nicht mehr lange dauern würde, eine seiner berühmten Stundenkolumnen, er begann laut vor sich hin zu reden, als müsste er sich selbst protokollieren, ein Rennen, das er mühelos gewinnen konnte, und er nahm sich vor, sich mit Wein und einem teuren Abendessen zu belohnen. Corinne würde erst spät nach Hause kommen, aber er hatte auch schon früher allein in extravaganten Restaurants gegessen. Er öffnete eine Flasche Chablis, drehte *La Bohème* lauter, es war verdammt noch mal ein herrlicher Tag.

Jemand drückte wieder und wieder auf die Klingel, die er genauso oft nicht als seine eigene erkannte. Er war auf dem Sofa eingeschlafen. Als er das Geräusch endlich zuordnen konnte, sprang er von der Couch auf und rannte zur Haustür.

Es war Tessa.

Sie trug einen langen Mantel, ihr Haar sah dunkler aus. Neben ihr stand ein Koffer, und er wusste, dass er alles tun würde, worum sie ihn bitten sollte.

Hallo Mas.

Tessa. Komm rein, bitte, komm doch rein.

Der Flur seines Hauses, der durch ihre Anwesenheit plötzlich so beengt wirkte, erschien ihm fremd und hässlich, von den hartweißen Wänden bis hin zur Mantelstange, es war, als würde ihm bei näherer Betrachtung bewusst, dass er sich geirrt hatte und dringend eine andere Wohnung suchen musste. Er ging auf sie zu, deutete fragend auf ihren Mantel, aber sie sagte, sie wolle ihn noch anbehalten, auch den Koffer ließ sie nicht los. Sie machte keine Anstalten, ihn zu begrüßen, hielt ihm weder Hand noch Wange hin. Trotzdem trat er noch näher heran, bis er sie riechen konnte, das Wiedererkennen grub ein Loch in seine Brust, das er wegschlucken musste, um nicht in Tränen auszubrechen.

Er führte sie durch das Haus, solange sie nicht sagte, wieso sie gekommen war, behandelte er sie wie jeden anderen Gast. Und so zeigte er ihr den großen Herd in der Küche und stützte sich sogar kurz auf einem der Bretter des handgefertigten Bücherregals in seinem Arbeitszimmer ab, das auf den kleinen Garten hinausging.

Sie war tatsächlich da. Ihr Gesicht, das er nur in kleinen Dosen anschauen durfte, ihr Körper unter den Kleidern. Er wahrte Abstand und merkte doch, wie sie ab und zu in Reichweite seiner Arme stand. Das war das Merkwürdige an Träumen, was die Wirklichkeit zufriedenstellt, wird unverzüglich ersetzt, verworfen, die Fantasie scheint immer weiter zu wollen. Sie schaute nach draußen, zeichnete mit den Fingerspitzen Kreise auf die Fensterbank. Sie schien zu verstummen, und er überlegte, was er sagen könnte.

Wir haben uns auf den ersten Blick darin verliebt, wegen der hohen Decken. Du willst gar nicht wissen, wie viele Häuser wir uns angesehen haben mit solch niedrigen Decken, die alles dunkel machen.

Ist es nicht ein bisschen zu weit draußen für dich?

Ja, du hast recht, es ist weit draußen.

Es ist ein schönes Haus.

Danke.

Jetzt will ich auch den Rest sehen.

Sie folgte ihm nach oben, wollte nicht, dass er ihren Koffer trug. Auf der Treppe blickte er sich hin und wieder um, sie zog sich am Geländer hoch, atmete durch die Zähne. Das Schlafzimmer wirkte kleiner jetzt mit Tessa darin, all die blauen Akzente, von einem Kissen bis hin zu der Tagesdecke über dem Fußende des Bettes, ärgerten ihn plötzlich, aber am schlimmsten fand er den Geruch, den allzu intimen Geruch benutzter Bettwäsche. Tessa seufzte, tupfte sich mit der Innenseite des Handgelenks über die Stirn, wischte sich mit einem Finger etwas aus dem Augenwinkel. Sie stellte ihren Koffer ab. Er fand, dass sie die schönste Frau war, die er je gesehen hatte.

Ich schleppe diesen Koffer nicht mehr nach unten.

Sie zog den Mantel aus und warf ihn aufs Bett.

Verstehst du mich?

Ja.

Du musst mich bei dir behalten.

Ich verstehe. Du bist jetzt hier. Ich lasse dich nicht mehr weg.

Bist du dir sicher?

Du gehörst zu mir. Das weiß ich ganz sicher. Das wusste ich schon immer.

Sie setzte sich auf das Bett, schaute nach draußen, rieb sich die Knie.

Von hier aus kann man gerade noch das Wasser sehen.

Das hat der Makler auch gesagt.

Habe ich dich gestört? Hast du gerade gearbeitet?

Ich war fast fertig.

Ich erlaube mir endlich wieder, deine Sachen zu lesen.

Ich weiß nicht, ob du viel verpasst hast.

Er wusste nicht, ob er sie umarmen durfte. Entweder gewöhnte er sich so schnell an das Wunder ihrer Gegenwart, oder es lag an seinen tief verwurzelten Vorstellungen von Höflichkeit, jedenfalls kam er zu dem Schluss, dass sie die Initiative ergreifen müsse. Wie um sich in seinem Vorsatz zu bestärken, hielt er die Hände hinter dem Rücken verschränkt.

Was für eine merkwürdige Situation. Du darfst ruhig sagen, wenn ich mich geirrt habe. Das ist schon in Ordnung.

Hör auf. Ich habe dich gehört, und ich habe dich genau

verstanden. Ich weiß, was du meinst. Das hier wäre schon früher passiert, wenn du mir in den vergangenen Jahren die Chance gegeben hättest.

Was wird aus Corinne?

Es klingt komisch, wenn du ihren Namen sagst. Die berühmte C aus meinen Kolumnen. Ich dachte, du liest meine Sachen nicht.

Ich kenne sie noch aus Utrecht.

Ich habe deinen Namen wohl mal erwähnt, aber sie hat nie gesagt, dass sie dich kannte.

Ist das die Tür zum Bad?

Ja.

Gibt es da irgendwo ein Glas?

Mein Gott, ich habe ganz vergessen, dir etwas anzubieten.

Er machte Anstalten, aus dem Zimmer zu gehen.

Lass nur, das reicht auch später noch. Was wird aus Corinne?

Sie zahlt einen Teil des Kredits ab. Nicht die Hälfte, das hatten wir so vereinbart, so hatte sie ein bisschen mehr Luft für das Experiment. Aber es könnte durchaus sein, dass du und ich heute Abend nicht hier schlafen.

Nachdem er es ausgesprochen hatte, wurde ihm bewusst, dass er sie dadurch in Zugzwang brachte.

Hast du irgendwelche Vorlieben?

Sie schaute sich um, er stellte sich vor, wie sie die Einrichtung begutachtete, sie schien sogar leicht auf der Matratze zu federn.

Nein. Keine Vorlieben. Oder doch.

Drei Jahre hatte er Tessa nicht gesehen oder mit ihr gesprochen. So viele dunkle Tage, was hatte er nicht alles angestellt, nur für ein einziges Lebenszeichen von ihr. Warum hatte er nicht sofort die Fenster aufgerissen und frische Luft hereingelassen?

Er kannte ihre Vorlieben.

Dann machen wir es so. Erst hole ich dir etwas zu trinken, und dann rufe ich Corinne an. Was für ein praktischer kleiner Koffer, ich glaube, ich habe auch irgendwo so ein Ding herumstehen.

Ich merke gerade, dass ich mich doch bei dir entschuldigen möchte.

Das brauchst du nicht. Ich bin so froh, dass du da bist. Ich liebe dich.

Tessa bedeutete ihm, näher zu kommen. Er lächelte, von ihrer Geste überrascht, und endlich stand er neben ihr, beugte sich vor, er hielt die Augen offen und sah, dass sie das Gleiche tat, es machte ihn verlegen, doch davon ließ er sich nicht abhalten. Er küsste sie, traf noch nicht auf Anhieb, schnell glitt er von ihrem Mundwinkel mittiger auf ihre Lippen, um sich wirklich mit ihr zu verbinden, und er suchte nach etwas Vertrautem, der alten Position ihres Mundes auf dem seinen, es fiel ihm schwer, seinen Drang nach Erinnerungen zu bezähmen. Sie zog sich kurz zurück, um ihn gleich darauf mit Mund, Zähnen und Zunge zu bestürmen.

Später, auf der Treppe nach unten, fühlte er immer noch die Feuchtigkeit auf seinen Lippen. Mit dem Daumen strich er sich ihren kühlen Speichel vom Kinn. Er hatte eine Erektion.

Corinne. Ihm war, als winkte er ihr in Gedanken zum Abschied nach, es musste sein. Er überlegte, wie er sich an ihrer Stelle fühlen würde, und nahm sich vor, alles widerspruchslos hinzunehmen, was sie ihm vorwerfen, in ihrer Wut an ihm auslassen würde. Komisch, wie ihm das Haus schon jetzt kaum noch zu gehören schien.

Tessa kam aus dem Bad, wo sie den Mund unter den Wasserhahn gehalten hatte, um etwas zu trinken, und kehrte auf ihren Platz am Fußende des Bettes zurück. Sie schaute durch das offene Fenster nach draußen und saß mit gespreizten Beinen da, damit die frische Luft an ihre verschwitzten Beine gelangen konnte. Sie schwitzte am ganzen Körper, bedauerte das sinnlose Manöver mit dem schweren Koffer. Ihre Stirn war immer noch feucht, sie roch an ihren Achseln. Dann drehte sie sich zum Kopfende um, zu den aufrecht stehenden, gleich großen Kissen. Einen Moment lang stellte sie sich vor, wie Marius hier mit Corinne Sex hatte, sie sah seinen wiegenden Rücken und seinen Hintern, der grimmig zwischen zwei bleiche Schenkel drosch. Als wollte sie sich selbst testen, doch ganz gleich, was sie sich auch ausmalte, sie wurde weder verbittert noch wütend. All die Worte, die sie geübt hatte, all die Versprechen, Vereinbarungen und verstreichenden Forderungen, die Szenarien und Diskussionen, die sie jetzt hastig zudeckte, die sie abspeicherte für unvorhergesehene Folgen.

Eine kribbelnde Schweißspur zog sich von ihrem Nacken über ihren Rücken. Schritte auf der Treppe, es war ein kurzes Telefonat gewesen. Mit jedem Wumms und Wumms und Wumms kam er näher, und sie glaubte immer noch, dass sie die Ursache für all das hier gewesen war, dieses Haus, die Treppe, seine Schritte herauf zu ihr. Ihr war immer noch warm, aber sie würde ihn mit ihrem Schweiß empfangen, er musste sie schmecken und riechen. Sie merkte, wie sich ihr

Atem beschleunigte, bald war es so weit, als würde so viel mehr ins Zimmer kommen als nur ein Mann.

Marius ging die Treppe hoch, eine Hand am Geländer. Er versuchte zu vergessen, was er gerade getan hatte. Corinne, die etwas über Kinder und den Tod ihrer Mutter gerufen hatte. Also konzentrierte er sich auf Tessa oben an der Treppe, und alles verschwand aus seinem Weg. Er stieg zu ihr hinauf.

23

Während des ersten Jahres hatte sie nicht geschrieben. Sie wollte nicht an ihrer Arbeit zweifeln, hatte keine Lust, sich vor einem Umfeld mit zwanghaften Vorstellungen von Trauer zu rechtfertigen. Ihrem Lektor sagte sie, dass sie sicher ein Jahr brauchen werde, um zur Ruhe zu kommen. Der Lektor hatte vollstes Verständnis, regte behutsam, aber nicht unangenehm einen Themenwechsel an, doch mit diesem Vorschlag hatte Tessa gerechnet, sodass sie gelassen abwinken konnte. Ihre Bücher handelten nicht von ihr selbst.

Hin und wieder saß sie in ihrem Arbeitszimmer und blätterte in den Papieren, die sich rings um ihren Schreibtisch stapelten. Wie eine ängstliche Mutter, die ihr Kind nachts streichelt und es dadurch gerade genug aufweckt, dass es sich kurz regt, strich sie in diesem Jahr mit den Fingerspitzen über die Notizen für ihr überwinterndes Manuskript.

Gleich nachdem Paul Onno gefunden hatte, hatte sie jeden Kontakt zu Marius abgebrochen. Später konnte sie sich nicht mehr erinnern, ob sie schon damals einen Zeitraum von drei Jahren im Sinn gehabt hatte.

Beim Begräbnis hatte sie zu sehr unter dem Eindruck anderer Dinge gestanden, doch in den Monaten danach wurde ihr bewusst, dass sie auf ein Mädchen wartete, das er vor ihnen geheim gehalten hätte und das ihr eines Tages traurig von Onno und ihrer gemeinsamen Zeit erzählen würde. Sie redete mit Paul darüber, der sofort von Rührung übermannt wurde. Offenbar war eine seiner großen Sorgen, dass ihr Sohn vielleicht niemals mit einem Mädchen geschlafen hatte. Onno war ein hübscher und, bevor er sich zu sehr verschanzt hatte, auch einigermaßen geselliger Junge gewesen, sie hatte ihn zusammen mit Schulfreunden gesehen, und er schien keine Probleme zu haben, mit Mädchen zu reden. Jahrelang hatte sie seine Kleidung und Bettwäsche gewaschen, daher wusste sie, dass er masturbierte. Ein Mal hatte sie den Verdacht gehabt, dass sie ihn dabei gestört hatte, es war die Art, wie er aufschreckte, hastig den Laptop zuklappte und ihr unwirsch und erhitzt antwortete. Seit er vierzehn war, hatte er sein eigenes Badezimmer, und mehr als ein Mal hatte sie Reste von geronnenem Sperma auf dem feinen Gitter des Duschabflusses gefunden. Sie hatte ihm den Hintern abgeputzt, seinen Penis wachsen sehen.

Nach etwa einem Jahr hatte Marius es aufgegeben, ihr zu schreiben. Sie legte seine letzten Briefe dorthin, wo Paul sie finden musste, und alles, was danach kam, füllte das zweite Jahr. Sie spielte mit dem Gedanken, nach Paris zu ziehen, das Erbe ihrer Eltern war noch lange nicht aufgebraucht, sie würde ihre Notizen mitnehmen, das Buch dort fertig schreiben. Ein Zimmer mit rosa Tapete in einem alten Gebäude am linken Seineufer. Crocodile, so nannte Simone de Beauvoir ihren Geliebten Nelson Algren in ihren Briefen. *Ich sitze in einer kleinen, einsamen Bar, höre schlechte Musik mit schlechten amerikanischen Songs, trinke guten Scotch und fühle mich sehr poetisch. Der Streik geht weiter. Paris ist voll mit Leuten auf Fahrrädern und zu Fuß, und alle möglichen seltsamen Fahrzeuge und Lastwagen befördern die Menschen von einem Ort zum andern. Für mich ist es nicht sehr störend, weil ich mein Viertel Saint-Germain-des-Prés fast nicht verlasse.*

Sie einigte sich mit Paul. Er blieb im Haus, wo er Onnos altes Zimmer unverändert ließ und etwas häufiger Freunde einlud, es ansonsten jedoch achtlos und trübsinnig bewohnte, mehr hatte sie darüber nicht gehört.

Zwei Jahre waren zu kurz, fühlten sich noch viel zu willkürlich an. Es mussten drei sein. Den überwiegenden Teil ihres Erwachsenenlebens hatte sie nachts neben einem Mann gelegen, und in diesem letzten Jahr ging sie abends immer später ins Bett. Sie las viel, verzichtete für eine Weile auf Alkohol. Endlich begann sie zu schreiben. Sie vermisste Paul, es war merkwürdig, wie selten sie vor dem Einschlafen an Marius dachte, während Pauls Abwesenheit sie traurig und gefühlvoll stimmte, sie vermisste seinen warmen Rücken, seinen Pelzgeruch, seine schweren, schlafenden Hände, nach denen sie häufig tastete, um sie auf ihre Wange oder Brust zu legen. Immer wenn sie nach langem Hin- und Herwälzen wütend Betäubung herbeizufingern versuchte, erhob in Gedanken eine Mischung aus zwei Männern Anspruch auf sie, es war nicht zu entscheiden, wer ihre Hände hinter ihrem Rücken festhielt, ihren Kopf auf die Matratze drückte, sein Gewicht auf ihr lasten ließ.

Den ganzen Tag lang denke ich daran, und oft ist es so stark, daß ich es kaum ertrage, es schnürt mir die Kehle zu, und mein Mund wird trocken. Es wird wahr werden, in weniger als einem Monat wird es wahr werden. Sie wissen, wie es sein wird, Nelson, Sie wissen es.

Onno hatte schon ein paar Tage nichts mehr von sich hören lassen, er ging nicht ans Telefon, beantwortete keine Mails, und Paul wollte nach der Arbeit kurz bei ihm vorbeischauen. Er klingelte und sah nach oben, Onnos Vorhänge waren zugezogen.

Erst Monate nach der Beerdigung, lange nachdem sie Onnos Wohnung ausgeräumt hatten, wagte Paul ihr mehr zu erzählen. Wie er die Tür nur mit Mühe hatte öffnen können, weil ein Berg Kleidung davorlag. Die Kleider stanken nach Rauch, waren feucht, wirkten angesengt. Onno hing in der Küche an der Tür, er hatte zwei Gürtel aneinandergenietet. Seine Leiche war zu schwer für Paul gewesen, er konnte ihn nicht hochheben und losmachen. Paul erzählte ihr, dass er während seiner vergeblichen Versuche geglaubt habe, Onno sei noch am Leben. Er fand ein Messer und schnitt den Gürtel durch. Offenbar fiel Onno daraufhin so schwer und seltsam zu Boden, dass er eine Kopfwunde erlitt und sich einen Arm brach. Die Wunde war ihr gar nicht aufgefallen, Paul sagte, sie hätten es gut kaschiert, es sei ein ziemlich großer Fleck an der Schläfe gewesen. Er fragte sie, ob sie sich noch daran erinnere, wie er einmal mit dem Rad gestürzt sei, als Onno auf dem Lenker saß. Ja, antwortete sie, daran könne sie sich noch erinnern. Sie war direkt hinter ihnen gefahren und hatte gesehen, wie Paul langsam, achtlos, beinahe verträumt und ohne Gegenwehr zur Seite gefallen war, zusammen mit dem kleinen Onno, der genauso ungerührt wirkte wie sein Vater, bis er auf der Straße landete und sofort anfing zu brüllen. Paul begann zu weinen und sagte, er habe Onno zwei Mal fallen lassen. Tessa begriff, dass er durch das sparsame Dosieren der Geschichte vor allem sich selbst hatte schonen wollen. Sie erinnerte sich noch gut an den Vorfall mit dem Rad, sie war damals heimlich erleichtert gewesen, weil nicht sie diejenige gewesen war, die ihren Sohn hatte fallen lassen. Dieses Bewusstsein, der Schuld entronnen zu sein, ließ sie sich nachsichtig über das Chaos kurz nach dem Sturz erheben und Paul gegenüber großmütig sein, sie war ihm nicht böse, nicht einmal, nachdem sich herausgestellt hatte, dass Onno sich einen tiefen Schnitt am Oberarm zugezogen hatte, der im Krankenhaus genäht werden musste.

In diesem dritten Jahr gestand sie sich schließlich ein, was sie vorhatte, und traf ihre Vorbereitungen. Die meisten ihrer Sachen und Bücher hatte sie eingelagert, sie wollte nicht zu viel mitschleppen, wie sehr sie sich auch davon zu überzeugen suchte, dass alles gut gehen würde. Sie wusste um die Gefahren von zu viel Fantasie, glaubte sich jedoch machtlos. Tag für Tag stellte sie sich eine Welt mit Marius vor, eine Welt voller Arbeit und Reisen und Sex und einem Platz für sie beide, wie dieses eine Mal, als sie in das Haus in Arles direkt hinter dem Amphitheater zurückgekehrt war, jetzt war es ihr gemeinsamer Tisch am Rand des Platzes, wo er Schweinsfüße und perlenden Rotwein bestellte, wo sie nachts, von Mücken umgeben, am Kai saßen, seine Hand kühl und immer drängender auf ihren bloßen Beinen, das Zimmer mit den nackten Steinmauern, wo sie über Madelon Székely-Lulofs schrieb und er mit dem Erzählband über seinen Vater weiterzukommen versuchte, und die stürmischen Pausen auf ihrem einzigen Satz Bettwäsche, bei geöffneten Fensterläden, weil er sie dabei unbedingt sehen wollte.

Oft hatte sie geträumt, Paul sei tot, dieser Gedanke ließ sie ausbrechen, wenn sie die Geheimniskrämerei leid war und Marius zu sehr vermisste.

Onno war tot, und sie wusste, dass sie eines Tages für das würde büßen müssen, was sie in jenem Moment sofort gedacht hatte.

II

22

Die Zwischenphase war vorüber, er wollte sich nicht daran erinnern, wer die Auszeit angeordnet hatte, denn jetzt waren sie wieder in ihrem gewohnten Zimmer, ein Nachhausekommen nach verstörender Reise. Sie bereuten beide, was geschehen war, er hatte sein Bedauern als Erster geäußert und war erleichtert, als sie sogleich mit dem ihren bei der Hand war. Er hatte ihr ein Geschenk gekauft, ein Verstoß gegen die Regeln, aber es war nur ein Buch, nichts Gefährliches, es fiel in ihrer Tasche nicht auf. Zu Hause hatte er mit seinem Schwanz über die ersten Seiten gestrichen, über die Ecken, die ihre Finger berühren würden.

Die Veränderung war kaum spürbar, ein schwaches Ziehen in seiner Leiste vielleicht, aber das konnte auch von seiner Haltung herrühren, als er kurz hinter ihr gehockt hatte. Jetzt lag er auf ihr, das Gesicht an ihrem Hals, während sie ihn drängte, in ihr abzuspritzen, er schätzte, dass es nur noch ein paar Stöße dauern würde. Er versuchte, so nah wie möglich bei Tessa zu bleiben, zog sich kaum noch aus ihr heraus, als wollte er diesen Ort, den er tief in ihrem Inneren erobert hatte, nicht wieder preisgeben. Ihr Stöhnen wollte ihn zum Ende locken, er leistete Widerstand, doch es war zu spät. Mit jedem Zucken rieb er sich näher an sie heran.

Er fühlte, wie er in ihr schlaff wurde, aber er wollte sich noch nicht von ihr trennen. Tessa umarmte ihn, flüsterte ihm begütigende Laute zu, ihre Hände glitten von seinem Rücken über seinen Hintern, ließen ihn erschauern. Nur noch kurz, ganz kurz, auch wenn es schon zu warm wurde und scheuerte, wo Haut auf feuchte Haut traf.

Später, Hüfte an Hüfte vor dem Doppelwaschbecken, dachte er an das Hotel und daran, wie horrend ihm die Zimmerpreise früher erschienen waren. Er trocknete seine Hände ab, bat Tessa um eine Haarlocke. Sie war gerührt und griff sich sofort ins Haar, um eine passende Strähne auszuwählen. Aber sie hatten keine Schere dabei, und so etwas gehörte auch nicht zur üblichen Badezimmerausstattung. Er hätte an die Rezeption gehen und eine holen können, aber das wollte er nicht. Tessa fand eine Nagelfeile in ihrer Tasche und lächelte seinem Spiegelbild zu. Er setzte sie auf den Wannenrand und trennte vorsichtig ein paar Haare ab. Danach drehte sie sich um und schaute zu ihm hoch. Sie legte eine Hand auf seine Hoden, wollte wissen, ob es wehtat, ob es sich irgendwie anders anfühlte. Er antwortete, dass es sich anders anfühlte, aber nicht wehtat.

Ich habe trotzdem das Gefühl, als müsste ich mich bei dir bedanken.

Wofür?

Ich weiß es nicht. Ich sollte nichts mehr dazu sagen. Du hast es dir reiflich überlegt.

Ich bin zu alt.

Für wen bist du zu alt?

Du weißt, was ich meine.

Tut mir leid.

Sag das nicht.

Du bereust es nicht?

Das mit dir? Niemals.

Das habe ich nicht gemeint.

Es ist besser so. Entspannter.

Und es hat wirklich nicht wehgetan?

Jetzt gerade?

Die OP.

Ich habe geschlafen.

Sie küsste seine Hoden, streichelte sie, hauchte ihren warmen Atem darüber, tröstend, begütigend, als hätten sie sich verletzt.

Ich werde es trotzdem weiter tun.

Was?

Sagen, was ich ab und zu sage. Was du immer so schön findest.

Ich finde vieles schön. Vor allem, wenn du es tust.

Tessa strich mit einem Finger über seinen Penis, der daraufhin sacht wippte.

Du weißt schon. Wenn wir so tun, als wäre ich allein und fruchtbar und du der Fremde, der mich überrascht.

Er wusste, worauf sie anspielte, und wurde verlegen.

Willst du, dass ich es sage?

Ihr Griff wurde fester, seine Stimme war wie austrocknet, seine Kehle zugeschnürt.

Willst du, dass ich es sage?

Er nickte.

Nicht in mir. Bitte, komm nicht in mir. Mach mir kein Kind.

21

Man hatte ihm gesagt, dass ihn jemand nach dem Eingriff abholen solle, also erfand er einen Freund, den er anrufen würde, sobald alles erledigt wäre. Danach zeigte ihm die Schwester einen Spind für seine Kleider, auch die Brille musste er dort lassen. Das Hemd fiel locker, und der Stoff schien dick genug zu sein, damit man nichts hindurch sah. Er betrat den Saal auf Socken, sah andere Leute in Badelatschen und Pantoffeln, schimpfte über seine eigene Gedankenlosigkeit und schlurfte zum Bett am Fenster. Der Eingriff war für neun Uhr angesetzt, aber die Schwester hatte ihm schon gesagt, dass sie das nicht schaffen würden. Er hatte eine Zeitung mitgebracht und hielt sich die Seiten etwas näher vors Gesicht.

Eine alte Frau wurde hereingefahren, sie lag reglos im Bett, und er fand, dass sie bleich und mitgenommen aussah. Als sie endlich wieder zu sich kam, wimmerte sie nur und antwortete nicht auf die Fragen der Schwester. Er war der Einzige im Saal unter sechzig. Der Mann neben ihm versuchte, mit ihm ins Gespräch zu kommen, nickte mit einem Zwinkern in Richtung Zeitung.

Und das alles nur für ein bisschen Öl. Genau wie sein Vater.

Im ersten Moment wusste er nicht, was er meinte, dann bemerkte er das Foto auf der Titelseite.

Wollen Sie den ersten Teil haben?

Der Mann hob abwehrend die Hände.

Nein, nein. Diese ganzen kleinen Buchstaben, das geht nicht mehr, davon kriege ich Kopfschmerzen. Ein bisschen fernsehen, das schaffe ich noch. Aber es fehlt mir auch nicht, wissen Sie, meine Frau, die hatte mehr fürs Lesen übrig.

Das sagen Sie nur so, ich kann ja doch nicht alles gleichzeitig lesen.

Sie sind nicht so alt wie die anderen. Nichts Ernstes, hoffe ich?

Er empfand die Frage seines Nachbarn als grobe Verletzung einer ungeschriebenen, fundamentalen Krankenhausregel.

Keine Sorge. Zum Mittagessen bin ich wieder zu Hause.

Ich auch. Sie haben gesagt, dass diese Woche dann jeden Tag jemand bei mir vorbeikommt.

Schön für Sie.

Ein flaues Lächeln, dann wandte er den Blick ab und tat, als läse er weiter. Als er sich wieder auf den Text konzentrieren konnte, merkte er, dass die Zeitung ihn anödete. Er hasste den Sportteil, weil er ihn jetzt nicht mehr überspringen konnte. Der Wirtschaftsteil kam ihm vor wie eine Ansammlung aufgeblasener Spalten voller Familienanzeigen und Todesnachrichten. Lifestyle, Medien, je weiter er las, desto mehr klang alles wie die schalen Gespräche auf einer verzweifelten Party. Er blätterte weiter zu seiner Kolumne, überprüfte sie auf Satzfehler. Die Krankenschwester kam herein und fragte ihn nach seinem Namen und Geburtsdatum. Er wurde abgehakt. Eine zweite Schwester betrat den Saal und forderte ihn auf, sich hinzulegen. Als die Frauen ihn hinausrollten, winkte ihm sein Nachbar mit zusammengekniffenen Augen zu.

Es war nicht wirklich ihr Jahrestag, aber doch nah genug beim Datum jenes ersten Tages, an dem sie einander wiedergefunden hatten, im Regen vor so vielen Jahren. Er hatte es nie vergessen, sich darauf gefreut, hoffte, dass auch sie sich daran erinnerte und verstehen würde, was er feiern wollte. Das Okura Hotel, aus Jux und wegen der fünf Sterne, außerdem gefiel ihm der Name. Sie wollte sofort mit ihm schlafen, warnte ihn aber, dass etwas mit ihrer Periode nicht in Ordnung sei. Er fragte, was sie meine, und sie zeigte ihm im Bad die Blutgerinnsel. Es sei anders, sagte sie, es komme und gehe, und sie sei es leid, dass alle ihr sagten, das gehöre nun einmal dazu. Er legte sich ein Handtuch über die Schulter, nahm sie in die Arme und trug sie zu ihrem himmelweiten Bett.

Alles fühlte sich mütterlich an. Er wurde warm zugedeckt, herumgefahren, ab und zu spürte er eine Hand auf seiner Schulter, nach einer engen Kurve und kurz bevor sie den OP betraten. Die Ärztin erkundigte sich nach seinem Namen und Geburtsdatum. Mit leiser Stimme fragte sie ihn, ob er wisse, wieso er hier sei. Er antwortete, und sie korrigierte ihn mit der offiziellen Bezeichnung für den Eingriff. Wieder eine Hand auf seiner Schulter. Er fragte sich, was die Frauen wohl sahen, ob sie ihn noch als Mann betrachteten oder als einen x-beliebigen geschlechtslosen Patienten. Als Kind hatte er einmal im Krankenhaus gelegen, aber das war zu lange her, um sich noch an etwas zu erinnern, und so beobachtete er neugierig seine Umgebung, die blickdichten Fensterscheiben und gefliesten Wände, die stumme Betriebsamkeit rings um sein Bett und den breiten Schirm mit den unterschiedlichen Leuchten über ihm. Die Anästhesistin kam herein, noch eine Frau, sie stellte sich vor und erkundigte sich nach Besonderheiten. Gleich werde er etwas spüren, sagte sie, ein Kribbeln im Gesicht. Eine der Schwestern kündigte an, dass sie sein Hemd ein Stück hochschieben werde, er half ihr, indem er den Hintern kurz vom OP-Tisch hob. An diesem Morgen hatte er die Konturen einer Badehose um seine Eier herum wegrasiert, er fand, dass er dadurch etwas stattlicher aussah, jünger. Die Ärztin schaute zwischen seine Beine, schob mit zwei Gummifingern den Penis zur Seite, um seinen Sack besser sehen zu können. Anscheinend wollte sie der Schwester, die ihn entblößt hatte, etwas zeigen. Danach sollte er flach liegen bleiben, ein weiterer Knopf ließ das Bett langsam hochfahren.

Er durfte bis zehn zählen. Tatsächlich begann die Haut in seinem Gesicht zu kribbeln. Er war neugierig, wie weit er kommen würde. Er schwebte, schien sich prickelnd aus seinem Körper zu lösen, höher und höher, bis nichts mehr da war, was ihn zusammenhielt.

20

Sie bat ihn, ihr die Augen zu verbinden, und er verband ihr die Augen. Danach sagte sie nichts mehr. Sie war nackt, Marius führte sie durch die Suite, bald wusste sie nicht mehr, in welchem Teil des Raumes sie sich gerade befand. Etwas brummte über ihrem Kopf, die Klimaanlage, vermutete sie. Genestel, das Klicken eines sich öffnenden Schlosses, danach das hohe Seufzen einer Tür. Ihre Haut reagierte, als würde sie auf Eis gelegt, sie hatte ihre Atmung nicht mehr im Griff. Die Hand in ihrem Nacken schob sie nach vorn, ihre Füße trafen auf Teppich.

Wir gehen ein Stück.

Aber sie blieb stehen. Sie war zu schnell zu verletzlich geworden, jede Berührung konnte sie jetzt brechen oder zu allem zwingen. Sie roch Farbe, Schwaden von Küchendüften.

Komm. Wir gehen ein Stück.

Es war spät, aber in Hotelfluren galten selten frühe Schlafenszeiten, sie fürchtete, jemand könne vorbeikommen, fürchtete sich davor, was Marius tun würde, wenn ein Fremder auftauchte. Seine Hand lag immer noch in ihrem Nacken, lenkte sie, befahl ihr weiterzugehen. Sie kam an Türen vorbei, die alle offen zu stehen schienen, hörte Männerstimmen, gedämpfte Fernsehklänge. Sobald sie das Gefühl hatte, dass ein Geräusch tatsächlich näher kam, blieb sie erschrocken stehen, doch Marius ließ sie nicht innehalten, sie konnte nicht glauben, dass sie das Ende des Flurs noch immer nicht erreicht hatten. Hin und wieder spürte sie einen Finger auf ihre Brustwarzen tippen, unerwartet, gemein, aber jedes Tippen troff direkt durch zu ihrer Möse, mit einer Hand vor dem Mund bemühte sie sich, ihre lang gezogenen Klagelaute zu ersticken. Plötzlich hielten sie an. Marius drehte sie ein Stück, stellte sich hinter sie. Tief unter sich hörte sie das Echo einer Klingel. Der Aufzug, er hatte sie vor die Aufzugtüren gestellt. Sie wünschte, ihr Spaziergang wäre vorbei, sie war aufgereizt genug, konnte es kaum erwarten, wieder in ihrem Zimmer zu sein und ihre ganze Angst und Lust an Marius abzureagieren. Sie wollte ihn näher bei sich fühlen, um sich Mut zu machen, um zu spüren, dass sie dies wirklich zusammen taten. Er musste sie beschützen. Als er von hinten die Arme um sie legte in einem monströsen, betäubenden Griff, wagte sie endlich laut aufzustöhnen.

Ich habe den Knopf gedrückt. Ich will, dass sie dich sehen.

Sie schlang die Arme nach hinten um seinen Körper. Sie wollte ihm sagen, dass sie sich nicht mehr weitertraute, dass sie alles für ihn tun würde, wenn sie nur wieder zurück in ihr Zimmer durfte. Eine Hand legte sich um ihre Kehle, nicht sehr fest, aber doch straff genug, um sie an ihrem Platz zu halten. Danach schob sich seine zweite Hand über ihre Vulva, mit drängenden Fingern verstrich er ihren Saft, und als er zum ersten Mal ihre Klitoris berührte, reagierte ihr Körper, als hätte sie ein Peitschenhieb getroffen. Er fingerte sie, wie er es sonst nur nach einer ausgiebigen Sitzung mit seiner Zunge tat. Sie hörte den Aufzug, wurde ängstlich und wütend, weil Marius sie so lange dort stehen ließ. Um ein Haar hätte sie etwas gesagt, ihr Versprechen gebrochen, sie griff hinter sich, packte seine eingeklemmte Erektion. Die Klingel ertönte. Sie schrie auf.

Marius schob sie nach vorn. Sie hörte ihn lachen.

Jetzt müssen wir wohl einsteigen.

Sie zog sich die Binde von den Augen und sah nur Marius im grellen Licht des Aufzugs. Die Türen schlossen sich.

Ab nach ganz oben.

Marius drückte den Knopf für die oberste Etage.

Wer sagt, Ritterlichkeit sei ausgestorben. Ein paar Leute haben in den Flur geschaut, um nachzusehen, wo der Schrei herkam.

Ihre Augen gewöhnten sich an das Licht, sie merkte, dass sie zitterte, schlang die Arme um sich.

Du Mistkerl. Da war überhaupt niemand.

Doch, natürlich. Ich bin da.

Ihre Arme drückten ihre Brüste prall nach oben, ihre Nippel waren steif vor Kälte und Erregung. So, wie er sie ansah, wurde er zu einem Fremden mit einem gefährlichen, unverhohlenen Hunger. Er trat auf sie zu und küsste sie. Ein Mann zum Abwehren, zum Einatmen. Dann drehte er sie um und drängte sie gegen die Rückwand des Aufzugs, ihr Körper schreckte von dem kalten Spiegel zurück. Marius drückte sie ein wenig vornüber, bog ihren Rücken zum Hohlkreuz. Sie hörte das vertraute Klirren seines Gürtels und zog die Binde wieder über ihre Augen. Jetzt musste er sich an ihr rächen, sie unwiderruflich einhüllen.

19

An dem Tag, als er erfuhr, dass er eine tägliche Kolumne in der Zeitung bekommen würde, reservierte er einen Tisch im De Karmeliet. Ungefähr zwei Stunden Fahrt, nicht zu weit für einen Abend, aber eine Übernachtung wäre besser, einen Versuch war es wert. Er rief Tessa an und fragte, ob sie sich Anfang April freimachen könne. Sie kicherte und fragte, was er im Sinn habe. Brügge, antwortete er, nur eine Nacht, essen gehen und eine Überraschung dazu. Ende April würde besser passen, sagte sie, perfekt sogar, aber vorher wolle sie ihn mindestens noch einmal sehen. Sie wisse doch, entgegnete er, dass er ein armer, einsamer Lohnschreiber mit sehnsuchtsvollem Herzen sei.

Du sehnst dich nach mir? Wirklich?

Von ganzem Herzen.

Kannst du denn überhaupt noch schlafen?

Nein, ich heule den Mond an.

Denkst du an mich?

Ständig.

Es gibt keine andere?

Keine.

Liebst du mich?

Von ganzem Herzen.

Träumst du von mir?

Jede Nacht.

Bin ich dann bei dir?

Ich halte dich in meinen Armen und lasse dich nicht mehr los.

Oh, Mas.

Ich liebe dich, liebste Tessa. Sag mir, wann du Zeit hast, und ich komme dich sofort holen.

Ich kann es kaum erwarten.

Frohes Schaffen, ich melde mich bald.

Dir auch, mach's gut.

Er legte auf und betrank sich an diesem Abend mit einem jüngeren Kollegen, den er bei seinem Spaziergang zufällig auf der Straße getroffen hatte. Als er wieder zu Hause war, holte er ein paar Fotos von Tessa hervor und breitete sie auf dem Küchentisch aus. Am nächsten Morgen entdeckte er, dass er sich selbst von allen Bildern abgerissen hatte.

Sie trafen sich tatsächlich noch einmal vor Ende April. Beim Ausziehen sagte sie, dass sie stolz auf ihn sei.

Das war doch die Überraschung. Jetzt brauchen wir nicht mehr nach Brügge zu fahren.

Mas! Sei nicht albern. Das ist fantastisch, du hast so hart dafür gearbeitet.

Wir haben einen Tisch im De Karmeliet.

Du tust gerade so, als würde ich das kennen.

Drei Sterne.

Dann brauche ich etwas Hübsches zum Anziehen.

Sie hatte den Rock bereits über ihre Hüften geschoben, und er half ihr, ihn das letzte Stück die Beine hinunter zu ziehen. Danach küsste er sie auf den Rücken, während er ihre Waden und Kniekehlen streichelte.

Ein neues Kleid.

Das kaufen wir da.

Das geht doch nicht. Ich habe schon behauptet, ich hätte mich mit Philip verabredet, und niemand bringt von einem Besuch bei seinem alten Onkel ein sexy Kleid mit.

Dann nehme ich es eben mit zu mir. Ich hänge es vor mein Bett und denke an dich.

Du machst doch garantiert Flecken drauf.

Ein Gentleman genießt und schweigt.

Tessa setzte sich auf die Bettkante, öffnete den Reißverschluss an seiner Hose, ihre tastende Hand war kühl an seinem Schwanz, es war so viel mehr als ein Nachhausekommen.

In Brügge bekam er das Geschenk für Onkel Philip, ein Buch über die Schützengräben. Er legte den dicken Wälzer auf den Nachttisch und sah zu, wie Tessa das neue dunkelrote Kleid anzog, das er kurz zuvor in Amsterdam gekauft hatte. Sie betrachtete sich unverwandt in einem mannshohen Spiegel an der Wand gegenüber dem Bad. Strich den Stoff über ihren Hüften glatt, drehte sich nach links und nach rechts, er sah, wie sie sich Gedanken über ihre Schenkel und ihren Bauch machte.

Du siehst wunderschön aus. Ich liebe dich.

Hmm. Das war früher auch mal straffer und flacher. Aber trotzdem. Nicht schlecht für eine Frau von vierzig.

Einundvierzig.

Willst du jetzt nicht mehr mit mir ins Bett, weil ich einundvierzig bin? Beim letzten Mal hat dich das noch nicht gestört.

Er ging zu ihr hinüber, fing ihren Blick im Spiegel auf.

Du bist umwerfend. Zu schade, dass wir danach so aus

der Puste sind, ich würde jetzt am liebsten ganz lange mit dir schlafen.

In dem Kleid sieht man jeden Bissen, den ich esse.

Ich werde dich mit Champagner abfüllen.

Und dann über mich herfallen, klar!

Tessa schmiegte sich in seine Arme, ihre Spiegelbilder wiegten sich Wange an Wange.

Ich bin froh, dass du hier bist.

Ich auch, Onkel Philip.

Sie lachten und küssten sich. Danach musste Tessa sich noch schminken. Auf dem Bett blätterte er in seinem neuen Buch und blieb bei dem Bild eines Zeppelins über einem von Bomben zerstörten Bauernhof hängen.

Draußen auf der Straße merkten sie, dass sie den Stadtplan im Zimmer vergessen hatten. Nach Horden von Russen und Chinesen trafen sie endlich auf einen »Bruggeling« – Tessa hatte ihm von dieser eigentümlich schönen Bezeichnung für die Einwohner von Brügge erzählt – und fragten ihn nach dem Weg zur Langestraat. Als die angekündigte Gracht einfach nicht auftauchte, erkannten sie, dass sie so zu viel Zeit verloren, sie mussten sich beeilen, um noch rechtzeitig zum Restaurant zu kommen. Er borgte sich von ein paar italienischen Touristen einen Stadtplan und sah erleichtert, dass sie ganz in der Nähe waren. Tessa klagte über ihre Absätze und das alte Kopfsteinpflaster, aber die Eile munterte ihn wieder auf, und er sah, dass auch sie freudig erregt nach dem richtigen Gebäude Ausschau hielt.

Sie kamen nur ein klein wenig zu spät. Ein junger Mann im Anzug nahm ihnen die Mäntel ab und führte sie zu ihrem strahlend weißen Tisch.

Jeder musste sie bemerken. Er beobachtete das Personal, vor allem die jungen Kellner, und fuhr jedes Mal hoch, wenn deren Blicke wehrlos auf ihr provozierend nacktes, tiefes Dekolleté fielen. Er sah sich um, betrachtete die übrigen Gäste, musterte prüfend die Männer im Raum, und ihre geballte Eifersucht fachte seinen Hunger weiter an.

Er wollte, dass sie den Wein aussuchte. Er sagte, sie brauche sich nicht zurückzuhalten. Und so wurde es ein Puligny-Montrachet zum Einstieg.

Aber ich zahle meinen Anteil.

Stell dich nicht so an. Die Zeitung zahlt. Das alles hier kostet nur etwa zwei Kolumnen. Mit Wein drei.

Dann lass mich gleich mal nachsehen, ob sie einen Pétrus haben.

Du Biest.

Während des Essens rauchte sie nicht. Er beobachtete, wie sie beim ersten Bissen eines jeden neuen Gangs die Augen schloss. Er spürte, wie sich ihr Fuß an seine Schienbeine kuschelte, und nahm auf dem Tisch ihre Hand. Sie erzählte von der Arbeit an ihrer neuen Biografie, von ihrem Verleger, und wieder staunten sie über ihre gemeinsamen Bekannten, wie war es möglich, dass ihre beiden Welten nach all den Jahren noch immer nicht in der Öffentlichkeit miteinander in Berührung gekommen waren?

Ich gehe nicht zu Empfängen, daran wird es liegen.

Ich auch nicht mehr so oft.

Wirklich?

Da sind immer zu viele Männer, und ich gehe natürlich nur dorthin, um eine Frau aufzureißen.

Ha ha. Hast du mich aufgerissen?

Klar.

Du verträgst nicht mehr so viel Alkohol, vielleicht gehst du wirklich seltener zu Empfängen.

Du bist mir geradewegs ins Netz geschwommen.

Da sind sicher meine Brüste hängen geblieben.

Meine Liebste, ich habe noch nie eine Frau aufgerissen.

Aber versucht hast du es.

Ich habe dich da am Buffet stehen sehen, und ich weiß noch genau, dass ich damals wahnsinnig gern mit dir reden wollte. Ich hatte dich einfach vermisst.

Ich meinte in der Schule.

Oh. Ja. Da habe ich es auch versucht.

Ihre Bemerkung hatte ihn überrascht. Seltsam, dieser Moment, wenn die Umgebung plötzlich ungemein lebendig wird und man für einen Moment vergessen möchte, dass man die ganze Zeit über nicht allein dort gesessen hat.

Hey, das klingt ja fast so, als wärst du der Einzige, der über früher und die Schule reden darf.

Hmm. Tut mir leid. Du hast recht. Ich weiß nicht, was gerade mit mir los war.

Sie griff nach seiner Hand und beugte sich über den Tisch, um ihn zu küssen.

Wieder gut?

Alles okay. Tut mir leid.

Sag das nicht.

Als der letzte Gang aufgetragen wurde, eine magische Schale voller Kugeln, Streifen und Gold, konnte sie beim besten Willen nicht mehr stillhalten, sie saß auf ihren Händen, wippte unruhig auf der Stelle, und er hatte so viel verpasst, hätte so viel mehr mit ihr zusammen erleben wollen, hätte ein Mädchen genau wie sie genau so aufwachsen sehen wollen. Bei Desserts aß er nur selten über den Hunger hinaus, und während er den Rest aus der Flasche in ihre Gläser schenkte, sagte er, dass sie nicht so kleine Häppchen zu nehmen brauche, was ihr am besten schmecke, könne sie von ihm noch einmal bekommen. Da strahlte sie und nahm einen gehäuften Löffel veredeltes Obst von ihrem Teller. Er wollte so gern mit ihr schlafen.

Draußen küssten sie sich auf einer dunklen Brücke, er hatte gewartet, bis sie die Mitte erreicht hatten. Der Luxus eines Tages und einer ganzen Nacht, der glückliche Schein all dieser zusätzlichen Zeit. Ihre Zunge glitt über seine Unterlippe, leckte Einlass begehrend an seinen Zähnen, er spürte, wie sich ihre Arme um ihn legten, ihn einschlossen, er küsste sie, erwiderte ihre Umarmung. Als sie sich kurz voneinander lösten, seufzte sie und hielt die Augen geschlossen, was ihm schmeichelte, ihn mit dem Drang erfüllte, ihr zu gefallen, seine Nase liebkoste die ihre, seine Lippen wurden zu zwei Federn in ihrem Gesicht, er spürte ihr Lächeln, wollte sie wieder küssen, doch er beherrschte sich, kam so nah wie möglich, ohne sie zu berühren, zwei offene Münder in gegenseitig wärmendem Atem, wartend, bis sie sich als Erste bewegte und er sie endlich packen durfte, sie tiefer in seine Umarmung zog, damit sie verstand, was ihn zu ihr hintrieb, sie küssten sich lange und feucht und ließen einander diese kleine Ewigkeit nicht mehr los.

Auf dem Weg ins Hotel sahen sie einen Mann und eine Frau auf unsicheren Beinen ein hell erleuchtetes Gebäude verlassen. Auf dem Bürgersteig zog die Frau ihre hochhackigen Schuhe aus, der Mann stand hinter ihr, und er erkannte seine Lust, seine unverkennbar lauernde Aufmerksamkeit und Ungeduld, Tessa sagte etwas über das Umkreisen einer betrunkenen Beute.

Sie muss aufpassen.

Bist du deiner Schwester Hüter?

Da, es geht schon los.

Der Mann legte eine Hand auf den Hintern der Frau und ließ sie hinabgleiten, bis seine Finger unter ihrem Rock verschwanden. Die Frau schob die Hand weg und ging die Straße hinab, die Schuhe hielt sie wie Trophäen über ihren Kopf, was sie sagte, war schon nicht mehr zu verstehen. Der Mann hatte seine Zuschauer bemerkt, steckte die Hände in die Taschen und schlenderte langsam hinter ihr her.

Wenn wir noch einen Moment warten, sehen wir ihn losrennen.

Ihn drängte es zurück ins Hotel, aber Tessa wollte sehen, wo das ganze Licht herkam. Es war eine Galerie, eine Vernissage, die das letzte, zügellose Stadium erreicht hatte, in Gruppen zusammenstehende Besucher links und rechts in dem weißen Raum schwankten wie dünne Bäume auf ihren Beinen, drohten mit jedem weiteren lauten Wort mehr in Schieflage zu geraten. Ein älterer Mann winkte ihnen zu und bedeutete ihnen hereinzukommen. Tessa drehte sich zu ihm um, und er konnte ihr nichts abschlagen.

Sie bekamen beide ein Glas, der ältere Mann schenkte ihnen Rotwein ein, sagte, er fühle sich geehrt durch diesen Besuch aus den Niederlanden. Tessa erkundigte sich nach dem Maler der Bilder, die wie Darstellungen blutender Dachziegel anmuteten, dies jedoch in einem derart virtuosen Rot, dass sie dadurch seltsam dekorativ wurden. Der ältere Mann war der Besitzer der Galerie, weil er betrunken war, klang es, als spräche er mit vollem Mund, von ihm erfuhren sie, dass sich der Künstler längst nach Hause zurückgezogen hatte, viele Werke noch zu verkaufen waren und er mit dem größten Vergnügen auch Gulden akzeptierte. Tessa flüsterte ihm zu, dass sie sich kurz die Bilder anschauen wolle. Eine List, um dem Mann zu entkommen, er sah ihr gespielt verärgert nach, worauf sie mit demonstrativ wiegenden Hüften zu dem größten Gemälde an der Wand hinüberging.

Er nickte hin und wieder, wenn der Galerist etwas brummelte, und ließ sich nachschenken, während er Tessa beobachtete, die vor jedem Gemälde kurz stehen blieb. Sie wurde von Männern angesprochen, und er sah, wie sie ihre Bemerkungen lächelnd parierte.

Sie haben eine außergewöhnliche Frau.

Ja. Das habe ich.

So etwas sehe ich gleich. Das ist meine Gabe. Ich sehe es, wenn ein Mann Glück hat.

Der Galerist trat näher an ihn heran.

Es muss alles stimmen. Nicht nur ein praller Hintern oder traumhafte Brüste. Es geht um mehr, um die Haltung, darum, wie sie die Augen aufschlägt, ihr Kleid trägt, ihre folternden Worte wählt.

Danach war der Galeriebesitzer wieder schwerer zu verstehen, er beugte sich zu ihm vor, roch den Dunst des langen Tages, der aus seinen Kleidern aufstieg.

Ich habe die Hände Ihrer Frau gesehen, echte Frauenhände, es müsste ein eigenes Wort dafür geben, Sie sind ein glücklicher Mann.

Er stimmte dem Galeriebesitzer zu, erfand eine Hochzeitsfeier mit Tessa als glanzvollem Mittelpunkt, ihr funkelndes Kleid, die tanzenden Gäste, und weil allein die Sanftmütigen Glück verdienen, machte er dabei ein verlegenes Gesicht. Danach redete er noch mehr, und der Alkohol und der unerwartete Ort und das gleichgültige Gegenüber ließen ihn ungebremst reden. Er sprach laut, weil er hoffte, Tessa werde ihn hören. Tessa, die die Gemälde betrachtete und mit ihrer Schönheit und beherrschten Art die brütenden Männer in den Ecken in ihren Bann zog. Am Ende ihrer Runde kehrte sie zu ihm zurück, und er bezeichnete sie dem Galeriebesitzer gegenüber als eine Göttin. Je länger er sie anschaute, ihre zärtlichen Finger, die gedankenverlorene Kreise über den Rand des leeren Glases drehten, ihr Kleid, das, obwohl es die Haut verhüllte, zu viel von ihrem Körper verriet, desto mehr wurde er zu einem Fremden, und so steigerte sich sein Verlangen nach ihr, bis seine Gedanken zu taumeln begannen und er sich nicht mehr erinnern konnte, was er tatsächlich gesagt hatte.

Sie hatte noch immer nicht genug gesehen. Er trat hinter sie. Sie hatte die Hände hinter dem Rücken verschränkt und sagte etwas über die Schulter, worauf er nicht reagierte. Er ging näher heran, bis seine Erektion ihre Finger streifte. Sie schreckte kurz zurück. Schaute lächelnd zu ihm, wandte sich wieder der Wand zu, er spürte, wie sie ihn provozierend zwickte.

Als sie wieder draußen waren, fing ihr Kleid das Licht der Straßenlaternen ein, er brauchte ihr nur zu folgen.

18

Sie versuchte, feste Tage zu vermeiden. Durch ihre Arbeit waren ihre Wochen zu frei geworden, sie arbeitete chaotisch, dieses Vorurteil hatte sie in den vergangenen Jahren mühsam eingefordert, weshalb allzu viel Routine auffallen würde. Sie wollte nicht zu viel erfinden, traf sich mit Marius häufig nach Verabredungen zum Mittagessen oder an Tagen, an denen sie eine Besprechung gehabt hatte.

Sie hatten abgemacht, dass sie ihn anrief, niemals umgekehrt, abgesehen davon gab es keinerlei Einschränkungen. Sie war diskret und vertraute Marius. E-Mails kamen auf, und das war ein Geschenk, sie legte sich eine eigene Adresse für ihn zu. Sie hatten beide schon früh ein Handy. Er schickte ihr nur selten SMS, meist kryptische Mitteilungen, die wie hastige, unvollendete Zeilen anonymer Absender wirkten, wie Schnipsel fremder Gespräche, die nur versehentlich bei ihr gelandet waren. Zur Sicherheit löschte sie die Nachrichten, sobald sie sie gelesen hatte. Briefe waren kein Problem. Marius schickte sie an ihren Verlag, die Sekretärinnen dort wussten, dass sie hin und wieder vorbeikam, um einen kleinen Stapel aus ihrem Postfach zu holen. Sie versteckte die Briefe an unzugänglichen Stellen in ihrem überquellenden Arbeitszimmer. Paul würde nicht suchen, aber falls er etwas finden sollte, würde sein Argwohn ihn mitschuldig machen, ihn schwächen, seine Wut ausreichend beflecken.

Anfangs hatten seine Briefe sie schockiert. Er hatte ihr erklärt, dass er sie nicht schrieb, um sie über sein Leben auf dem Laufenden zu halten. Die meisten enthielten detaillierte Beschreibungen dessen, was er in Gedanken mit ihr tat. Niemals zuvor war ihr jemand in Briefen so offen, so hungrig begegnet, sie wusste, dass sie sich daran gewöhnen musste. Es fühlte sich an, als hätte sie zu viel in ihm wachgerufen. Er fragte sie, ob er aufhören solle, ihr zu schreiben. Sie antwortete, nein, er solle weitermachen.

Jetzt, wo sie etwas mehr verdiente, konnte sie auch ab und zu das Hotel bezahlen. Sie wollte so wenig Spuren wie möglich hinterlassen, also reservierte Marius die Zimmer. Es dauerte nicht lange, bis sie seinen Geschmack kannte. Die Zimmer sparsam eingerichtet, aber nicht kahl, neben einem breiten Bett auf jeden Fall noch ein Sofa oder eine Couch und für sie eine Aussicht aus dem Fenster.

Marius erwartete sie immer schon. Sie brauchte lediglich ins Hotel zu gehen, den Aufzug zu nehmen und bei dem Zimmer zu klopfen, dessen Nummer er ihr zuvor durchgegeben hatte. Sein Auftauchen, sein Lächeln in der Türöffnung, sein Geruch, es gefiel ihr, dass er den Raum für sie schon weniger fremd gemacht hatte.

Wenn sie mehr Zeit hatten, brachte Marius hin und wieder etwas zu essen mit, und jedes Mal etwas zu trinken. Manchmal breitete er ein Tuch über den Couchtisch, stellte Gläser auf und legte Besteck dazu, ein Picknick im Zimmer. Sobald die Tage draußen kürzer wurden, hatte er Kerzen und Kerzenhalter dabei. Er verbot ihr, unter die Dusche zu gehen, es würde ihr schwerfallen, zu Hause ihre nassen Haare zu erklären, außerdem wollte er sie so, wie sie war.

Marius brachte die Utensilien mit, ihren Vibrator, das Gleitgel, die Augenbinden und seidenen Fesseln, die roten Federn, die sie zusammen ausgesucht hatten. Er bestimmte, was sie anzog. Sie hatten vereinbart, dass sie einander um alles bitten durften.

Ohne diese Stunde, diese Stunden, konnte sie nicht leben. Manchmal ging sie ein Risiko ein, um ein Treffen zu erzwingen, sie achtete darauf, nicht allzu vergnügt das Haus zu verlassen, nicht zu still und bekümmert zurückzukommen. Sie wollte zu Hause nicht ohne ersichtlichen Grund fröhlich werden, bloß weil sie gerade etwas von Marius in der Zeitung gelesen hatte, und verbot sich, in Gegenwart ihrer Familie zu träumen.

Das Sofa, das Marius in den Zimmern verlangte, diente dem Vorspiel oder um darauf zu vögeln. Mal bot sie sich ihm auf Händen und Füßen dar, dann wieder wollte er ihr Gesicht und ihre Brüste sehen und legte ihre Beine über seine Schultern. Manchmal fing es im Bad an, manchmal vor dem Fenster, wenn er sie schweigend auszog, sie vor Straße oder Bäumen oder grauer Gracht entblößte. Oft küssten sie sich so gierig, dass sie fürchtete, es könnten sichtbare wunde Flecken um ihren Mund zurückbleiben. Ab und zu bissen sie einander, fielen so wild übereinander her, dass es draußen auf dem Flur wie ein Kampf klingen musste.

Vorher redeten sie mehr als danach, sie wusste nicht, wieso. Mitunter zog er sie nach der Begrüßung auch gleich ins Zimmer und duldete keinen weiteren Aufschub mehr. Die Aussicht darauf ließ sie gelegentlich schon feucht vor der Tür stehen und kein Wort mehr herausbringen.

Meistens hatte sie mehrere Orgasmen. Marius probierte

mit ihr immer neue Dinge aus. Sie hatte herausgefunden, dass ihr nicht nur der Vibrator, ihre Finger, seine Zunge und seine Lippen zum Höhepunkt verhalfen, sondern auch der hölzerne Griff einer Haarbürste oder das abgerundete Ende eines Ledergürtels. Marius war geduldig und ließ sie bereitwillig die meisten seiner Körperteile dahingehend testen, ob sie ihr unerwarteten Genuss bereiteten. Sein Kinn, seine Nase, seine Handballen, seine Zehen. Ein Mal hatte sie eines seiner Schienbeine bis zum Schluss geritten.

Wenn sie miteinander schliefen, wollten sie einander auch hören. In diesen Momenten verstand sie das nackte, ungezügelte Verlangen seiner Briefe am besten.

Oft lagen sie zum Schluss Brust auf Brust im Bett, sodass eine möglichst große Berührungsfläche zwischen ihren Körpern entstand.

Mit einem Waschlappen, den er mitgebracht hatte, wusch sie seinen Geruch, seinen Schweiß und sein Sperma von ihrer Haut, anschließend hockte sie sich über den Duschkopf, um sich auszuspülen. Dabei wollte Marius ihr gerne zusehen, was sie ihm schließlich auch erlaubte, in luxuriöseren Bädern benutzte sie das Bidet.

Abschied. Selten verließen sie das Zimmer gleichzeitig. Ein letzter, langer Kuss, sie ging zuerst. Einen Moment gab sie sich noch, um die Glut nachzufühlen. Eine Fahrt mit dem Auto half, laute Musik, eine Zugfahrt und die ersten Seiten eines neuen Buchs.

Sein Körper summte in ihr nach, sie fühlte noch die Abdrücke seiner Hände. Den Platz, den er in ihrer Möse eingefordert hatte. Die Gier seiner Stöße.

Wenn Paul in derselben Nacht mit ihr schlafen wollte,

verweigerte sie es ihm nicht. Seine bedächtigen Bewegungen und seine trockenen Küsse an ihrem Hals, ihrer Stirn und ihren Schultern weckten sie auf, brachten sie wieder zu sich, und sie war ihm dankbar, weil er sie damit zurückholte, es war nicht gut, zu tief zu schlafen, zu lange zu träumen.

17

Zwei ganze Wochen. Tessa hatte das kleine Haus in Arles unter dem Vorwand gemietet, sie wolle dort ihr Buch fertig schreiben. Das sei die einzige Möglichkeit, um Paul und Onno davon abzuhalten, sie spontan zu besuchen, hatte sie gesagt, aber als er sie jeden Morgen am Küchentisch sitzen sah, wurde ihm klar, dass sie nicht gelogen hatte, was ihre Arbeit betraf.

Ihre Hingabe führte dazu, dass er sich anfangs lächerlich fühlte, später zunehmend niedergeschlagen. Er hatte Tessa gesagt, dass er auch an etwas arbeiten würde. In seinem Koffer lagen seine Aufzeichnungen aus Bosnien, aber davon hatte er ihr nichts erzählt. Manchmal, wenn er zufällig darauf stieß oder schon zu lange nicht mehr daran gedacht hatte, schlug er die Notizbücher auf und dann rasch wieder zu, mit jedem Jahr wurden die Wochen, die er dort verbracht hatte, weniger real, als hätte nicht er, sondern ein weitläufiger Bekannter all diese Zeilen niedergeschrieben und als verböte ihm sein Taktgefühl, noch weiter zu lesen. Vielleicht würde er Tessa eines Tages alles vorlegen, ohne stilistische Überarbeitung oder Redaktion, ohne Entschuldigung oder Rechtfertigung. Aber was er ihr für Arles versprochen hatte, denn ein Versprechen war es gewesen, ihre Fragen hatten nichts anderes zugelassen, war eine Erzählung über seinen Vater.

Das schmale Haus verfügte über drei Stockwerke. Im Erdgeschoss lag eine Wohnküche mit einem langen Holztisch und einem alten Herd. Laptops, lose Papiere und offene Weinflaschen. Die Türen zur engen Gasse standen offen, wenn sie morgens und manchmal auch abends an dem langen Tisch arbeiteten. Er war beeindruckt von ihrer Fähigkeit zur Routine, davon, wie still und reglos sie schrieb. Und trotzdem blieb sie locker und spielerisch, strahlte eine aufrichtige Fröhlichkeit aus, dort auf der anderen Seite des Tischs, mit ihren Bücherstapeln, die nackten Füße durch ein Kissen vor dem kalten Steinboden geschützt. Er tat sein Bestes, ließ sich durch ihr Beispiel inspirieren. Von Zeit zu Zeit ging er zu ihr hinüber, gab ihr einen Kuss oder strich mit einer Hand über ihre Brüste und das Sommerkleid. Jeden Tag ging er einkaufen.

Im ersten Stock stand das Bett, das sie aus dem Dachgeschoss heruntergeschleppt hatten, wo es schon zu warm zum Schlafen war. Es gab dort keine Vorhänge, sondern Fensterläden, die ihr improvisiertes Schlafzimmer überraschend wirkungsvoll verdunkelten. Nach dem Mittagessen schliefen sie miteinander, melancholisch und ausgiebig, und an jedem dieser Nachmittage versuchten sie, danach nicht einzuschlafen.

Kaum waren sie dort, wollte er sich sofort mit ihr vertraut machen, aber er riss sich zusammen. Er hoffte, sie mit seiner Aufmerksamkeit nicht abzuschrecken, trotzdem war er fest entschlossen, sich ihre täglichen Rituale einzuprägen. Wonach sie im Bad als Erstes griff, was sie beim Hereinkommen mit ihren Schuhen machte, wie sie kochte oder sich langweilte oder sich anhörte, wenn sie schlief.

Er ging auf die Toilette, kurz nachdem sie dort gewesen war, und schloss sich ein. Es war ihr zweiter Tag, sie war diesmal länger dringeblieben, das wusste er genau. In der reglosen Luft des kleinen Raums hing endlich der Geruch ihres Stuhlgangs. Er hatte das Licht nicht eingeschaltet, aber selbst im Dunkeln kämpfte er gegen die Vorstellung an, jemand könne ihn hier erwischen.

Solange sie es ihm erlaubte, sah er ihr dabei zu, wie sie nach dem Duschen ihren Körper mit Bodylotion eincremte, eine Beschäftigung, deren Zeuge er noch nie zuvor geworden war und die ihn unendlich faszinierte und erregte. Sie ging gründlich und energisch zu Werke, ihre Hände glitten innig, aber nicht zärtlich über ihre Haut, wenn er bleiben wollte, durfte er nicht starren, er musste sie wie beiläufig betrachten, meistens saß er dabei auf dem Wannenrand und las ein Buch, sonst war es ihr peinlich. Sie endete immer an ihrem Bauch, und mehrmals hatte er ihr danach die Flasche aus den Händen genommen und sie zu seinem geil leidenden Körper geführt. Seine verengte Fantasie stürzte sich auf ihren Mund, ihre Brüste und ihre glatten Finger, aber ihr fiel immer etwas Besseres ein. Sie wies ihm einen Platz auf dem kühlen Boden zu, und er war nur noch ein männlicher Teppich für ihre strafenden Bewegungen. Sie hockte auf seinem Mund, und er musste sie bedienen, während sie ihm mit geschlossenen Augen zuflüsterte, dass er sie lediglich für die anderen Männer der Stadt nass mache. Die Erleichterung und Bestätigung, wenn sie ihn später wieder aufbaute, sich als sein Eigentum bezeichnete, zu ihm aufschaute und die Lippen um seinen Schwanz schloss.

Die Abende gehörten einem Aperitif auf dem Platz und

danach einem Tisch etwas weiter oben, wo eine hohe Hecke ein wenig Schutz bot und die Kellner noch traditionelle Schürzen trugen. Manchmal saßen sie auf der kleinen Terrasse der alten Metzgerei. Vorsaison, es war nirgends wirklich voll.

Nach dem Essen noch ein kurzer Spaziergang am Wasser oder hinauf zum Amphitheater, die Leute beobachten, vielleicht noch ein letztes Glas oder ein Eis, immer dieselben Sorten. Wenn Tessa nachts noch arbeiten wollte, versuchte er zu lesen oder saß ihr gegenüber und schrieb unzusammenhängende Sätze auf unliniertes Papier, er bemühte sich, dabei nur wenig zu denken.

In seinen Träumen sah er Tessa schwanger, sie saß auf dem Bett und rieb die auf ihrem kugelrunden Bauch ruhenden Brüste mit Lotion ein. Sie ließ ihn ihr tretendes Kind fühlen. Dann sagte er ihr, dass er sie liebe, und saugte an ihren Brüsten.

Morgens wachte er oft als Erster auf. Er öffnete die Fensterläden am Kopfende des Bettes, damit durch den Spalt ein offenbarender Lichtstreifen auf ihren Körper fiel. Danach kehrte er schnell zurück auf den warmen Platz neben ihr, schaute sie an und wartete. Manchmal lag sie auf der Seite, und er betrachtete ihre Schultern, ihren sonnengebräunten Hals und die helleren Brüste. Dann wieder drehte sie sich auf den Bauch, und er blickte über ihren Rücken, ihre Muttermale und ihr wirres Haar, manchmal schoben sich ihre Arme auch unter das Kissen und sie schlief darauf.

Wenn sie sich dann doch irgendwann mehr und mehr zu bewegen begann und sich seufzend aus dem Schlaf murmelte, tat er jedes Mal, als käme er von genauso weit her.

Er suchte ihren Blick, legte endlich eine Hand auf ihren Arm oder Bauch. Wenn sie merkte, dass er sie ansah und sich ihr näherte, hielt sie sich eine Hand vor den Mund und wünschte ihm ein unverständliches Guten Morgen. Er rang ihren Mund frei und küsste sie, bis er ihre Zunge spürte. Ein Mal drohte er, die Fensterläden aufzureißen, sodass die Nachbarn sie im grellen Licht zu sehen bekämen. Statt einer Antwort legte sie sich auf den Rücken, den Kopf zum Fußende des Bettes gewandt, stützte sich auf beiden Ellbogen ab und spreizte die Beine in Richtung Fenster. Er wusste nicht, was er tun oder sagen sollte, und wünschte sich nichts sehnlicher, als er selbst zu sein.

Er schrieb:

Sprich. Der Mund bleibt still, alles Flüstern ist unmöglich. Beweg dich. Aber die Brust ist leer, Bewegung ist mit der Erinnerung verschwunden. Die Haut ist warm und tot. Alles war da, und danach nichts mehr. Alles war da, und danach nichts mehr.

Er schrieb:

Keine Musik ausgewählt, keine Finger gezählt. Nicht in Träumen erschienen, nirgendwo niedergeschrieben. Nichts ausgetrunken, nicht Feuer geschrien. Nicht an Zeit gedacht. Kein Komm zurück gerufen.

Es wurde keine Erzählung daraus, und er hörte auf zu schreiben. Er wusste nicht, was er tat, beschloss, dass Tessa nichts davon sehen dürfe, auch nicht am letzten Tag, als sie ihn mit ihrem Körper und langsam fallenden Kleidern zum Vorlesen verführen wollte.

Er setzte sie am Bahnhof in Utrecht ab, von wo aus sie mit dem Zug nach Hause fahren würde. Sie weinte im Auto, und er hielt sie fest und wunderte sich, dass er nicht den gleichen Schmerz fühlte. Sie küssten sich, aber immer nur kurz, nicht innig, es musste Platz bleiben für einen nächsten und einen nächsten. Er sagte, er werde ihr den Koffer zum Bahnsteig tragen, aber sie entgegnete, das würde sie nicht verkraften. Sie wollte, dass er losfuhr, damit sie ihm nachwinken konnte.

Wieder allein im Auto. Ohne die Entscheidung bewusst getroffen zu haben, bog er in ein Parkhaus ab, fand einen Parkplatz viel zu hoch und zu weit weg. Er rannte nach unten, raus aus dem Parkhaus, auf den Bahnhof zu. Drinnen las er von der Anzeigetafel die Nummer ihres Bahnsteigs ab und bahnte sich zwischen den Menschen hindurch einen Weg zur richtigen Rolltreppe.

Ihr Zug fuhr los, er sah gerade noch die letzten Waggons vorbeifahren. Er blieb stehen, merkte, dass er keuchte, spürte seine schweren, heißen Beine. Er hoffte, dass sie ihn nicht mehr gesehen hatte.

16

Endlich, die Stimme seines Bruders, schlechte Nachrichten, er müsse kommen. Er schrieb sich den Namen des Krankenhauses auf die Hand, behielt Tessa im Blick, die von der Bettkante aus zu ihm hochsah. Sein Bruder: Es ist deine Entscheidung, aber er hat nur noch ein paar Stunden.

Die Schritte vom Parkplatz zur Eingangshalle des Krankenhauses, die Bedenkzeit vor dem Aufzug, die Erinnerung an Flur und Zimmernummer. Er betrat den Raum, in dem sein Vater seit drei Nächten lag, erwartete die Erklärung seines Bruders. Sein Bruder, sein stiller, unergründlicher Bruder, die seltsam trockene Stimme, die fremden Gesten, die unbekannten grauen Haare über seinen Ohren. Sein Bruder, der ihm den Katheterbeutel zeigte, den rostigen Satz auf dem Boden, den leeren Schlauch, den schlafenden Mann im Bett, den er viel zu deutlich wiedererkannte. Jetzt, wo er dort stand, konnte er nicht glauben, dass er Tessa dafür zurückgelassen hatte.

Das Zimmer lag in einer der oberen Etagen, und er konnte die Wipfel der Bäume sehen, die die Sonne stets dunkler schützten. Als es zu dämmrig wurde, um weiterzulesen, probierte er alle Schalter aus, um das Licht in seiner Ecke anzuknipsen. Eine der in die Decke eingelassenen Lampen leuchtete seinem Vater plötzlich direkt ins Gesicht, und erschrocken schaltete er sie wieder aus, obwohl sich sein Vater, seit er angekommen war, nicht ein einziges Mal bewegt hatte, taub, blind und gelähmt durch das Morphium, mehr träumend als schlafend.

Über der anderen Ecke des Zimmers, am Fußende des Bettes, leuchtete ein schwacher Spot in der Decke auf, und er verrückte seinen Hocker. Er öffnete sein Buch, fand den Absatz, bis zu dem er gekommen war. Es fühlte sich schon weniger schlimm an, das gleichmäßige, qualvoll ächzende Atmen seines Vaters, das einen Spalt offene Auge, das abwesend zu lauern schien, das eingefallene Gesicht mit dem geöffneten Mund. Die Decke war bis zu seinem Kinn hochgezogen, ein gefaltetes Handtuch lag unter seinem sabbernden Mundwinkel.

Von Zeit zu Zeit piepte der Apparat, der das Morphium dosierte, kurz. Sein Bruder hatte gesagt, er solle eine Schwester rufen, wenn das Geräusch länger anhielt. Nichts Ernstes, es musste dann nur eine neue, volle Spritze eingesetzt werden. Sein Bruder hatte auch gesagt, dass die Schwestern ihn fragen würden, ob er etwas trinken wolle, aber das war bis jetzt noch nicht passiert.

Er hielt den Mund unter den Wasserhahn im Zimmer und trank. Als er sich wieder umdrehte, lag sein Vater noch genauso da wie zuvor.

In seinem Buch war es noch immer Nacht in Russland. Er schaute ein weiteres Mal auf die Uhr, musterte das Linoleum, die Fugen an der Decke, streckte seine Beine und Zehen, sein Rücken spürte das stundenlange Sitzen auf dem lehnenlosen Hocker. Er hörte Stimmen im Flur, Schritte und Abschiedsworte, wunderte sich über die dünnen Türen im Krankenhaus. Das Buch rutschte ihm vom Schoß und klappte beim Hinfallen zu. Er bückte sich und hob es auf, las danach Seite um Seite, die er allesamt schon einmal gelesen zu haben glaubte.

Mit neunzehn hatte sein Vater einen Unfall gehabt, ein Lastwagen war ihm in den Wagen gefahren. Der Käfer hatte sich um seinen Körper gefaltet und ihm die Milz geraubt. Nach ein paar Tagen schleppten Krankenpfleger sein Bett in eine Sterbekammer unter dem Dach. Doch er überlebte, ein junger Mann mit gezackten Streifen auf dem Bauch.

Sein Vater erzählte ihm von den Huren. Dass sie ihre Gebärmutter umstülpten, um nicht schwanger zu werden.

Er las weiter. Die fremden Namen entglitten ihm, er begann Passagen zu überspringen, blätterte vor zu Lagerfeuern mit edlem Brot aus armen Taschen. Hin und wieder dachte er daran, aufzustehen, zu seinem Vater zu gehen und etwas zu sagen, aber er blieb in seiner Ecke sitzen und verhielt sich so still wie möglich. Er war schon lange nicht mehr auf der Toilette gewesen. Er hob das Kinn, ließ den Hinterkopf in der Kuhle zwischen seinen Schultern hin- und herrollen, hörte und fühlte das knackende Spiel der Muskeln.

Sein Bruder würde duschen und sich umziehen. Wenn etwas passierte, durfte er ihn nicht anrufen, nicht vorher oder währenddessen, sondern erst danach. Er hatte gleich wieder zurückkommen wollen, aber er war noch nicht wieder da.

Sein Vater machte ein schluckendes Geräusch, ohne dass sich sein Mund bewegte, sein Atem stockte, danach ein keuchendes Husten, er schien den Schleim auszuseufzen, sank zurück in den früheren schwerfälligen Rhythmus.

Auf dem Tisch alte Zeitungen, auf der Anrichte leere Becher von unten. Dann die Erkenntnis, dass er seinem Vater recht gab, indem er jetzt an seinem Bett saß. Er klappte das Buch zu, erhob sich von seinem Hocker und verließ das Zimmer.

Unten ging er an dem geschlossenen Friseursalon vorbei, an den Rollläden des Kiosks und einem Laden für Seife und Schwämme. Er versuchte sich in Erinnerung zu rufen, wie sein Vater geklungen hatte, als er das Zimmer verlassen hatte. Durch den Haupteingang kamen ein Mann und eine Frau herein. Die Absätze der Frau verwandelten die hohe Eingangshalle in ein hohles Fass, der Mann nannte die Nummer einer Station. Er ging durch die sich noch drehende Tür nach draußen, endlich draußen, und blieb auf dem asphaltierten Wendeplatz vor dem Eingang stehen. Auf der anderen Straßenseite sah er eine Häuserreihe, die Fenster, hinter denen noch Licht brannte, sie blickten auf das Krankenhaus, und die Vorhänge waren offen. Er streckte die Arme über den Kopf und ließ sie wieder fallen, das wiederholte er ein paarmal, bis er merkte, dass er nicht allein war. Auf einer steinernen Bank unmittelbar außerhalb des schwachen Lichtkreises einer Lampe auf dem Bürgersteig saß eine stämmige Frau im Bademantel. Sie rauchte und sah ihn geradewegs an. Die Arme hatte sie über dem Bauch gefaltet. Er nickte ihr zu, schob die Hände in die Taschen, tat, als gewöhnte er sich an die kühle Außenluft. Aber es war mild und windstill, und er konnte den sauren Tau der Bäume weiter oben an der Straße riechen. Sie schaute noch immer zu ihm herüber.

Wer draußen warten kann, kann auch nach Hause.

Es dauerte einen Moment, ehe er die einzelnen Wörter verstand, eher er begriff, was der Satz bedeutete.

Ich gehe gleich wieder rein. Nur mal kurz frische Luft schnappen.

Hier. Dann hast du wenigstens was zu tun.

Die Frau hielt ein Päckchen Zigaretten hoch.

Er ging zu ihr hinüber und bedankte sich, bevor er eine Zigarette herauszog. Sie gab ihm Feuer, sein Gesicht näherte sich ihrer molligen Hand, die sich um die Flamme wölbte. Er zog an der Zigarette, bedankte sich noch einmal und atmete seufzend aus.

Sie sehen die Leute von der Nachtschicht ankommen.

Sag ruhig Du. Das ist mein fester Platz. Wenn du trinkst, wie du rauchst, hat man mit dir sicher viel Spaß.

Er hatte hastig und geräuschvoll an der Zigarette gezogen, jetzt gab er sich ertappt und rollte sie grinsend kurz zwischen den Fingern.

Da oben liege ich eigentlich, im vierten Stock, an der Ecke. Gar nicht so schlecht, aber bei dem ganzen Geschnarche und anderen Krach ist es abends draußen besser.

Sie deutete auf das Gebäude, aber er blickte über den beleuchteten Parkplatz. Er wusste nicht, was für ein Auto sein Bruder fuhr, aber sobald ein Schlagbaum hochging, würde er wieder hineingehen. Der beruhigende Rest Rauch in seinem Körper weckte in ihm das Bedürfnis, die Augen zu schließen und sich hinzusetzen.

Etwas zu trinken wäre jetzt nicht schlecht.

Das wusste ich gleich, als ich dich gesehen habe.

Sie lächelten einander zu, die Frau hustete ein paarmal, winkte dann ab, Schluss jetzt.

Bald kommt der Sommer. Du bist offensichtlich nicht zum Rauchen hier.

Mein Vater liegt da drinnen, oben. Er ist krank.

Er wappnete sich für eine Nachfrage, aber die Frau stand stöhnend auf, wodurch ihr träger Körper plötzlich in den Lichtkegel geriet. Mit der Zigarette zwischen den Lippen strich sie sich die grauen Haare aus der Stirn hinter die Ohren. Ihr Bademantel klaffte auf, und er sah einen Herrenpyjama.

Ich mache jeden Abend denselben Spaziergang. Den Weg entlang und wieder zurück. Willst du noch eine?

Er nahm einen letzten tiefen Zug von seiner Zigarette und trat den kurzen Stummel mit der Ferse aus. Er dankte ihr, wünschte ihr einen schönen Spaziergang und sagte, er gehe wieder rein. Sie zuckte mit den Schultern und trat aus dem Licht hinaus ins Dunkel zu ihrer Runde.

Im Zimmer stand eine Schwester über seinen Vater gebeugt. Sie habe die Spritze ausgetauscht, sagte sie und fragte, ob er sie vielleicht gesucht habe. Bevor sie sich entschuldigen konnte, erklärte er, dass er nur kurz nach draußen gegangen sei, um eine Zigarette zu rauchen. Als sie wieder fort war, bemerkte er, dass sie sein Leselicht ausgeschaltet hatte. Er fand den richtigen Schalter, setzte sich wieder auf den Hocker und öffnete sein Buch.

Für dieses Zimmer, für dieses Bett hatte er Abschied von Tessa genommen. Ein Hotel, in dem sie noch nie zuvor gewesen waren, an der Rezeption hatte es Verwirrung wegen der Reservierung gegeben. Das Zimmer, um das er gebeten hatte, war nicht mehr verfügbar. Nur eine Juniorsuite war noch frei, etwas teurer, später teilte er den Betrag durch die Anzahl Stunden. Zwölf Schritte in L-Form, hohe Fenster, ein breites weißes Bett, Marmor und eine Liegewanne, in den Schränken fanden sie Bademäntel. Er konnte es kaum erwarten, Tessa hier nackt zu sehen. Dann sein Handy, der Name seines Bruders, er wusste, dass er rangehen würde. Nach dem Gespräch erklärte er Tessa die Situation, und sie fragte gleich, ob sie ihn begleiten solle. Er antwortete, dass er nicht wisse, wie lange es dauern würde, ob überhaupt etwas passieren würde. Zu spät erkannte er die Bedeutung ihres Angebots, das er zu schnell abgelehnt hatte. Er umarmte sie und spürte ihre Brüste an seinem sehnenden Körper. Sie sagte, sie könne noch eine Weile warten, zum Glück hatten sie sich schon so früh verabredet. Er küsste sie. Es fühlte sich komisch an, als Erster zu gehen.

Der Atem flacher, noch einmal und noch einmal. Er klappte das Buch zu und horchte. Das Kratzen wurde schwächer, sein Vater begann zu schnaufen, als hätte sich etwas geöffnet, wäre aufgebrochen, als käme er an die Oberfläche, tauche sein Mund aus dem Wasser auf.

Er stand neben dem Bett. Die flache Atmung seines Vaters ging in ein gepresstes Keuchen über. Alle Ruhe war verschwunden. Er spürte die unvermutete Kraftanspannung des Körpers auf dem Bett vor ihm. Es geschah alles in seinem Beisein.

Sein Vater hatte Mühe auszuatmen. Es war ein Kampf, ein Kampf mehr als alles andere.

Mit einem Ruck öffneten sich die Augen seines Vaters, doch sie sahen immer noch nichts, eine Stelle an der Wand, einen Punkt in seinem eigenen Kopf, er merkte, dass ihm warm war, dass er die Hände dicht an seinen Körper hielt. Der Kopf seines Vaters drückte sich tiefer in das Kissen.

Sein Bruder kam herein. Seltsam, die menschliche Sprache, jetzt, wo doch ein Blick genügte. Sein Bruder kniete neben dem Bett nieder, legte seine Stirn an die Schläfe ihres Vaters.

Deine Mutter wartet auf dich. Deine Mutter wartet auf dich.

Der Mund schnappte, stockte, er erkannte das verzerrte Gesicht, erkannte den letzten Atemzug, als er ihn hörte. Der Kopf seines Vaters drehte sich auf dem Kissen, sank auf seine Schulter, er verlosch.

Als hätte er kurz nicht aufgepasst, als dürfte man es nicht mitbekommen, war alle Farbe aus den Zügen seines Vaters gewichen. Eine blasse Haut ist immer noch rot und längst nicht tot so wie dieses weiche Gelb, das seinen Vater nun überzog.

Der Körper reglos, das Zimmer verändert, der Mund seines Vaters erstarrt zu einem unaussprechlichen Wort.

Sein Bruder stand auf und trocknete sich die Augen, dann streichelte er ihrem Vater über Wangen und Haar.

Jetzt hast du es geschafft. Ganz ruhig, schlaf nur.

Dann sah sein Bruder auf, hustete ein Mal und bat ihn, eine Krankenschwester zu holen.

Der Flur war leer und blau, der Empfangsschalter der Station verlassen. Er lief durch die Gänge, bis er eine Schwester fand, sie zählte oder stellte etwas auf einem Tisch zusammen, er entschuldigte sich und erklärte, von welcher Station er komme, dann sagte er, er glaube, sein Vater sei gerade gestorben. Sie legte ihm eine Hand auf den Arm und fragte nach der Zimmernummer. Er nannte die Nummer und fügte sicherheitshalber den Nachnamen hinzu, der damit zum Namen eines Toten geworden war. Sie schaute auf ihre Uhr und sagte, sie werde jemanden von der Station zu ihnen schicken, beim Arzt werde es allerdings noch einen Moment dauern. Auf dem Weg zurück zur Station wiederholte er die Information in seinem Kopf. Sein Bruder hatte in der Zwischenzeit das Zimmer aufgeräumt.

Ich habe dein Buch dahin gelegt.

Der Tisch war leer, die Anrichte sauber. Sein Bruder klappte einen Stuhl auf und stellte ihn zwischen Bett und Fenster.

Wenn ich recht verstanden habe, kommt eine Schwester. Der Arzt kommt auch, aber das dauert anscheinend noch eine Weile.

Sein Bruder ließ sich auf den Klappstuhl sinken, nickte und sagte Danke, er streckte die Beine aus, der Stuhl knackte unter seinem Gewicht, er legte die Schienbeine übereinander und faltete die Hände vor dem Bauch.

Er würde nicht mehr zurückkommen, was jetzt nicht passierte, wäre verloren, sobald er den Raum verließ. Und doch erschien ihm alles erst unangemessen und dann zu einfach. Er schaute über seinen Bruder hinweg nach draußen, zu den schemenhaften Bäumen im grauen Glanz des Krankenhauses.

Hinter ihm gingen Menschen vorbei, er hatte die Tür offen gelassen.

Er beugte sich vor, küsste seinen Vater auf den warmen, von ihm abgewandten Kopf, flüsterte Abschiedsworte, an die er sich später nicht mehr erinnerte. Ehe er mit seinem

Buch davonging, drehte er sich noch einmal um und sah seinen Bruder vor dem Fenster sitzen, den Blick auf das Bett gerichtet, in der entspannten Haltung eines Mannes unmittelbar vor den ersten Worten eines Gesprächs.

Er erinnerte sich an das hohe Fieber. Er schlief damals schon oben im neuen Haus, unter dem schrägen Holzdach. Er konnte seinen zitternden Körper unter den Decken kaum still halten. Seine Zähne klapperten, seine Brust wurde zu einem Blasebalg, er hörte sich selbst keuchen, seine Kehle schnürte sich zusammen. Der lange Balken an der Decke, das leere Dachfenster, es gab nichts mehr, um die Gedanken abzuwehren. Bis er mit Gewissheit wusste, dass er ertrinken, ersticken würde, als müsste er sich frei strampeln, aus dem Bett springen und laufen, um wieder Luft zu bekommen. Er hatte kalte Wickel um die Knöchel, sein Vater und sein Bruder drückten seine Schultern auf das Bett. Bald würde er sterben, das versuchte er ihnen zu sagen.

Später, abends, nachdem er wieder zu sich gekommen war und die Antibiotika das hohe Fieber gesenkt hatten, schämte er sich. Er fühlte sich sauber und leer und immer kräftiger und absolut nicht in der Lage zu sterben. Er saß aufrecht im selben Bett, die Kissen in seinem Rücken, ein leise murmelndes Radio in Reichweite, und roch von unten das Abendessen seines Vaters.

Er hatte auf der einen Seite gestanden, aber jetzt stand er auf der anderen. Sauber und frei.

Daran dachte er, und noch an vieles andere, während er so schnell wie möglich durch die Stadt und über die Autobahn fuhr, um rechtzeitig wieder bei Tessa zu sein.

15

Es geschah direkt vor ihren Augen, sie musste nur gut achtgeben, um eine Geschichte daraus zu machen. Sie konnte es kaum erwarten, Marius davon zu erzählen.

Sie war auf dem Weg zu einem Termin mit ihrem Lektor, stets wichtig und erwachsen. Wie so oft war sie zu früh dran und schlenderte auf Umwegen zu ihrem Verlag. An einer Kreuzung sah sie ein Auto von links kommen und an der roten Ampel halten. Etwas erregte ihre Aufmerksamkeit, eine Bewegung im Auto, das Aufblitzen von Armen und blondem Haar, als sie eine Umarmung erkannte, bedauerte sie, dass sie so langsam aufgeschaut hatte, sie hatte den Kuss verpasst.

Eine junge Frau stieg aus, hastig, wer wusste schon, wann die Ampel auf Grün umsprang. Sie winkte und rannte vor dem Auto zum Bürgersteig. Ein Schatten saß hinter dem Steuer, Hände, Schultern, mehr war nicht zu sehen, aber jung, wahrscheinlich genauso alt wie sie. Der Schatten hupte. Die junge Frau schreckte auf, drehte sich um, lachend, gerührt, verlegen, ausgelassen, stolz, sei nicht so albern, ein Winken, du bist so süß und albern, noch ein Winken, dieses niedliche Zögern, sich nicht verabschieden wollen und doch weitergehen, fröhlich aus dem Blickfeld verschwinden, nur noch ganz kurz, die letzten unsicheren Momente bis zum Umspringen der Ampel und die Ungeduld der anderen Fahrer. Grün.

Sie schaute der jungen Frau noch lange nach. Sie hoffte, dass sie und der Schatten sich abends wiedersehen und einander in die Arme fallen würden.

Ein Mittagessen und danach eine kurze Fahrt mit der Straßenbahn zum Hotel. Der verschämte Stolz der jungen Frau, das würde sie Marius beschreiben. Oder sollte sie ihm doch alles schildern, den Schatten und sein Mädchen und das billige Auto und das schrille Hupen, das einen Radfahrer so erschreckt hatte, dass er zu fallen drohte? Denn sie war neugierig, was er davon auswählen und als eigene Geschichte nacherzählen würde.

Es war ein schwüler Tag, sie merkte, dass sich ihre nackten Oberschenkel zu innig aneinander rieben. Sie hoffte auf ein kühles Zimmer, hoffte, dass er das Licht ausgesperrt hätte, bevor sie kam, und dass er Strümpfe für sie mitgebracht hatte. Ihre Geschichte ließ ihr die Zeit bis zu ihm länger erscheinen, und sie genoss das quälende Warten.

14

Am Eingang beobachtete sie, wie Marius einen Wagen herauszog und das rasselnde Gefährt in Richtung Schwingtüren schob. Sie ging zu ihm, reichte ihm einen Arm und küsste ihn auf die Schulter. Sie fragte ihn, ob er hungrig sei, auf etwas Bestimmtes Appetit habe. Marius küsste sie auf die Wange und entgegnete, er habe keine Ahnung und wolle sich überraschen lassen.

Es war ein größerer Supermarkt, den sie eigens für diesen Nachmittag ausgesucht hatte. Marius schob den Wagen an den Kisten mit Gemüse vorbei, blieb ab und zu stehen und nahm etwas in die Hand, sie musste sich zusammenreißen, um nicht alles, wonach er griff, beim Namen zu nennen. Er musterte eine Reihe länglicher Römersalatköpfe, suchte so lange, bis er den richtigen gefunden zu haben schien.

Hast du Lust auf Caesar Salad?

Hmm, lecker. Gute Idee.

Ach, ich weiß nicht.

Marius legte den Kopf zurück, richtete die Salatreihen in der Kiste wieder her. Dann schob er den Wagen weiter.

Vor dem Kühlregal schien ein Fertiggericht mit Nudeln und Fisch sein Interesse zu wecken, bis sein Blick auf eine Schale mit Rind und Zuckerschoten fiel und er sich nicht mehr entscheiden konnte. Marius erwähnte zwar hin und wieder Restaurants oder Kritiken, die er gelesen hatte, aber im Grunde hatten sie noch so gut wie nie zusammen gegessen, sie konnte nur mutmaßen, was er gern mochte, wusste nicht, was er aß, wenn er sich etwas gönnen wollte. Sie hielt Pizzaschachteln hoch, frische Pasta und abgepackte Champignons. In der Fleischabteilung deutete sie auf die Steaks, die ganzen Hähnchen. Als sie durch die Weinregale ging, um ihm ein wenig Freiraum zu lassen, sah sie, wie er lange vor den Soßen stand. Weiß oder Rot, als sie schon fürchtete, von den gleichen Zweifeln befallen zu sein wie Marius, stand er plötzlich mit zwei dicken Beefsteaks und einem Glas Sauce Béarnaise im Wagen neben ihr. Darauf habe er Appetit. Sie fragte, ob er noch eine Beilage dazu wolle, Kartoffeln oder Pommes frites?

Brauchst du sonst noch etwas außer Lebensmitteln?
Was meinst du?
Putzmittel, neue Glühbirnen. Klopapier. So etwas.
Ich glaube, ich habe noch alles.
Sicher?
Ja. Sicher.
Er starrte geradeaus, sie streichelte seinen Rücken, küsste ihn, seine Zunge streifte die ihre, plötzlich hielt er sie fest, und es war, als ob er ihr jetzt endlich etwas Echtes erzählte.

Sie gingen zurück zum Gemüse und holten einen Beutel mit geschnittenen Kartoffeln, dann noch einmal zurück zum Fleisch, weil er plötzlich nicht mehr sicher war, ob er auch wirklich die dicksten Steaks genommen hatte.

Ich kaufe nie Steaks. Ich traue mich nicht, sie zu braten.
Mag Paul das nicht?
Er bestellt es gelegentlich, wenn wir essen gehen. Sie werden so schnell zäh.

Nicht, wenn man sie so zubereitet wie ich. Brät Paul sie denn ab und zu selbst?

Nein, Mas. Paul brät sie nicht selbst.

Mit einer Flasche Rotwein dazu wirkten ihre Einkäufe wie die abendliche Beute eines Junggesellen an einem besonderen Tag, eine Ausnahme, etwas Einmaliges. Marius bezahlte und ließ sich nach kurzem Zögern zu einer Plastiktüte überreden. Dann fuhren sie mit dem Aufzug nach unten zum Auto.

Marius hatte ihr seine Wohnung schon oft beschrieben. Zwei Zimmer, eine schmale Küche, nichts Besonderes, aber in einem schönen alten Gebäude mit etwas höheren Fenstern und mitten im Zentrum. Sie war erstaunt, dass sie in der Innenstadt so mühelos einen Parkplatz fanden.

Ich habe aufgeräumt.

Für mich?

Ach was, ich bin von Natur aus ordentlich.

Ich bin sehr gespannt. Ich kann es kaum erwarten.

Wirklich?

Ich will sehen, wo du schläfst. Wo du schreibst.

Manchmal arbeite ich in der Bibliothek.

In der Bibliothek würde ich nur anfangen zu lesen.

Ich nicht. Nicht mehr.

Er schloss auf, bedeutete ihr, vorauszugehen. Es war aufgeräumt und hell, und er nahm ihr die Jacke ab, während sie sich umschaute, es hing nicht viel an der Wand, seine Bücher waren alle in zwei hohen Regalen untergebracht, nirgendwo lagen lose Stapel herum, es roch nach Holzboden, einem alten Möbelstück oder etwas anderem, das schon lange in der Wohnung lag, und auch nach Tabak und Zeitungspapier.

Toll.

Was ist toll?

Ich darf hier rauchen.

Darfst du das anderswo nicht?

Alle haben Kinder.

Du auch.

Zu Hause habe ich mein eigenes Zimmer.

Dann willst du also, dass jeder ein separates Zimmer für dich hat.

Ja, das wäre mein größter Wunsch.

Sie tat, als wollte sie ihm an die Gurgel, und er hob lachend die Hände, um sie abzuwehren.

Nimm dich vor Tessa in Acht, gib ihr schnell ein eigenes Zimmer, sonst pustet sie deinem kleinen Baby Rauch ins Gesicht.

Ich puste dir auch gleich was ins Gesicht.

Sie sprang ihm auf den Rücken und schlang einen Arm um seinen Hals. Marius rief um Hilfe, röchelte, als bekäme er keine Luft mehr, und ging in die Knie. Scheinbar besiegt, beugte er sich nach vorn, doch dann richtete er sich abrupt wieder auf und befreite sich aus ihrem Griff, er drehte sich um, und sie fühlte seine krabbelnden Finger an ihrer Seite, sie sprang auf und versuchte zu flüchten, aber er blieb dicht hinter ihr, kitzelte sie im Nacken, am Rücken und, das Schlimmste von allem, unter den Achseln.

Gnade?

Niemals, wollte sie rufen, aber er war zu schnell für sie, und sie konnte nur noch schreien und lachen und ihn hilflos auf Abstand halten. Als sie spürte, dass sie nicht mehr weiter zurückweichen konnte, ließ sie sich geschlagen aufs Sofa fallen. Er folgte ihr, aber hörte auf, sie zu kitzeln. Ihr war unglaublich warm, es tat so gut, ihn wieder lachen zu sehen, und als sie merkte, dass er sie nicht länger bedrängte, wollte sie zum Gegenangriff übergehen. Sie schlug nach ihm, doch die abwehrende Reaktion, die sie erwartet hatte, blieb aus, und ihre flache Hand traf ihn mitten ins Gesicht. Verblüfft starrte er sie an, dann verzog er das Gesicht zu einer rachsüchtigen Grimasse, begrub sie unter sich und kitzelte sie, bis sie um Gnade flehte. Sie küssten sich, erhitzt und ausgelassen.

Ich bin so froh, dass du da bist.

Ich auch.

Nein, ich habe mich nicht richtig ausgedrückt. Hier. Ich bin so froh, dass du hier bist.

Ich weiß.

Ich habe viel darüber nachgedacht. Ich habe mir schon häufig vorgestellt, du wärst hier bei mir.

Psst. Jetzt bin ich ja da.

Jetzt ja.

Er ließ sie los, stand vom Sofa auf, fragte, was sie trinken wolle, ob sie schon Hunger habe. Sie sah, wie er auf seine Armbanduhr blickte.

Du brauchst nicht immer zu gucken. Wir haben genug Zeit.

Du weißt ja nicht, was ich noch alles vorhabe.

Lass uns erst mal was kochen. Ich meine, ich werde etwas kochen.

Sie kam hoch, streckte sich und gab ihm einen Kuss auf die Wange.

Das ist meine Wohnung.

Aber ich koche. Zeig mir nur, wo die Töpfe und Pfannenwender sind, dann mache ich mich an die Arbeit.

Du ruinierst die Steaks, das hast du selbst gesagt.

Ich koche, und du wirst begeistert sein. Du deckst den Tisch.

Das Klo ist die letzte Tür den Flur runter, und die Pfannenwender liegen in der Schublade bei den Messern und Gabeln.

Keine Sorge, das wird schon.

Ich decke den Tisch, dann kann ich dich stören, wenn ich Teller und Besteck brauche. Und die Gläser. Und den Wein.

Aber danach hast du für den Rest des Abends frei. Dann kannst du ein bisschen lesen oder faulenzen.

Er kratzte sich am Hinterkopf, als ob er zu lange über etwas nachgegrübelt hätte und sich nun für seine Gedanken schämte.

Tessa? Ich will aber nicht faulenzen. Ich will bei dir in der Küche sein, wenn es dir nichts ausmacht.

Sie umarmte ihn und sagte, es mache ihr nichts aus. Er könne schon einmal den Wein öffnen und ihr von dem Artikel über Karl Liebknecht erzählen, den er schreiben solle.

Wilhelm. Ich glaube, es wird eher um Wilhelm gehen. Nepotismus ruiniert einfach alles, der Alte ist interessanter.

Aber Karl ist doch viel spannender.

Rosa Luxemburg. Ich weiß, was du denkst.

Küche. Da können wir weiter über deine Jobs für die roten Blätter reden.

Das bedeutet mir so viel.

Was?

Dass du hier bist, in meiner Wohnung. In dem elenden Loch, in dem ich in Milići schlafen musste, habe ich so oft geträumt, du wärst hier. Und jetzt kommst du zu Besuch, du bist hier.

Jetzt erst fiel ihr die Straßenbahn auf, die scheppernde Klingel und das schleifende Geräusch der Räder in den Schienen. Sie nahm seinen Arm und legte ihn sich um die Schultern. Dann schob sie ihn an, bis er sich bewegte, als müsste sie ihm den Weg zu seiner eigenen Küche zeigen.

Ihr blieb noch eine knappe Stunde, bevor sie nach Hause musste, aber während des Essens war er wieder ins Reden gekommen, es war sein Ernst, was er über den Nepotismus gesagt hatte, und er lieferte ihr ein Beispiel nach dem anderen, um sie von seiner Theorie zu überzeugen. Sie drückte ihre Zigarette auf dem fettigen Teller aus, was sie seit ihrer Studienzeit nicht mehr gemacht hatte, der Wein machte ihren Kopf so schwer, dass sie ihn in den Händen abstützen musste.

Während er noch sprach, stand sie auf. Er hielt kurz inne, aber sie nickte ihm zu, dass sie ihn nicht unterbrechen wolle, und er fuhr in seinem Vortrag fort, die Söhne hatten es noch alle getan.

Sie zog die Vorhänge zu, trank ihr Glas aus, nahm seine Hand und zog ihn vom Tisch hoch. Vielleicht lag es an seiner eigenen Umgebung, aber er wirkte weniger drängend, sein Kuss war behutsam, beinahe unsicher, es dauerte lange, ehe sie seine Hände an ihrem Körper spürte, ehe er wirklich zupackte. Sie führte ihn zum Sofa, bedeutete ihm, sich hinzusetzen. Sie streichelte seine Wangen und seinen Hals, legte dann die Finger auf seine Lippen.

Im Stehen zog sie sich aus, während sie ihn gleichzeitig davon abhielt, es ihr gleichzutun, immer wieder griff sie ein, wenn seine Hände über seine Kleidung glitten, hin zu einem Knopf oder Gürtel.

Die aufgehäuften Kleider wurden zu einem Kissen für ihre Knie. Sie legte seine Hände auf ihre Brüste, zeigte ihm, was sie von ihm erwartete. Während sie ihm in die Augen sah – er wirkte immer noch seltsam abwesend, als betrachtete er sie mehr, als sich von ihrem Tun verleiten lassen zu wollen –, leckte sie sich über die Lippen und seufzte gerade laut genug, dass es zu einem schwachen Stöhnen wurde, doch seine Hände bewegten sich nicht mehr, vergaßen ihre Brustwarzen, vergaßen, Anspruch auf sie zu erheben. Sie rieb über seine Erektion, brummte anerkennend, wieder versuchte sie, seine Hände dazu zu bringen, sie zu kneten, ihre Finger schlossen sich um seine Eichel, und sie drückte zu. Sie konnte weit gehen, um ihn aufzuwecken, doch sie musste weiter versuchen, ihn zu deuten, durfte nicht zu einer Karikatur werden, die ihn wahrscheinlich nur abschrecken würde, sie wollte ihm Raum lassen, sie zu erobern. Offensichtlich hatte sie ihn endlich überzeugt, denn sie spürte, wie seine Hände ihre Brüste fester packten. Mit einem Finger nahm sie ein wenig Feuchtigkeit aus ihrer Vulva und strich sie auf seine Lippen. Als er zuschnappte, wusste sie, dass alles gut werden würde.

Ich will mehr. Lass mich alles schmecken. Du hast mir gefehlt.

Scht.

Sie öffnete seinen Gürtel, dann weiter die Knöpfe. Plötzlich ein Brennen in ihren Nippeln, als er sie kurz zwischen zwei Fingern einklemmte, die Strafe, begriff sie, für die Passivität, die sie ihm auferlegte. Sie holte seinen Schwanz heraus, näherte sich der nassen Eichel mit ihren Zähnen, hörte ihn beinahe wimmern. Ihm war warm gewesen, sie roch die feuchten Oberschenkel, sein Lusttropfen war bitter und lau. Sie spannte die Lippen um seine Eichel, saugte, lutschte ihn mit kurzen Bewegungen, und er schwoll in ihrem Mund weiter an. Sie leckte den Schaft seines Schwanzes, leckte an seinen Eiern, schnüffelte an seinem Schamhaar und fuhr mit den Fingernägeln über die faltige Haut. Danach richtete sie sich wieder auf, fing seinen Blick auf, ihr Daumen und Zeigefinger rundeten sich zu einem O und bildeten einen erregenden Ring um die empfindliche Haut direkt unterhalb seiner Eichel. Sie merkte, dass er abwechselnd sie und ihre sich langsam bewegende Hand ansah.

Darf ich dich vögeln? Ich will dich, meine Liebste. Tessa. Bitte, lass mich dich vögeln. Bitte.

Marius packte sie bei den Schultern. Sie hielt inne, verschob seine Hände von ihren Schultern hin zu ihrem Nacken. Dann verstärkte sie den Druck auf seinen Griff, bis sie spürte, dass er die Richtung aufnahm und ihren Kopf und Mund endlich selbst zu seinem Schwanz dirigierte.

Sie würde auch weiterhin aufmerksam lauschen. Manchmal war er kurz still und erwachte dann unvermittelt mit einem lauten Keuchen zum Leben, dann wieder sagte er mehrmals hintereinander ihren Namen. Mit ihrem hungrigen Mund versuchte sie sein Flehen zu ersticken. Sie bewegte sich schneller, hörte die Wehrlosigkeit in seinem Stöhnen, seine Finger krallten sich in ihr Haar, immer heftiger drückte er sie auf und nieder.

Bis er sie plötzlich zurückhielt. Sie löste sich von ihm und sah, wie sein Schwanz hektisch pochte, es hatte nicht viel gefehlt.

Nein, Liebling, du gehst zu weit. Ich komme gleich. Und ich will doch noch so viel mit dir tun.

Wie sehr sie sich auch zusammengerissen hatte, jetzt schaute sie doch kurz zu der Uhr auf seinem Kamin.

Du darfst in meinem Mund kommen. Willst du? In meinem Mund, meinem heißen, kleinen Mund?

Das klingt herrlich und so geil, so unglaublich herrlich und geil, aber ich will mehr, meine Liebste.

Nur mein Held darf in meinem Mund kommen, niemand sonst.

Niemand sonst?

Nur mein Held. Komm, mein Liebster. Komm nur, ich will dich schmecken.

Sie beugte sich wieder über ihn, verschwitzt, aber mit kalten, steifen Knien. Sie ließ ihre Lippen nicht mehr weiter gleiten als über die Eichel, ihre Hände massierten seinen Schwanz so, dass sie ihn kaum noch blies, sondern in ihrem Mund wichste. Sie hörte ihn kämpfen, hörte, wie er versuchte, gegen das Unvermeidliche anzukeuchen. Komm nur, sagte sie, die Lippen kurz von ihm lösend, komm nur.

Er spritzte los, ohne dies durch sein übliches kurzes Schweigen anzukündigen, sie war überrascht, hatte sich vorgenommen, alles zu schlucken, aber es geschah so unerwartet, dass ihr gar nichts anderes übrig blieb, als sein Sperma aus ihrem Mund laufen zu lassen. Sie blies ihn noch ein wenig länger, versuchte sich gleichzeitig seinen Bewegungen anzupassen und seinen sprunghaft zuckenden Körper zu bändigen. Bis er schließlich zur Ruhe kam, tiefer in das Sofa sank und mit zitternden Fingern über ihre Wangen und Brüste strich.

Ich liebe dich.

Scht, ganz ruhig.

Du bist umwerfend, ich finde dich so schön. Tut mir leid. Ich hole dir etwas für deine Hände. Und deinen Mund.

Das hat keine Eile. Bleib ruhig noch ein bisschen liegen.

Er schaute auf, sah, wie spät es war.

Du musst schon fast wieder gehen.

Keine Sorge. Ich habe noch Zeit.

Sie verschob ihre steifen, schmerzenden Beine, versuchte so elegant wie möglich aufzustehen und griff nach ihren Kleidern. Marius kam mit einer Rolle Küchenkrepp aus der Küche, nur sein oberster Hosenknopf war geschlossen. Sie trocknete ihre Hände und tupfte sich die Mundwinkel ab.

Das reicht schon, ich muss sowieso noch auf die Toilette, ehe ich gehe, da wasche ich mir dann die Hände.

Er trat neben sie, umarmte sie, küsste sie.

Die Zeit reicht nicht.

So lange brauche ich auf dem Klo doch nicht.

Du weißt, was ich meine. Bleib.

Hör auf.

Ich will dich bei mir haben, in meinem Bett. Bleib über Nacht hier.

Warum tust du das? Ich will das nicht.

Darf ich dich irgendwann noch einmal darum bitten?

Hör auf, Mas, das reicht. Ich fand es schön, einmal hier zu sein. Aber mehr gibt es jetzt nicht.

Es tut mir leid, entschuldige. Du hast recht, ich hatte es versprochen.

Sie umarmte ihn erneut, legte eine Wange an seine Brust.

Beim nächsten Mal sind wir woanders, und dann gehöre ich wieder dir. Ganz und gar dir.

Seine Hand unter ihrem Kinn lenkte ihren Blick nach oben.

Versprochen?

Versprochen. Du kannst dir schon mal überlegen, was du dann mit mir machen willst.

Das ist zu viel. Jetzt kann ich an nichts anderes mehr denken.

Hey. Wir haben Zeit. Vergiss das nicht. Wir haben alle Zeit der Welt.

Jetzt traue ich mich nicht mehr, dich um etwas zu bitten.

Wartest du auf mich?

Immer.

Er küsste sie, seine Zunge strich zärtlich über die ihre, sie verstand, dass er sein Sperma in ihrem Mund schmecken wollte.

Im Zug nach Hause kam sie in ihrem Buch nicht weiter. Sie sah auf, sah die geisterhaften Wiesen draußen, die Menschen drinnen, genau wie sie zu wach und zu unruhig. Gerade noch rechtzeitig fiel ihr ein, dass sie sich ausdenken musste, wo und was sie an diesem Abend gegessen hatte. Kalbsbries und danach Kabeljau. Champagner, wieso nicht?

13

Während der ersten Tage in Belgrad hatte er kaum sein Zimmer verlassen. Er hatte alles erledigt, was zu erledigen war, hatte sich um eine Unterkunft gekümmert, einen Laden gefunden, wo das Telefonieren nicht zu teuer war, und auf einen älteren Kollegen aus Deutschland gehört, der ihm geraten hatte, wärmere Kleidung anzuziehen. Aber als er am zweiten Morgen wach wurde, fiel ihm beim besten Willen kein Grund ein, warum er aufstehen und sich mit den anderen Journalisten um eine Fahrt in die aufregenden Zonen näher bei der Front streiten sollte. Er finanzierte diese Reise selbst, keine Redaktion stellte irgendwelche Ansprüche an ihn, seine eigene Zeitung wusste zwar, dass er fuhr, aber er war ohne konkrete Vereinbarungen aufgebrochen. Und so lag er im Bett und dachte an den Traum, der sich gerade noch in sein Gedächtnis geprägt hatte, bevor er zu wach geworden war. Eine Frau, bald hatte sie Tessas Gesicht, dann wieder nicht, nahm ihn mit in ein Haus, wo sie ihn in einem Zimmer mit abblätternder Tapete warten ließ. Als sie wieder zurückkam, wirkte sie älter und gab ihm unversehens einen Klaps auf den Schritt, wie eine Art Schulterklopfen, nur mehrere Körperteile zu tief. Trotzdem hatte er sie gefragt, ob er sich ausziehen dürfe. Nachdem er seine Kleidung abgelegt hatte, merkte er, dass man durch die Fenster des Zimmers nicht hindurchsehen konnte, er begann zu zweifeln, ob er sich tatsächlich in einem Haus befand oder nicht doch in einem seltsamen Wald, der einem Haus ähneln wollte, und er schaute sich um und suchte nach einem Weg, aus diesem Raum zu entkommen. Die Frau trug inzwischen einen blauen Badeanzug und fütterte ihn mit hart gekochtem Ei, das sie ihm auf einem Kaffeelöffel reichte. Jetzt sah sie nicht mehr aus wie Tessa. Er holte sich einen runter, während er an den blauen Badeanzug dachte und an die tröstliche Geste, mit der die zunehmend verblassende Frau ihm das Ei zu essen gab.

Nachdem er gekommen war, pinkelte er in das Waschbecken in seinem Zimmer. Es war kein richtiges Hotel, eher ein einförmiges, hohes Gebäude mit zahllosen Studentenzimmern. Neben ihm wohnte ein Amerikaner, ein Fotograf, der gegen vier Uhr plötzlich so laut geschrien hatte, dass er davon aufgewacht war. Er kroch zurück ins Bett und zog sich die Decke bis ans Kinn. Vom Bett aus konnte er mit den Zehen den Heizkörper erreichen. Das Metall war warm, aber nicht zu heiß an der Haut. Unter seinem Bett lagen die Wasserflaschen, die er gekauft hatte. Er nahm eine davon und trank ein paar große Schlucke, er spürte, dass es noch eine ganze Weile dauern würde, ehe er Hunger bekäme. Eine Stunde später, das Licht schien grell durch den dünnen Vorhang, griff er zu der Tito-Biografie, die er mitgebracht hatte. Ein Foto von Tessa diente ihm als Lesezeichen. Er hatte das Bild ein paarmal gefaltet, zu Hause Erde darübergestreut und es vorsichtig mit einem Stein zerkratzt. Er hatte gelesen, dass seine Sachen ständig kontrolliert werden würden, und er wollte behaupten können, dass er das Foto bloß irgendwo gefunden habe und die Frau gar nicht kenne. Tessa stand mit hinter dem Rücken verschränkten Händen an eine rote Wand gelehnt, man sah ihren Oberkörper bis zur Taille, und sie trug einen sandfarbenen Pullover mit weitem Kragen, der ihr Schlüsselbein frei ließ. Er hatte das Foto aufgenommen, hatte die Wand ausgesucht, sie um diese Pose gebeten. Erst später, als sie schon zu einem Foto geworden war, hatte er die deutlich sichtbaren Umrisse ihres BHs bemerkt. Er blätterte in dem Buch, tat, als wollte er lesen. Schob die Unterhose über seine Hüften und stellte fest, dass die Haut an seiner Eichel zwar noch empfindlich, aber wieder bereit für eine neue Runde war. Er strampelte Laken und Decke von sich und sah seinen Schwanz steif und blass über seinem dunklen Schamhaar. Ihre prallen Brüste unter dem gestrickten Stoff, er stellte sich vor, dass sie hilfloser dreinschaute, als sie es tat. Er stand auf, kniete sich hin, legte das Foto auf die Matratze. Dann spuckte er auf seine Eichel und verrieb den Speichel, zufrieden, weil er so gut gezielt hatte. Jemand ging auf dem Flur vorbei, eine Tür wurde geöffnet und fiel wieder zu. Er wollte keinen Lärm machen und sprach flüsternd auf das Foto ein, nannte sie eine Hure, sagte, dass er ihr die Fotze wund lecken würde, kurz bevor er kam, flehte sie ihn an, sie in den Hintern zu ficken. Sein Sperma tropfte auf die Matratze, aber es war nicht viel und wässrig. Er steckte das Foto wieder in das Buch und kletterte zurück ins Bett, er würde sich später waschen.

Der Nachmittag war verstrichen, der Himmel dunkel, als der Hunger ihn nach draußen trieb. Er aß Brot mit Wurst und matschige Pommes in einer Art Imbiss in der Nähe seines Wohnblocks. Wieder zurück in seinem Zimmer, zählte er sein Geld und fragte sich, ob der Wechselkurs, zu dem er bei seiner Ankunft getauscht hatte, nicht zu hoch gewesen war. Zweitausend Euro von seinem Ersparten, das war sein ganzes Budget für die Reise, wenn es weg war, war es weg. Vor dem Zubettgehen las er über Titos Zeit als Testfahrer bei Daimler.

Durch die Kälte und die nicht richtig funktionierende Heizung waren die hinteren Scheiben des Mercedes beschlagen. Grauer Himmel, sie waren später losgefahren als geplant, hin und wieder rutschten die Reifen auf der eisglatten Fahrbahn weg. Er saß beengt, hielt die Hände zwischen den Beinen, um Platz zu sparen, der kleine Rucksack mit seinem Laptop lag auf dem Boden zwischen seinen Füßen. Neben ihm saß ein italienischer Arzt, und daneben versuchte sein Zimmernachbar, der Amerikaner, der ihn zu dieser Fahrt überredet hatte, sein Fenster mit einem Ärmel frei zu wischen. Alle drei trugen sie dicke Winterjacken. Der Italiener sprach ein gepflegtes Englisch und fragte ihn, was er in Milići vorhabe. Als er antwortete, sah er, wie der Fahrer ihm im Rückspiegel einen Blick zuwarf.

Er hatte beschlossen, einen Bericht aus der Etappe zu schreiben. Über den Hedonismus und das schnelle Vergnügen von Journalisten und anderen Glücksrittern in Belgrad. Er war zufällig in einer Bar gelandet, wo der Amerikaner, der ein paar Jahre jünger war als er, einen weitschweifigen Vortrag hielt über den Unterschied zwischen Frauen, die noch schwankten, und Männern, die sofort vornüberfielen, wenn sie getroffen wurden. Der Amerikaner wirkte nüchtern, aber zwischen einzelnen Schlucken wieherte er mehrmals in sich hinein und wechselte dann fröhlich das

Thema, jedenfalls gab er ständig neue Runden aus. *Time* wollte ein paar seiner Fotos drucken, also durften die Kollegen an diesem Abend teurere Drinks bestellen. Der Amerikaner erinnerte ihn an den Holzfäller aus dem Märchen, den Vater, der seiner Familie plötzlich zu essen geben konnte, weil er etwas Holz verkauft hatte. Er stand die ganze Nacht mit dem jungen Amerikaner an der Theke, blieb sogar als Letzter übrig, was wahrscheinlich auch der Grund dafür war, dass er das Angebot bekam. Der nächste Auftrag des Amerikaners stammte von Ärzte ohne Grenzen, er sollte Fotos in einem Krankenhaus in Milići machen, nicht weit von der Front entfernt. Ein Platz war noch frei, my man Marius könnte problemlos mitfahren, vielleicht nicht umsonst, aber es würde sicher nicht viel kosten. Ihm war nicht ganz klar, was der Amerikaner mit dem letzten Halbsatz meinte, ob er ihn oder jemand anders für die Fahrt würde bezahlen müssen. Trotzdem hatte er Ja gesagt, auch wenn das bedeutete, dass sie schon ungefähr drei Stunden später aufbrechen mussten.

Nachdem der Fahrer mit einem Finger auf die Frontscheibe gedeutet hatte, beugte er sich ein Stück über den Italiener und entdeckte in der Ferne eine Rauchfahne. Der Fahrer sagte nichts, fuhr jedoch schneller.

In dem alten Auto gab es keine Sicherheitsgurte auf den Rücksitzen, er hielt sich an der Tür fest, spürte, wie sich seine Atmung beschleunigte. Die Straße war zu kurvig für dieses Tempo, er hörte den Italiener durch die Zähne zischen. Links die Bergwand, rechts die schlanken, hohen Bäume, die aus der Schlucht heraufragten. Er dachte an seinen neuen Laptop, den er eigens für die Reise gekauft hatte.

Tessa. Wo war sie gerade? Was machte sie? Tessa, nackt, bäuchlings auf dem Bett liegend. Sie schaute zu ihm auf, und alles an ihr wurde hell und tröstend. Er hörte ihre Worte, was sie sagte, wenn sie ihn noch einen Moment nicht loslassen, ihn noch ein wenig länger für sich behalten wollte. Sie würde ihn hier herausbringen, er brauchte nur an sie zu denken und alles würde gut werden. Der Zopf, zu dem sie ihr Haar band, wenn sie im Bett etwas aßen, die flache Kuhle über ihrem Hintern, in die seine Hand genau hineinpasste, wie sie ihn manchmal absichtlich neben den Mund küsste, um ihn zu necken.

Der Mercedes geriet ins Schleudern, und er griff unwillkürlich nach dem Bein des Italieners. Der Wagen drehte sich zwei Mal um die eigene Achse, wobei der Kofferraum den Berghang streifte, und kam schließlich quer über beiden Fahrbahnen zum Stehen.

Er glaubte, Scheinwerfer näher kommen zu sehen, und flüchtete aus dem Auto. Doch als er sich mit dem Rücken gegen die Bergwand presste, war auf der Straße keine Bewegung zu erkennen. Der Italiener steckte den Kopf zum Fenster heraus und fragte ihn, was er da mache, sie könnten nicht zu lange hier stehen bleiben. Der Motor lief noch, er stieg ein und sah, wie der Amerikaner mit geballten Fäusten den Fahrer anstarrte. Noch bevor er die Tür geschlossen hatte, fuhren sie wieder los, irgendwo hinten schepperte etwas im Takt des Motors. Er wusste nicht, wie lange die Fahrt noch dauern würde, und wagte nicht, danach zu fragen, ihm wurde bewusst, dass er niemandem in den Niederlanden gesagt hatte, wohin er fuhr. Sie passierten ein Dorf, danach wurde der Verkehr dichter. Es begann zu schneien.

Obwohl im Zimmer des Italieners noch Platz für ihn war, deutete dieser auf das Kabuff nebenan, wo unter einem Stapel alter Schwesternuniformen Eimer und leere Einmachgläser lagerten. Niemand hatte ihn erwartet, Ärzte sahen ihn erschöpft an, während sie ihm die Hand schüttelten.

Erst begleitete er den Amerikaner durch das Krankenhaus, aber nachdem dieser einen Arzt überredet hatte, ihm Fotos im Operationssaal zu erlauben, blieb er zwischen den Patienten zurück. Er hatte keine Kamera um den Hals, man sah ihm nicht an, was er war. Um wie ein Journalist zu erscheinen, zog er ein Notizbuch aus der Tasche und tat, als hielte er nach jemandem Ausschau, der ihm ein Interview geben würde. Hin und wieder versuchte er es mit Deutsch, und manchmal sprach ein verletzter Soldat Englisch, aber weiter als die Bitte um eine Zigarette oder How are you, are you from America? gediehen die Gespräche nicht. Eine ältere Krankenschwester scheuchte ihn aus dem Saal und führte ihn in ein enges Wartezimmer, in dem nur Frauen saßen. Vier Frauen, alle mit schweren, schwangeren Bäuchen auf dem Schoß. Er setzte sich auf den letzten freien Platz auf der metallenen Bank und gab vor, sich Notizen zu machen. Eine Tür wurde geöffnet, und eine Schwester schaute in den Raum. Eine der Schwangeren stand auf, die Schwester fragte ihn etwas, er vermutete, dass sie ihn für den Vater hielt, und antwortete auf Englisch, dass er Journalist sei. Zum Beweis hielt er sein Notizbuch in die Höhe. Die Schwester bedeutete ihm mit einem Wink, dass er mitkommen solle.

Nie zuvor war er bei einer Geburt dabei gewesen. Er war der einzige Mann im Raum. Die Frau, die hereingerufen worden war, wurde noch nicht gleich behandelt, sondern durfte sich auf eine kleine, mit Kunstleder bezogene Bank legen und dort warten, bis sie an der Reihe war. Es gab zwei solcher Bänke im Zimmer, auf der anderen lag eine junge Frau mit dem Gesicht zur Wand. Er schrieb ununterbrochen in sein Notizbuch, das schien ihm die einzige Möglichkeit, seine Anwesenheit zu rechtfertigen. Eine Ärztin rief der Gebärenden auf dem einzigen Bett etwas zu, aber die Frau jammerte und stöhnte nur und schüttelte immer wieder den Kopf. Ihre Vagina war haarig und grotesk, ihr Bauch unvorstellbar groß. Er beobachtete und schrieb. Obwohl die Ärztin fürs Erste keine Anstalten zu machen schien, ihn hinauszuwerfen – sie hatte ihn beim Hereinkommen mit einem Nicken begrüßt –, achtete er darauf, in sicherer Entfernung zu dem geschäftigen Kreis am Fußende des Bettes zu bleiben. Die Frau auf dem Bett spannte ihre Muskeln an und gab ein lautes Wimmern von sich, aber das, was sie aus ihrem Körper zu befreien suchte, ließ sich auch nach mehreren Versuchen nicht zwingen. Die Ärztin nahm eine Art Schere vom Tisch, und er wünschte, er hätte in diesem Moment weggesehen. Nach dem Schnitt erschien schon bald der Kopf und dann der Rest des Babys. Die Frauen arbeiteten so schnell, dass er nicht mehr folgen konnte. Wieder eine Schere, jetzt für die Nabelschnur. Seine Verwunderung über das neugeborene Kind, die verklebte, faltige Haut, die geschwollenen Lider, die unwirklichen Maße und Bewegungen, die jammernden, tierischen Laute, lähmte seinen Körper und Geist, und als er seine Aufmerksamkeit wieder dem Bett zuwandte, hatte die Ärztin die Frau schon wieder zugenäht und bedeutete der wartenden Schwangeren mit einem knappen Wink, dass sie aufstehen solle. Die Frau, die gerade das Kind zur Welt gebracht hatte, erhob sich ohne Hilfe vom Bett und taumelte, die Hände auf ihren Schritt gedrückt, zu der frei gewordenen Bank, während ihr in ein Handtuch gewickeltes Baby weinend auf einem Tisch lag. Er schrieb und trat, neugierig auf die nächste Geburt, einen Schritt näher heran. Bewunderung, auch das empfand er.

Der Italiener kam herein, nahm das Baby vom Tisch und reichte es der Mutter. Danach schaute er seinem Kollegen mit wiegendem Kopf über die Schulter, schnalzte mit der Zunge, summte vor sich hin. Der Italiener beobachtete die junge Frau auf der Bank und sah dann zu ihm auf.

You, let's go outside, please.

Draußen auf der Freitreppe, wo eine alte Frau gerade den Schnee wegfegte, bot ihm der Italiener eine Zigarette an. Er merkte, dass seine Hände zitterten, und versuchte, es zu überspielen. Er bekam Feuer und schob es auf die Kälte. Hier draußen klangen die Schüsse lauter, er bemühte sich, nicht jedes Mal zusammenzuzucken.

That girl, with her face to the wall. She was sixteen. They're probably finished with the abortion right now. Do you have children?

No.

I have three. Two boys and a girl. My wife is angry at me. Are you married?

No.

Why not?

Der Italiener deutete auf sein Notizbuch und fragte, ob er Kristina schon kennengelernt habe. Er antwortete, dass er bisher mit kaum jemandem gesprochen habe.

Okay, then I'll tell you. There are fifty beds in this hospital and they're all full. You saw it yourself, all the hallways are full as well. Mostly Serbian soldiers. I admire you and your friend, the American. You're documenting the suffering of the enemy.

He's not my friend, war sein erster Gedanke, doch während er noch nach einer anderen Antwort suchte, erregte etwas hinter der Glastür die Aufmerksamkeit des Italieners, der daraufhin die Zigarette an seiner Schuhsohle ausdrückte und hineinging. Ihm war kalt, er schob die Hände unter die Achseln. Die alte Frau, die den Schnee Stufe für Stufe nach unten fegte – warum nicht über die Betonböschung? –, schien ihm für die Arbeit im Freien zu dünn gekleidet. Er spuckte seinen Stummel in den Schnee, wollte nicht mehr hinein.

Er dachte an Tessa, als er auf ein kahl rasiertes Kind stieß, das ein Loch im Kopf hatte, aus dem ein Schlauch hervorkam, an Tessa, als er unter zu vielen Decken auf seiner Matratze lag und wegen des durchdringenden Wumm-Wumm-Wumm aus den Bergen nicht schlafen konnte.

Es wunderte ihn, dass er nicht schon früher darauf gekommen war. Wenn er wieder zu Hause war, würde er Tessa bitten, ihn zu heiraten. Eine Hochzeit erschien ihm mit immer größerer Gewissheit als der einzig natürliche Weg, sie von Paul zu trennen. Tessa würde seine Frau werden und Onno sein Sohn. Sie war erst dreiunddreißig, sie konnte noch weitere Kinder bekommen, er würde es Tessa gegenüber natürlich nie zugeben, aber er hoffte, dass es ein Mädchen würde. Er würde schreiben, sie würde schreiben, sie würden sich auf die Suche nach einem Haus machen, in dem sie genug

Platz zum Arbeiten hätten. Sie würde jede Nacht neben ihm liegen, und sie würden jede Nacht miteinander schlafen. Das Licht der billigen Taschenlampe, die er kurz vor der Abreise noch gekauft hatte, fiel auf ihr Foto, er flüsterte ihr zu, dass er sie liebe. Er brauchte nur noch nach Hause zu fahren und sie zu fragen, sie gehörte zu ihm, das musste Paul längst wissen. Seine Frau, laut ausgesprochen klang es so viel besser, ihm wurde ganz warm bei dem Gedanken, dass er sie irgendwann so würde nennen dürfen.

Immer, wenn sie miteinander geschlafen hatten, hatte sie in Wahrheit für ihn gesorgt. Auch dass ihm diese Erkenntnis so spät kam, erschien ihm unbegreiflich. Das Spreizen ihrer Schenkel, wie sie ihn damit tröstete, heilte, wie sie seine Angst und Wut mit zärtlichen Bewegungen beantwortete, ihn immer hingenommen hatte. Ihre Hände an seinem Schwanz, ihre Augen, das Geschenk ihrer Hände auf seinem Schwanz. Das alles hatte einen Sinn, er freute sich auf sie, freute sich auf seine Familie, auf sein völlig neues Leben.

Am darauffolgenden Morgen kam ein Polizist in das Krankenhaus, und es stellte sich heraus, dass er als Einziger keine offiziellen Papiere hatte. Er wurde ein paar Stunden auf dem Revier verhört, merkte, dass er sich bemühte, so ehrlich wie möglich zu antworten. Er verstand auch nicht, warum Clinton die Serben bombardieren wollte, warum der Westen wegschaute, wenn Muslime serbische Frauen und Kinder aufschlitzten. Am frühen Nachmittag glaubten sie nicht mehr, dass er ein Spion sei, aber sie wiesen ihn trotzdem an, unverzüglich die Stadt zu verlassen. Er hatte keine Ahnung, wie er zurück nach Belgrad kommen sollte. Der

Polizist entgegnete, dass er sich darüber keine Gedanken zu machen brauche. Sobald er seine Sachen aus dem Krankenhaus geholt habe, werde ein Auto für ihn bereitstehen. Er zögerte, auf dieses Angebot einzugehen, fragte sich, ob es ihn womöglich viel Geld kosten werde. Der Polizist hatte einen seiner Gedanken erraten und erklärte in gebrochenem Englisch, dass er nichts dafür zu zahlen brauche. Er stand auf und ließ sich zum Krankenhaus zurückfahren. Dort entdeckte er, dass sein Laptop gestohlen worden war. Er schüttelte die unschlüssige Hand des Italieners, den Amerikaner konnte er nirgends finden.

Wieder ein Mercedes, silbern diesmal, aber genauso schwerfällig und mit genauso unzuverlässiger Heizung. Der Fahrer war noch jung und wollte mit ihm über Filme reden, aber er hatte schon seit einer Ewigkeit keinen mehr gesehen, früher war er ständig ins Kino gegangen. Der Junge fragte ihn, ob er verheiratet sei, und er antwortete, dass er schon seit vier Jahren mit seiner Frau zusammen sei. Als er noch hinzufügte, dass er einen Sohn habe, drehte sich der Junge bewundernd zu ihm um.

I want a wife, too. And a son.

Don't worry, it'll happen.

Yes.

Dann erzählte er etwas von einem Bruder, der außerhalb von Sarajevo wohnte, und von dessen Frau, die sie nie mehr wiedergefunden hatten. Er wusste nicht, was er darauf erwidern sollte, und ihr Gespräch versiegte.

Nachdem sie in Belgrad an einem Bürgersteig gehalten hatten, beugte er sich nach vorn und schüttelte dem Jungen die Hand. Er bemerkte die zusammengeknüllte Decke auf dem

Beifahrersitz, den Lauf, der daraus hervorragte. Der Junge sah, dass er es gesehen hatte, und zuckte mit den Schultern. Er begriff, dass er unvorsichtig gewesen war, dass er Angst hätte haben müssen. Er stieg aus, und der Mercedes fuhr los und fädelte sich in den abendlichen Verkehr ein.

Er hatte noch Geld übrig, viel Geld sogar für die kurze Zeit, die er noch bleiben wollte. Er bat einen Taxifahrer, ihn zu einem guten Hotel zu bringen. Als sie ankamen, öffnete man ihm die Autotür. Tessa hätte es hier gut gefallen.

Wieder zurück in den Niederlanden, verarbeitete er seine Erlebnisse in einer Reihe von Artikeln, doch als er diese irgendwo unterzubringen versuchte, reagierten die meisten Redakteure gleich. Sie verstanden nicht, warum er so viel über sterbende Serben und schwangere Frauen geschrieben hatte. Er hörte auf, die Artikel anzubieten. Als er Abgabetermine für Texte verpasste, die die Redaktionen stattdessen von ihm haben wollten, redete er sich mit privaten Problemen heraus und setzte darauf, dass dies als Erklärung genügte und niemand nachfragen werde.

12

Es war ihr letztes Treffen vor seiner Abreise. Er hatte Champagner gekauft, und sie tranken ihn im Bett. Sie bat Marius, einen großen Schluck davon zu nehmen, die Lippen um einen ihrer Nippel zu legen und sie mit seiner kühlen Zunge zu lecken. Sie erschauerte, als er ihrer Bitte nachkam, biss sich auf die Unterlippe und zog sacht an seinen Haaren.

Jetzt du.

Jetzt ich?

Jetzt musst du einen Schluck nehmen.

Sie tat, als verstünde sie ihn nicht, trank einen Schluck und leckte anschließend eine seiner Brustwarzen.

Das meinte ich nicht.

Ich weiß, was du gemeint hast. Typisch Mann. Aber das ist nicht dasselbe.

Das stimmt. Aber ich hätte trotzdem gern, dass du es machst.

Ein Hinweis darauf, was sie vereinbart hatten, doch sie war nicht völlig wehrlos. Sie stand auf und ging zur Minibar. Zu ihrer Erleichterung entdeckte sie Eiswürfel in dem kleinen Fach und nahm einen davon in den Mund. Sie sah ihn lächeln, wenn auch nicht ganz aufrichtig. Als sie seine Eichel in den Mund nahm, machte er ein Geräusch, als hätte ihn jemand mit kaltem Wasser besprizt.

Nicht unangenehm.

Sie ließ den Eiswürfel in ihre Hand fallen und nannte ihn einen guten Lügner.

Edle Frau, warum sollte ich Euch täuschen?

Er trocknete sich mit dem Bettlaken ab. Sie warf den Eiskiesel auf den Boden.

Ich verrate an der Rezeption, dass du den Wasserfleck gemacht hast.

Dann verrate ich, dass du hier verheiratete Frauen verführst.

Das ist doch deren Haupteinnahmequelle.

Gib mir noch etwas zu trinken.

Sie hatte schon den ganzen Nachmittag über getrunken, sie kam schneller ins Schwitzen, hatte Mühe, ihre Gedanken im Zaum zu halten, und gestand sich daher weniger zu, sie wollte nicht wie jemand wirken, der Alkohol brauchte, um mutiger zu werden. Sie spielte kurz mit dem Gedanken, sich mit geschlossenen Augen bäuchlings hinzulegen und einfach abzuwarten, was Marius dann mit ihr tun würde, eine Wiederholung jenes einen Mals, als sie so getan hatte, als schliefe sie, und er über die Unantastbarkeit ihres Körpers bestimmte. Sie hatte damals diesen kurzen roten Rock getragen und sollte eine Frau spielen, die an einem Ort eingeschlafen war, wo ein Fremder zu viel Macht über sie haben würde. Seine Atmung, die in ein aggressives Keuchen überging, sobald er ihre nackten Beine anfasste, der Moment, in dem sie seine Lippen fühlte, in dem der Rock über ihren Hintern glitt, der String, den er ihr nicht auszog, sondern nur zur Seite schob, sein Gewicht auf ihr, seine strafenden Stöße, die ihre unbesonnene Verletzlichkeit offenbarten, lange bemühte sie sich, nicht zu stöhnen, bis er tiefer in sie drang und sie ihn hören lassen wollte, wie sie seine Vergeltung für ihre Gedankenlosigkeit erlitt.

Bei der Erinnerung daran wurde sie feucht, aber sie wollte jetzt nicht das Gleiche, es musste etwas anderes sein, etwas, was sie noch nicht voraussehen konnte, etwas, was er auslösen, herauslocken, in ihr öffnen musste.

Sie schreckte hoch. Ein Tropfen Kondenswasser war von ihrem Glas auf ihren Oberschenkel gefallen.

Darf ich?

Er beugte sich schon zu ihr vor, sie stellte das Glas auf das Bord neben dem Bett und lehnte sich im Sitzen ein wenig zurück, damit er besser herankam. Als sein Mund den Tropfen erreicht hatte, schlug sie abrupt die Schenkel zusammen. Er fluchte, riss sich los und fuhr hoch. Sie lachte schallend auf. Er machte ein Gesicht, als hätte sie ihm wirklich wehgetan, rieb sich die Wangen und brummte, sie solle nicht so albern sein. Er stelle sich doch bloß an, entgegnete sie und versetzte ihm einen Stoß. Da packte er sie beim Handgelenk, das sie ihm sofort wieder zu entwinden versuchte, aber er gab sie nicht frei, und sie merkte, wie sie sich durch ihre Gegenwehr selbst wehtat. Sie wollte ihren zweiten Arm einsetzen, um sich zu befreien, aber er kam ihr zuvor und hielt nun ihre beiden Handgelenke fest.

Tessa zog, verlagerte ihr Gewicht mit einem Ruck hinter die Arme, stieß ihn mit den Beinen von sich, und er musste ständig seine Position verändern, um nicht die Balance zu verlieren und ihre Hände bei sich zu behalten. Durch ihre Bewegungen rutschte sie immer weiter nach hinten, bis sie schließlich auf dem Rücken lag, und er beugte sich vor und leckte ihren Nabel, seine Zunge musste drohen, drohend würde sie an ihrem Bauch hinabgleiten. Er schaute auf, und sie wirkte wild und ausgelassen, sagte, er sei nicht stark genug, er werde sie nicht kriegen. Er musste ein Handgelenk loslassen, um ihre Schenkel auseinander zu zerren. Mit der freien Hand versuchte sie, seinen Kopf aus ihrem Schritt zu schieben, aber er war stärker, durchbrach mühelos ihre Schranke, senkte sich triumphierend langsam auf ihre Vulva hinab und leckte sie offen, sie nannte ihn einen Mistkerl, und er spürte, wie ihr Widerstand nachließ.

Er leckte, dass sein Mund und Kinn nass wurden, zitterte vor Geilheit, hoffte verwirrt, dass er ihre Reaktionen richtig gedeutet hatte, richtig auf ihre Fantasie eingegangen war. Er nahm ihre Klitoris zwischen die Lippen, ließ seine Zunge flattern, bis er spürte, wie neue Energie sie durchströmte und sie sich seinem Griff entwand. Die freien, triumphierend gereckten Arme, ihre bleichen Achseln und frei schwingenden Brüste, ihre ganze Haut so verletzlich und nah, ihr Geschmack tief in seinen Wangen, auf seiner Zunge, in ihm wurde es zu dunkel, um noch klar denken zu können. Er fiel über sie her, versuchte sie mit seinem Körper zu bedecken, war erleichtert, dass sie redete, während sie sich gegen ihn wehrte.

Du kriegst mich nicht, das darfst du nicht.
Nicht? Ich nehme dich einfach, du gehörst mir.
Das tue ich nicht.
Ich hab dich, Kleines, du gehst nirgendwohin.
Ihre Arme waren kein Problem, die schafften es nicht, ihn von ihr herunterzuschieben, er versuchte ein Knie zwischen ihre Knie zu zwängen, aber jedes Mal, wenn er dachte, er wäre beinahe so weit, presste sie die Beine abrupt wieder zusammen.

Ha, du schaffst es nicht.

Du gehörst mir.

Beweise es.

Er fuhr mit den Lippen über ihren Hals, kämpfte sein Gesicht weiter nach unten, das Fuchteln ihrer Arme klang wie heftiger Wind an seinen Ohren, und er hörte sie scharf einatmen, als er sich an einer ihrer Brustwarzen festsaugte. Sein Knie durchbrach das Schloss ihrer Beine, ihr Nein, nein, nein klang heiß neben seinem Ohr, er ließ ihren Nippel los, sah seinen glänzenden Speichel auf ihrer Brust. Er schaute ihr in die Augen, presste auch das zweite Bein in die Lücke, sie musste ihm ansehen, dass es jetzt kein Entkommen mehr gab, als er seine Finger nass machte und nach seiner Eichel griff, bewegte sie sich heftiger, er führte seinen Schwanz an ihre Vulva, er hatte alles an ihr bezwungen, bis auf ihre Hüften, die auf der Matratze hin und her rutschten und ihn so von ihr fernhielten. Sie zappelte, aber er wusste, dass es nicht mehr lange dauern würde. Wieder und wieder strich sein Schwanz über ihre Vulva, und sie stöhnte laut auf, als er in sie eindrang. Als er tief in ihr drin war, spürte er, wie sie endlich nachgab.

Ungläubigkeit quälte ihn, immer noch. Tessa, die unter ihm lag und ihn mit geschlossenen Augen anspornte, fester zuzustoßen.

Sie blieben etwas länger liegen als gewöhnlich, seine Hitze war bereits in das kühle Laken gesickert, sie lag auf seiner Brust und sagte, dass sie ihn noch nicht sofort aus sich herausspülen wolle.

Meine Güte, bist du warm.

Immer.

Ist alles in Ordnung?

Das kennst du doch. Mir ist nach dem Sex immer heiß.

Bin ich zu warm für dich, soll ich runtergehen?

Nein, bleib.

Er spannte den Arm an, den er um sie gelegt hatte, spürte, wie sie wieder mit ihrem ganzen Gewicht auf ihm ruhte. Sie streichelte seine Brust, fuhr mit einem Finger über die Haare um seine Brustwarzen.

Du hast mir richtig weh getan.

Im Ernst?

Schau her.

Sie zeigte ihm den roten Striemen um ihr Handgelenk.

Tut das weh?

Nein, war nur ein Scherz. Aber das geht heute nicht mehr weg.

Auch nicht, wenn du es unter kaltes Wasser hältst?

Ich will nicht, dass es weggeht. Ich will, dass es immer noch da ist, wenn du zurückkommst.

Das will ich auch.

Wirst du da unten an mich denken?

Jeden Tag.

Mach keinen Unsinn, hörst du?

Was für Unsinn?

Irgendwas Gefährliches.

Ich bin immer vorsichtig.

Männer unter sich, die müssen doch immer den starken Max markieren.

Du hast mich doch noch nie so richtig mit anderen Männern zusammen erlebt. Ich bin nicht so.

Was glaubst du, was für Frauen da hinfahren?

Keine, die ich will.

Gute Antwort. Ich werde auch jeden Tag an dich denken.

Ich bin nicht lange weg. Nicht einmal einen Monat. Womöglich sehe ich dich noch im Fernsehen und fange an zu heulen.

Mach dir keine Sorgen, die Kameraleute haben anderes zu tun, als mein Gesicht zu filmen. Ich werde dich vermissen.

Eine kurze Stille, in der er vieles erhoffte, die Erlaubnis, sie doch anrufen zu dürfen, vielleicht ihr Versprechen, ihm zu schreiben.

Ich wünschte, ich könnte dich mitnehmen. Das ist doch sicher Stoff für ein Buch.

Es ist noch im Gange. Für mich wird das erst etwas, wenn sich Staub darüber legt.

Darf ich zu dir gehören?

Für immer?

Für immer.

Ihr Atem ging in ein immer gleichmäßigeres Seufzen über, sie drohte wegzudämmern, er hielt die Uhr im Blick. Sein Samen noch in ihr, er wollte, dass sie damit auf die Straße ging, ihn immer noch in sich trug, wenn sie nach Hause kam. Was, wenn sie an diesem Tag die Pille vergessen hatte, der Gedanke hielt ihn wach, machte ihn unruhig und glücklich. Er konnte es nicht lassen, selbst jetzt noch, als sie so nah bei ihm war, fantasierte er sie sich zurecht. Nach jedem Treffen nahm er sie mit nach Hause, redete und lebte in Gedanken mit ihr bis zum nächsten Hotelzimmer. Dann erschrak er über den Unterschied, den er geschaffen hatte, war beinahe verwundert darüber, dass sie sich nicht mehr an ihre langen Gespräche erinnern konnte, nicht mehr wusste, was sie in der letzten Zeit gemeinsam getan hatten, er musste sich beherrschen, um sie nicht auf seine Träume zu verpflichten. Er wollte bei ihr sein, ihr folgen, sie jederzeit riechen und hören können. Gleichzeitig erkannte er, dass er sie beim Sex unerreichbar machte, sie in eine Fremde verwandelte, um eine Fremde zu vögeln.

Darf ich dich lieben? Tessa, liebste Tessa? Du bist so schön, ich will zu dir gehören. Meine Liebste.

Sie hatten noch Zeit, er brauchte sie nicht aufzuwecken, ließ sie auf seiner Brust schlafen. Der Arm, den er um sie gelegt hatte, bekam kein Blut mehr und pochte. Aber solange er es aushielt, würde er so liegen bleiben. Sie regte sich kurz, ihr Atem stockte, sie schmatzte und schluckte das Hindernis weg, dann kuschelte sie sich wieder ein. Ihr Zimmer lag in der Nähe des Aufzugs, und er hörte einen Mann und eine Frau auf den Flur hinaustreten und geräuschvoll den langen Weg zu ihrem Zimmer zurücklegen. Sie schlief noch immer. Er hatte die Augen offen, betrachtete die Tapete an der Wand, die dahinjagenden Zeiger der Uhr.

11

An seinen jugendlichen Körper konnte sie sich nicht mehr erinnern, hatte kein Bild mehr vor Augen von den Armen, dem Bauch, dem Hintern und dem Penis, die sie irgendwann begehrt haben musste. Wie sehr sie sich auch bemühte, sie sah nicht mehr als alberne Fotos vor sich, Parodien glatter Knabenleiber, schmal und drahtig, mit sprießendem Schamhaar und langen, baumelnden Vorhäuten. Außerdem konnte sie sich nur schwer entsinnen, was genau sie damals getan hatten. Sie hatte seinen Schwanz massiert, damit hatte es angefangen, sie wusste nicht mehr, ob er dabei auch einen Orgasmus gehabt hatte. Ihr erstes Mal war draußen gewesen, grelles Licht fiel ihr ein und feuchtes Gras, etwas mit seinen Händen und Fingern, die sich nicht gut anfühlten, sie dachte daran, was er gesagt hatte, als es nicht gleich klappte, und dass sie sich bei ihm entschuldigt hatte, Scham, immer noch, aber jetzt eine andere, sie hatte nicht gut für sich selbst eingestanden.

Andere hatten es geschafft, sie hatten ihm gezeigt, wie man mit einer Frau umging. Vielleicht war er einfach nur älter geworden, hatte mit der Zeit selbst erkannt, dass geteilte Lust das Verlangen steigert. Vielleicht war er auch bei ihr anders, aber dieser Gedanke ließ sie zweifeln und weckte in ihr das Bedürfnis, ihn mit früheren Geliebten zu sehen, seine Liebkosungen, seine Routinen, sie wollte die

Worte hören, mit denen er ihren Körper einforderte, das Ungestüm seiner Geilheit, seine zupackenden Hände. Sie wollte ihn in Bestform.

Als Schüler hatten sie miteinander geschlafen, auch mehr als ein Mal, doch all das Tasten, all der Hunger, der Stolz und die Angst kamen ihr nur mit Mühe wieder in Erinnerung, und selbst als es ihr wieder vor Augen stand, wirkte es eher wie ein obligatorischer Bericht an sie selbst, statt dass es tatsächlich so gewesen sein musste.

Die Treffen, die Hotelzimmer, die wahre Konsequenz, das Ziel ihrer Vergangenheit.

Sie hatte nichts von ihm verlangt, es war seine eigene Entscheidung gewesen. Er hatte seine Beziehung, oder was auch immer das war, wovon er ihr erzählt hatte, beendet, nun wollte er wissen, was sie vorhatte, und sie versuchte die Stille, die sie darauf folgen ließ, zu überspielen.

Hast du das Zimmer schon bezahlt?

Das mache ich immer im Voraus.

Nie beim Auschecken?

Nie. Wenn ich wegwill, will ich weg.

Aber das geht doch nicht, was, wenn danach im Zimmer etwas fehlt.

Sie haben meinen Namen und meine Adresse.

Beim nächsten Mal will ich bezahlen.

Das ist nicht nötig. Ich bekomme immer mehr Aufträge von der Zeitung. Und außerdem –

Ich will trotzdem auch mal bezahlen.

Tessa.

Du brauchst nicht alles zu übernehmen. Du organisierst

alles, und das finde ich ganz toll, aber dann brauchst du nicht auch noch jedes Mal zu bezahlen.

Das macht mir nichts aus.

Wir könnten auch etwas mieten, vielleicht wäre das billiger. Entspannter.

Tessa.

Was?

Wie denkst du darüber? Über das, was ich gerade gesagt habe.

Ich weiß es nicht. Ich weiß nicht, worauf du hinauswillst.

Ich bin frei, das ist das passende Wort dafür, und ich will wissen, wie deine Pläne aussehen.

Du bist ehrlich. Das ist gut.

Du kannst alles sagen, ich bin auf alles gefasst. Ich will dich nicht erpressen, das darfst du nicht denken. Und ich will auch nicht, dass du glaubst, ich würde die eine gegen die andere austauschen. Ich betrachte mich nicht als unzufriedenen Menschen. Ich bin nicht sprunghaft. Aber ich will es wissen.

Du hast recht. Aber ich will dich nicht enttäuschen.

Das kannst du nicht. Wirklich nicht. Ich weiß nicht, wie ich es dir anders oder besser erklären soll.

Muss ich Mitleid mit Siri haben?

Du kennst sie doch gar nicht.

Das ist für Mitgefühl auch nicht nötig.

Wir brauchen nicht darüber zu reden. Sie ist weg, sie ist niemand mehr.

Ich weiß nicht, ob es mir gefällt, wenn du das so sagst.

Tessa, ich will es wissen.

Marius schlug die Laken zurück, ging um das Bett herum

auf ihre Seite, kniete neben ihr nieder und streichelte ihre zugedeckten Beine.

Was ich getan habe, war richtig. Sonst weiß ich nicht, was das hier ist.

Sie schob ihre Finger in sein Haar, wuschelte, liebkoste.

Ich will das hier. Warum muss es unbedingt etwas sein?

Tessa.

Du wirst unzufrieden werden.

Nein, Tessa.

Mehr geht nicht. Verstehst du das?

Du bist die eine. Für dich kann ich das.

Wirklich? Wenn wir zusammen sind, gehöre ich dir, ganz allein dir.

Darf ich dich lieben?

Zu viel. Sag es nicht.

Dann liebe ich dich. Wirst du mich auch weiterhin rufen? So wie heute?

Marius. Mas.

Ich schaffe das.

Versprich mir, dass du niemals sagen wirst, dass du auf mich wartest.

Heute warte ich nicht auf dich, heute habe ich dich hier.

Versprich es.

Ich verspreche es.

Komm her.

Seine Arme, endlich, sein Mund auf ihrer Brust. Sie ließ sich auf den Rücken sinken und zog ihn mit beiden Händen zu sich heran, auf sich, wie eine schützende Decke über ihren Körper.

Tessa rückte von ihm ab, wodurch sein Schwanz aus ihr herausglitt, und drehte sich auf den Bauch. Sie reckte ihren Hintern in die Höhe, vergrub das Gesicht im Kissen, ihr Haar bedeckte Mund und Augen, ihre Hüften wurden in dieser Haltung rund und weit. Auf Knien rutschte er näher heran, richtete seine Eichel auf ihre Vulva. Aber er würde noch nicht in sie eindringen. Er spreizte ihren Hintern, beugte sich vor, und er spürte, wie sie zusammenzuckte, als seine Zunge auf ihren Anus traf. Seine ungezwungenen Berührungen schlossen fließend an ihr immer lauteres, verzweifeltes Stöhnen an, sie schien zu schluchzen, doch gleichzeitig spornte sie ihn an, er steckte seine Zunge in sie hinein, leckte sie in eine Willenlosigkeit, die ihm gefiel. Es dauerte einen Moment, bis er sie schmecken zu können glaubte, ihr Geschmack kam nach und nach, bitter und einzigartig, wie ein Vorbote, wie das Auslösen eines Pfands, das ihm schon zu lange vorenthalten worden war. Mit den Fingern berührte er ihre Klitoris, er wollte wissen, was sie am meisten anmachte. Ihr Anus entspannte sich, seine Zunge bekam mehr Platz. Ihre Beine zitterten, sie klang verzweifelt, er wollte sie überraschen und hörte auf, sie zu fingern und zu lecken, verrieb seine Lusttropfen und zwängte sich in ihre Möse. Seine Hände gruben sich in ihre weichen Hüften, er zog seinen Schwanz zurück, bis nur noch die Spitze seiner Eichel in ihr steckte, dann stieß er ihn wieder hinein, bis ihr Hintern gegen seine Eier prallte. Jeder Stoß unterschiedlich tief, sie durfte ihn nirgends erwarten. Er feuchtete einen Zeigefinger an, und als er ihren Anus damit ausfüllte, rief sie wimmernd seinen Namen, er fragte sich, ob das jemals zuvor jemand mit ihr gemacht hatte.

Er wurde ungeduldig, wollte schneller erreichen, was er bereits kannte. Ihre Brüste lagen flach auf der Matratze, quollen neben ihrem Oberkörper hervor, er packte ihre Arme, verschränkte ihre Handgelenke hinter ihrem Rücken und fickte sie schnell und hart. Dann ließ er sie los, zog sich aus ihr zurück, sein Mund suchte wieder den Weg zwischen ihre Pobacken, er wollte spüren, wie tief seine Zunge jetzt kam. Er leckte zwei Finger an und drückte sie in ihren Anus, seine andere Hand rieb fiebrig ihre Klitoris. Ihre Rufe waren leiser geworden, sie begrüßte jede neue Bewegung mit einem ergebenen Keuchen. Er richtete sich wieder auf.

Schon gut. Du darfst.

Was darf ich?

Ich will dich.

Was darf ich?

Tessa zog ihre Pobacken auseinander.

Du darfst. Ich will dich in mir.

Hast du es schon jemals so gehabt?

Schon gut. Ich will es.

Ihm stockte der Atem, und er schwankte kurz, doch dann riss er sich zusammen und schluckte ein paarmal, um seine trockene Kehle anzufeuchten. Er kroch dichter an sie heran, ließ seinen Schwanz mehrmals über ihre Vulva gleiten, spuckte auf seine Finger und verrieb so viel Speichel wie möglich. Er drückte ihren Hintern zusammen und fickte kurz den engen, nassen Spalt, der sich dadurch bildete, dann führte er seine Eichel an ihren Anus und umkreiste ihn, ihre Atmung wurde unruhiger, es war mehr als ein Seufzen, endlich hatte er sie so weit gebracht, dass sie verletzlich war, sie konnte nicht anders, als ihm ihre Anspannung und ihre Zweifel zu offenbaren. Er stieß zu und hörte sie scharf einatmen. Er hatte das noch nie ohne Gleitgel versucht, drückte noch einmal, um sie zu öffnen. Er wollte sich nehmen, was sie ihm gewährte, tat ihr weh.

Im Bad fand er eine kleine Tube Bodylotion, damit versuchten sie es wieder, aber es brannte immer noch zu sehr. Er merkte ihr die Enttäuschung an und wollte sie spüren lassen, dass sie ihm etwas schuldig war. Tessa küsste ihn, streichelte sein Haar, leckte seine Brustwarzen, bot an, ihm einen zu blasen, und er ließ sich in eine liegende Haltung drücken, Kopf und Schultern auf zwei Kissen, die sie übereinandergelegt hatte, damit er ihr dabei zusehen konnte. Sie kniete zwischen seinen Beinen auf der Matratze, ihr Blick, ihr gesamtes Auftreten veränderten sich, sie wurde seine Hure, obwohl er es nie wagen würde, sie so zu nennen, und sich fragte, ob sie ihre Verwandlung selbst so sah, doch sie stöhnte ein wenig lauter, während sie die Lippen immer wieder pumpend um seinen Schwanz schloss, ließ ihre Brüste etwas eindringlicher vor seinen Augen baumeln.

Was willst du? In meinem Mund?

Das ist so gut, zu gut.

Beim nächsten Mal klappt es. Spritzt du dann ganz tief in mich rein?

Ich hätte dich einfach nehmen sollen.

Zu spät. Jetzt gehörst du wieder mir.

Nein, nein.

Ich will deinen Samen spüren. Ihn schmecken. Komm nur. Komm.

Er leistete Widerstand, griff nach ihren Brüsten, richtete sich auf, um sie grob zu küssen. Aber es gelang ihr, ihn wieder auf den Rücken zu bugsieren, und sie blies ihn mit offenen Augen und schmatzenden Lippen.

Als er sich vorstellte, wie sein Sperma über ihre dunklen Nippel laufen würde, erkannte er, dass er damit zu weit gegangen war, und er warnte sie, dass er gleich komme. Schnell klemmte sie seinen Schwanz zwischen ihre Brüste, sein Sperma spritzte auf ihr Kinn und ihren Hals und troff von dort wieder nach unten. Er hatte jede Gewalt über seinen Körper verloren, als sie seine Eichel über ihre Nippel rieb, und bat sie, etwas behutsamer zu sein, aber nicht damit aufzuhören.

Tessa beugte sich wieder vornüber, sie hatte ihn noch nie weitergeblasen, nachdem er gekommen war. Ihr Mund kam näher, ihre Haare streichelten sein Schambein, bis ihr Gesicht plötzlich über seinem schrumpfenden, glänzenden Schwanz innehielt. Sie lächelte. Nicht mehr lange, und er würde sie anflehen.

10

Marius hatte sie angerufen, und das hatte sie erschreckt, obwohl sie Paul von ihm erzählt hatte. Ein alter Schulfreund, witzig, den nach all den Jahren plötzlich wiederzusehen, er hatte zu der kleinen Gruppe gehört, mit der sie damals hinterher noch etwas essen gegangen war.

Sie stand vor dem Spiegel. Die schwarze Linie, die von ihrem Nabel nach unten führte, war blasser geworden, aber noch nicht verschwunden, ihre Brustwarzen waren dunkel geblieben. Sie trat einen Schritt zurück, schob sich wieder näher heran, um besser zu sehen, hielt sich einen Arm vor den Bauch, strich immer wieder über ihre Hüften.

Bei ihrem Beruf traute man ihr das nicht zu, aber sie war gut im Organisieren. Für Onno und Paul fand sie Ziele, Beschäftigungen, sie richtete alles so ein, dass ihr Wunsch nach Zeit für sich vollkommen natürlich erschien, weil sie sich noch immer in jener Phase befand, in der alles so ungewohnt und verwirrend und für die Mutter am schwierigsten war. Sie durfte für eine Weile da raus, musste für eine Weile da raus. Jeder wollte sie in besserer Verfassung zurückhaben, erwartete ein Ergebnis. Solange sie die Ursache im Stillen bekämpfte, war es gleichgültig, was sie erzählte, ob sie in die Sauna ging, um sich zu entspannen, oder ein wenig recherchierte, um wieder das Gefühl zu haben, sie würde arbeiten, einmal mehr wurde ihr bewusst, dass niemand wirklich Fragen stellt.

Sie nahm den Zug, klemmte die Tasche mit Büchern zwischen ihre Beine, sie hatte ihr Kind gefüttert, ihrem Mann Anweisungen gegeben und ihn beim Abschied auf den Mund geküsst. Nach der Fahrt die Hektik des Bahnhofs ringsum, sie schaute nach rechts und links, im Grunde wusste sie selbst, dass diese Vorsicht übertrieben war, aber sie konnte nicht aufhören, nach bekannten Gesichtern Ausschau zu halten, die sie hier erkennen würden.

Zwei Tage nach dem Stiftungsfest, nach ihrem Spaziergang zu zweit, hatte er ihr geschrieben. Sie wusste gleich, was sie tat, als sie Paul gegenüber einen falschen Absender für den Brief nannte, den sie bekommen hatte. Über eine Woche ließ sie Marius' Nachricht unbeantwortet. Immer wieder faltete sie sie oben in ihrer Dachkammer auf, ein Mal ließ sie sie, um das Schicksal herauszufordern, auf ihrem leer geräumten Schreibtisch liegen. Schließlich schrieb sie nicht zurück, sondern rief ihn an. Er ging ran, überrascht, dann sofort fröhlich, er erwähnte seinen Brief nicht, sondern fragte sie, was sie an diesem Tag gemacht habe, ob sie noch etwas Gutes gelesen habe. Je länger sie mit ihm redete, desto deutlicher merkte sie, dass er ihren Abend heraufzubeschwören versuchte, dass er Themen anschnitt, über die sie draußen auf der Straße oder beim Essen geredet hatte. Sie war allein zu Hause, aber vor lauter Angst hätte sie schon mehrmals beinahe aufgelegt, sie hoffte, er würde etwas in ihrer Stimme hören, was ihren schwankenden Tonfall erklärte. Als er sagte, dass er an diesem Nachmittag noch arbeiten müsse, war sie erleichtert und wagte sich endlich auch nach ihm zu erkundigen. Er sagte, es habe ihn gefreut, mit ihr zu reden, und sie legten ohne weitere Versprechungen, ohne dass etwas gesagt worden wäre, was auf einen weiteren Kontakt schließen ließe, auf. Doch ein paar Tage später traf ein dicker Umschlag für sie ein, darin ein Gedichtband von Anne Sexton. Auf die Titelseite hatte er geschrieben, dass sie von jetzt an nicht mehr allein auf sein Wort zu vertrauen brauche, danach Tag und Jahreszahl und den elegant geschwungenen ersten Buchstaben seines Namens. Die Handschrift war deutlich, er hatte sich Mühe gegeben, sie entdeckte die zarte Rille eines ausradierten Bleistiftstrichs. Der Gedichtband bekam einen Platz in dem Stapel auf ihrer Bettseite, sie las nur im Schlafzimmer darin.

Johnny, dein Traum weckt Sommer
In meinem Geist.

An diesem Tag war sie viel zu euphorisch, viel zu geil für Reue.

Sie begegneten einander wie neu, ihrer beider Erinnerung machtlos gegen so viel Wiedersehen. Die unbeherrschten Berührungen, der trügerische Aufschub störender Kleidung, die erste nackte Haut, willkommen geheißen durch Zunge oder Mund, die Freude darüber, in gemeinsamem erlösendem Verlangen aufzugehen, das beinahe schmerzhafte Drängen nach einanander, nach Erfüllung, der Mythos von Mann und Frau.

Die Kreuzschmerzen von vorhin, die verdickte Haut an ihren Beinen und Oberschenkeln, sie griff nach seiner Hand, bog die Finger auf und sah die Flecken, die die roten Striemen auf dem Kissen verursacht hatten. Marius sagte, es mache ihm nichts aus. Sie bat ihn, kurz aufzuhören, und er zog sich aus ihr heraus. Es war nicht so schlimm, sie blutete nie sehr stark und beschloss, sich nicht zu schämen. Er betrachtete sie nervös, und sie versuchte, ihn zu beruhigen, indem sie seine Brust streichelte, seine Hüften, indem sie seinen Schwanz wieder näher heranholte, mit ihm über ihre Vulva strich, ihn in sich einführte.

Als sie aus dem Bad zurückkam, sah sie ihn auf der Bettkante sitzen und mit einem der kleinen Handtücher seine Schenkel abtupfen. Er blickte auf und lächelte sie seufzend an.

Du bist schön.

Man darf nicht zu lange darüber nachdenken, was die anderen Gäste mit ihren Handtüchern machen.

Nein, das sollte man nicht tun.

Ich muss in eine Drogerie.

Darf ich mitkommen?

Ach, das ist nicht nötig, im Bahnhof gibt es einen Etos. Willst du auch noch aufs Klo?

Gleich.

Marius winkte sie zu sich, und sie nahm ihm das kleine Handtuch ab, um sich darauf zu setzen. Sie erschauerte, und er zog die Decke über ihren Schoß. Er küsste sie in den Nacken, auf den Mund.

Hast du noch einen Moment?

Er holte tief Luft und rückte ein wenig von ihr ab, sie hoffte, dass seine Fantasie ihr nicht zuvorkam.

Hab ich.

Diese Siri.

Ja.

Normalerweise bin ich nicht so gut, was Namen angeht, aber der ist so ungewöhnlich. Kennst du sie gut?

Gut genug. Lange genug.

Du schläfst mit ihr.

Ja.

Was ich meine, ist, würde sie fremdgehen?

Warum willst du das alles wissen?

Das heute war alles nicht so richtig geplant. Wir haben uns überhaupt nicht geschützt.

Ich hatte Kondome dabei.

Oh, da war sich aber jemand seiner Sache sicher. Was ich eigentlich sagen will, ist, wenn du ihr vertraust, dann können wir die Dinger von mir aus weglassen. Wenn du auch versprichst, dass du keine Dummheiten machst.

Was für Dummheiten? So etwas würde ich nie tun.

Du tust es jetzt.

Du hast recht. Ich tue es jetzt.

Nach Onnos Geburt habe ich sofort wieder angefangen, die Pille zu nehmen. Paul wollte sich sterilisieren lassen, er findet, er sei zu alt. Aber das wollte ich nicht.

Du willst noch ein Kind.

Nein. Nein, eins reicht. Ich will das einfach nicht von ihm verlangen. Und die Pille ist ja nicht schlimm.

Ich fand es schön.

Was?

Ohne.

Ich auch. Ich will dich ganz und gar spüren. Versprichst du es? Du machst keine Dummheiten?

Versprochen.

Wirst du immer pünktlich sein, wenn wir uns verabreden?

Versprochen. Ich komme, sobald du mich rufst.

Sollen wir uns noch ein bisschen hinlegen?

Ja. Komm her, leg dich zu mir, Schatz.

Und das wurde das Einzige, woran sie noch denken konnte, wie er sie beiläufig genannt hatte, bevor sie beide ins Bett krochen und sich zudeckten. Sie probierte verschiedene Positionen aus, bis sie schließlich einen brauchbaren Platz für ihren Kopf auf seiner Brust fand. Er streichelte sie, von der Stirn zum Rücken, und sie konnte nicht anders, als die Augen zu schließen und zu hoffen, dass er noch ein bisschen damit weitermachen würde. Aus seinem Inneren klangen Geräusche, das Bong-Bong seines Herzens, und ab und zu wirbelte etwas aus seinem Bauch herauf, dumpf gegen den Boden eines Bootes schlagendes Wasser. Sie sog seinen Geruch tief ein.

Ich will trotzdem mit.

Zum Etos?

Ja.

Wieso?

Ich weiß nicht. Ich will mich noch nicht von dir trennen.

Mas.

Es gefällt mir, wenn du mich so nennst. Da warst du damals in der Schule als Einzige drauf gekommen.

Lustig, das wusste ich gar nicht mehr.

Tess.

Ja, ich verstehe, dass die Leute es so abkürzen. Aber mir gefällt Tessa besser.

Weiß ich. Ich kann mich noch an einiges mehr erinnern als du.

Dann sagte er noch andere Sachen, auf die sie erst nach langem Nachdenken antworten konnte, irgendwas stimmte nicht, die Worte setzten ihr zu, bis sie von ihrer eigenen Stimme hochschreckte, sie war kurz eingenickt, fragte Marius, ob sie etwas Komisches gesagt habe.

Halb so wild. Du hast zwischendurch nach Julio gerufen.

Nicht Julio.

Doch, Julio.

Sie ließ sich überreden, und er war noch bei ihr, als sie Tampons kaufte, aber sie hoffte, ihm bald beibringen zu können, dass sie das nicht wollte, dass sie ihn säuberlich getrennt halten wollte.

Als ihr Zug den Bahnhof verließ, wagte sie nicht zurückzuschauen, denn sie wusste, dass er noch da stehen würde.

9

Das Academiegebouw war voller Menschen, die ihre nassen Mäntel auszogen und sich nach einem Platz für ihren Regenschirm umschauten. Alle Vorträge waren zu Ende, an den Wänden standen die Tische mit den Gläsern, manche mit Saft und Wasser gefüllt, andere mit Wein, davor bildete sich die erste Schlange. Marius fand einen freien Haken, bevor er die Garderobe verließ, drehte er sich noch einmal um, um sich die richtige Ecke zu merken, es wäre nicht das erste Mal, dass er am Ende des Abends seinen Mantel nicht mehr fand. Prüfend betastete er die Ärmel und Schultern seines Jacketts, sein Hemd war noch trocken, das war das Wichtigste. Er stellte sich an, lauschte dem Gespräch des Paares vor ihm, der Mann sagte etwas über einen emeritierten Professor, den er zu spät erkannt habe, während die Frau sich unaufhörlich über die Beleuchtung im Raum beklagte. Die Reihen mit Rotwein hatten sich gelichtet, es wurde nicht schnell genug nachgeschenkt, und als er vor den Getränken stand, griff er nach zwei Gläsern von dem Weißen.

Das erste leerte er im Gehen, an dem anderen nippte er an einem Stehtisch, er bediente sich an den Nüssen, bevor jemand anders sie vor ihm anfasste. Ab und zu kam jemand an seinen Tisch, aber nur um ein Glas abzustellen oder rasch in die Schälchen zu greifen, er blieb allein. Bedienungen gingen mit leeren Tabletts herum, er sah sich um und versuchte abzuschätzen, wer, genau wie er, mit falschen Vorstellungen von diesem Tag gekommen war.

Jemand sprach ihn an, ein Mann, nicht viel älter als er selbst, und es stellte sich heraus, dass er früher ganz in seiner Nähe gewohnt hatte. Der Mann redete über den Penner in ihrer Straße, fragte sich, ob er wohl noch lebte. Um genauso viel Mitgefühl für seine Vergangenheit zu bekunden, begann er von dem tragischen Schicksal des Spirituosenhändlers am Platz zu erzählen, doch der Mann entschuldigte sich, er müsse wieder zurück, zu einer attraktiven, schwarz gekleideten Frau, wie sich herausstellte, mit unbekümmert ergrauendem Haar. Er trank sein Glas aus und kam mit einer Kellnerin ins Gespräch, die ihm gestand, dass sie müde war und Lust auf eine Zigarette hatte. Seine Uhr war nass geworden, das Zifferblatt war durch das beschlagene Glas nicht mehr zu erkennen. Er hielt sie sich ans Ohr, aber es war zu laut, um ein Ticken zu hören.

Als er sie entdeckte, war er sich erst nicht sicher, er merkte, wie er sich Zweifel einredete, sich davon zu überzeugen suchte, dass sie es nicht sei, er merkte, wie er sich am liebsten verstecken wollte. Sie stand allein und blickte auf. Sah ihn. Erkannte ihn, es gab keine andere Erklärung für ihr erstauntes Stirnrunzeln. Er lächelte, wusste nicht, ob er zur Sicherheit auch winken sollte, ob er stehen bleiben oder zu ihr hinübergehen sollte. Sie lächelte, wandte den Blick nicht ab, hob eine Hand. Stolz, das empfand er jetzt, weil er sie sofort wiedererkannt hatte.

Es schien lächerlich, nicht einfach kurz Hallo zu sagen, zu fragen, wie es ihr ging und was sie hier tat. Er wartete noch einen Moment, um ihr die Gelegenheit zu geben, selbst zu ihm herüberzukommen, bis er es nicht mehr aushielt und sich von seinem Stehtisch löste. Er ging tatsächlich auf sie zu.

Er machte Anstalten, ihr die Hand zu geben, aber sie trat einen Schritt näher und küsste ihn auf die Wangen, erst beim letzten Mal küsste er zurück.

Hi Marius.

Hallo Tessa.

Du hast natürlich hier studiert.

Ja, stimmt. Begleitest du jemanden?

Ich war auch ein Jahr hier an der Uni.

Wann?

Dreiundachtzig-vierundachtzig, etwas mehr als ein Jahr.

Da war ich auch noch hier, aber ich habe dich nie gesehen.

Kann doch sein. Was hast du studiert? Bestimmt Jura.

Ich habe es versucht, aber das war nichts für mich. Ich habe mich letztlich für Journalismus entschieden. Aber nicht hier. Ich wohne jetzt in Amsterdam.

In der großen Stadt.

Und wie läuft's bei dir?

Gut. Ich versuche zu schreiben, aber das traue ich mich in Gegenwart eines Journalisten aus Amsterdam ja kaum zu sagen.

Was schreibst du denn?

Weiß ich noch nicht genau. Ich arbeite an etwas über Jeanette Winterson, schon mal von ihr gehört? Solche Sachen. Weibliche Autoren. Simone de Beauvoir.

An die erinnere ich mich noch.

Ehrlich? Seit der Schulzeit? De Beauvoir? So lange rede ich schon davon?

Nein. Damals hast du nur ihre Bücher gelesen. Du hast mir mal was von ihr gegeben.

Ich darf nicht mit dir reden, du weißt zu viel über mich.

Keine Angst, ich verrate es niemandem.

Ich habe mich gerade mit einem Kerl unterhalten, der die ganze Zeit von seinen Töchtern geschwafelt hat, die alle hier studiert haben.

Ein stolzer Vater.

Mir gegenüber war er weniger väterlich. Willst du etwas trinken?

Ich nehme noch ein Glas weißen.

Ist der besser als der rote?

Ich hatte bis jetzt nur weißen. Und der ist auf jeden Fall ziemlich übel.

Wie auch immer, wir müssen uns was zu trinken nehmen, ehe wir hier zerquetscht werden.

Sie nahm zwei Gläser vom Tisch, drehte sich zu den Leuten um, die sie gegen die Tischkante zu drängen drohten, und beschwerte sich vernehmlich über schamlose Gier und rücksichtslose Drängelei, er musste sich das Lachen verkneifen. Sie zogen sich in eine Ecke zurück. Er war froh, dass er gelernt hatte, wie man ein Gespräch in Gang hielt, dass er erwachsen war und begriffen hatte, dass nicht jeder Satz etwas bedeuten musste, solange die wichtigsten Dinge vermittelt wurden. Ihm wurde immer heißer, und seine Kleidung fühlte sich feuchter an, als ihm lieb war, er fuhr sich mit einer Hand über die Stirn und hoffte, dass er nicht allzu sehr glänzte. Er bemühte sich, sie anzuschauen, wenn sie sprach. Die Ringe an ihren Ohren, die Frisur, die er zu ihrem Gesicht nicht kannte, die Art und Weise, wie sie nach einem Schluck kurz die Lippen einzog, ihre geschminkten Augen, ihr Hals, die ganze Haut, die unter ihren Kleidern verschwand. Die Jagd nach ihrem Lächeln.

Es war niemand bei ihr, sie war allein gekommen. Sie tranken schnell, er holte zwei neue Gläser, um ihren Durst zu rechtfertigen, erklärte sie, dass es der erste Tag sei, an dem sie wieder dürfe. Sie hatte vor Kurzem ein Kind bekommen. Er gratulierte ihr, fragte, ob es ein Junge oder ein Mädchen sei. Sie nannte den Namen, und sie unterhielten sich kurz über Palindrome. Sie gestand ihm, dass sie doch einmal etwas von ihm in der Zeitung gelesen hatte, er half ihr, sich zu erinnern, wovon der Artikel gehandelt hatte, und die ganze Zeit über dachte er, dass Tessa eigentlich seine Frau, ihr Sohn sein Kind sein sollte. Er erkundigte sich, ob sie schon etwas veröffentlicht hatte, damit er etwas von ihr lesen könne, und sie nannte den Namen einer literarischen Zeitschrift, die seine Erzählungen schon oft abgelehnt hatte. Sie müsse weiterschreiben, sagte er, ein Buch daraus machen. Er sah, wie sie erfreut und verlegen zugleich reagierte, und war erleichtert, dass er das Richtige gesagt hatte, um zu ihr durchzudringen.

Angst, die Angst, dass zu wenig Zeit blieb, um die ganze Zeit aufzuholen.

Die Kellnerinnen räumten die leeren Gläser in Kisten und Kartons und zogen die Decken von den Tischen. Tessa erzählte, wie sie einmal als Museumswärterin gearbeitet hatte und nach einem exklusiven Empfang alle übrig gebliebenen Häppchen mit nach Hause nehmen durfte. Sie hatte noch nie zuvor so viel Lachs und Aal gegessen. Er zeigte ihr die Kellnerin, die ihm vorhin verraten hatte, wie sehr sie sich nach einer Zigarette sehnte.

Das habe ich auch schon lange nicht mehr gemacht.
Was?
Geraucht.
Rauchst du?
Ich bin froh, dass du doch nicht mehr alles weißt.
Eine rhetorische Frage, um sie zum Weiterreden zu bewegen. Er erinnerte sich noch genau daran, wie er die Schubladen seines Bruders durchwühlt hatte, an die trockenen Zigarettenkippen, die er für sie fand.

Ich muss allmählich zurück nach Hause. Wenn es regnet, ist mein Schirm bestimmt nicht mehr da.
Diebesgesindel, alle miteinander.
Ich weiß nicht, wen ich heute zu lange allein gelassen habe, Paul oder Onno. Mas, ich habe zu viel getrunken.
Ich klau dir einfach einen anderen.
Das ist lieb von dir.
Musst du wirklich schon gehen?

Sie gingen die Gracht entlang, über die Brücke vor dem Park, zu einem Restaurant, das sie noch von früher her kannten und an gleicher Stelle wiederzufinden hofften, verrückt, dass sie einander damals nie über den Weg gelaufen waren. Nach ein paar zögerlichen Tropfen fing es doch wieder stärker an zu regnen, und sie beschlossen, unter den Kastanienbäumen Schutz zu suchen. Sie schauten beide auf das gegenüberliegende Ufer und merkten, wie sie einander gleichzeitig die Geschichte von dem Pulverschiff erzählten, das an dieser Stelle explodiert war.

Danach die Tropfen auf den Blättern, warum sie nicht den kürzeren Weg am Kamerlingh-Onnes-Gebäude vorbei gegangen waren, nasse Haare und was das mit einem Gesicht machte.

I

8

Latein war ausgefallen, die letzten beiden Stunden mit einem Mal frei, sie hatte keine Lust, mit den anderen in die Stadt zu gehen, freute sich auf das leere Haus, Zeit für sich, endlich den ganzen Küchentisch für ihre Hausaufgaben, die sie nie wirklich nervig fand. Gleich hinter der ersten Kurve stieg sie vom Rad, sie wollte laufen. Bei der Tankstelle kaufte sie Zigaretten und etwas zu trinken. Der Junge schob ihr das Wechselgeld rüber und machte eine Bemerkung über das schöne Wetter, dabei zwinkerte er ihr zu und stellte sich auf die Zehenspitzen, als sie erkannte, dass er ihr in den Ausschnitt gucken wollte, verließ sie sofort den Laden.

Neben der Bank auf dem Platz mit dem Fischhändler stellte sie ihr Fahrrad ab. Sie setzte sich hin, schlug die Beine übereinander und kramte in ihrer Tasche nach den Zigaretten. Ein paar kleine Jungen kamen vorbei, sie johlten und beschossen einander mit selbst gebastelten Holzgewehren. Sie schaute dem lärmenden Treiben nach, riss mit dem Fingernagel die Folie um das neue Päckchen ein, für einen Moment fürchtete sie, sie habe ihr Feuerzeug vergessen, aber sie hatte nur nicht gründlich genug gesucht.

Der Wind so spürbar in ihrem offenen Haar, ihr Kopf leer und immer leichter, alles an ihr flatterte, und sie schwor sich, dass sie ihr Leben lang rauchen würde.

Hinter dem Friseur und dem Blumenladen kam das langweilige Stück, sie stieg wieder aufs Rad. In der Schule war ihr die unerwartete freie Zeit länger vorgekommen als die mickrige Stunde, die ihr jetzt noch blieb, sie bereute ihr Trödeln, trat kräftig in die Pedale, wenn sie sich beeilte, hätte sie noch genug Zeit für eine ruhige Tasse Kaffee und ein paar Zeilen Platon. Um die Kurve, in der Ferne schon die hohe Hecke, das braune Dach mit der rostigen Antenne, fast zu Hause.

Sie schrak zusammen, als sie das Auto ihres Vaters sah, und bremste scharf. Das blaue Auto auf seinem gewohnten Platz unter dem Carport neben dem Haus. Sie schaute sich um, als würde er sie heimlich beobachten. Sie stieg ab, trug das Rad über den Kies, bis sie die stillen Platten im Vorgarten erreichte.

Das Auto ihres Vaters roch, als wäre es gerade noch gefahren, sie legte eine Hand auf die warme Motorhaube. Sie lehnte ihr Rad gegen den Kofferraum. Wenn er losfuhr, ohne nach hinten zu schauen, würde es jeder hören. Sie spähte durch die Fenster ins Wageninnere, sah jedoch nichts, was ihr weiterhalf, keine verräterischen Hinweise auf sein unsichtbares Leben.

Ihr Vater war auch früher schon gelegentlich nach Hause gekommen. Ihre Mutter erzählte ihr dann, dass er nachts kurz vorbeigeschaut habe, es sei die richtige Entscheidung gewesen, sie nicht zu wecken. In den darauffolgenden Nächten hatte sie jedes Mal unruhig wach gelegen und auf das Licht der Scheinwerfer gewartet, das auf ihre Vorhänge fallen musste.

Es dauerte noch eine Weile, bis ihre Mutter zurückkommen würde, ihr Vater war also alleine drinnen. Wegen der

Hecke war das Haus von der Straße aus nicht zu sehen, sie konnte herumschleichen, ohne dass die Nachbarn etwas bemerkten. Vornübergebeugt glitt sie an der Vorderseite vorbei, versuchte, außer Sichtweite der Fenster zu bleiben. Sie vermutete, dass er in der Küche saß, dort würde sie als Erstes nachschauen.

Der Wintergarten war mehr und mehr zu ihrem Wohnzimmer geworden. Mittlerweile stand das Sofa dort und auch der Couchtisch, sogar der Fernseher war umgezogen. Als sie ihn gebaut hatten, war sie wütend und traurig gewesen, weil die Terrasse, auf der sie immer gespielt hatte, plötzlich aufgerissen und abgetragen wurde. Das Schlafzimmer ihrer Mutter blickte über das gläserne Dach und den Garten.

Sie sah ihre Eltern im Wintergarten und richtete sich auf, als ihr klar wurde, dass sie nicht auf die Fenster achten würden. Ihre Mutter lag rücklings auf dem Sofa, zwischen ihren Beinen, genauso nackt und bleich wie sie, ihr Vater, der seinen Unterleib wieder und wieder auf sie drückte, sie mit seinen Stößen bezwang. Gedämpftes Stöhnen, stets aufs Neue der Vorname ihres Vaters.

Dass sie das zugelassen hatte. Dass jemand sie auf die gleiche Weise gefangen genommen hatte wie ihr Vater nun ihre Mutter. Ein Junge hatte die gleichen frenetischen Bewegungen auch auf ihr ausgeführt, sich in sie hineingebohrt.

Sie wich zurück, drehte sich um und lief vom Haus weg. Sie würde einen langen Spaziergang machen, sie hatte noch ein paar Gulden bei sich und ihre Zigaretten, bis zum Abend konnte sie bequem durchhalten. Bis ihr Vater weg war oder sie endlich einmal wach sehen wollte.

7

Der Gin, den er in dem Karton mit dem Taufsilber entdeckte, kam ihm nicht bekannt vor, das Etikett war wellig und vergilbt wie die Kinderversion einer Schatzkarte, vielleicht war es sogar noch eine Flasche von seiner Mutter. Er drehte den Deckel auf, der Alkoholgeruch ließ ihn kurz zurückweichen. Das erschien ihm passend, und er füllte sein Glas.

Als er ein Ohr an den Plattenspieler hielt, konnte er die Mechanik hören, den Riemen, der den Plattenteller antrieb, das Schleifen, die Reibung. Er drehte die Musik lauter, nur noch einen Moment, dann käme, worauf er sich seit den ersten Geigenklängen freute.

Er war noch nie in Amerika gewesen, aber dieses Land war das erste, das ihn nach dem Abitur erwartete. Immer wieder versetzte er die Nadel innerhalb des Stücks zurück, um den Moment hinauszuzögern. Lauf, Rat. Lauf, Barefoot Girl.

Das nahende Saxofonsolo, das er schon fast auf den Armen spüren konnte, barg genau die richtigen Geheimnisse, er beneidete Menschen, die spielen konnten. Nicht mehr lange, bis die Worte verstummen, Clarence einsetzen und endlich alles losbrechen würde.

Sie kam ihm in den Sinn, er erinnerte sich an ihren Tag in der Bibliothek, als er zum ersten Mal ganz nah bei ihr gesessen hatte und sie von ihrem Buch zu ihm aufgesehen hatte und er feine Mascaraklümpchen an ihren Wimpern entdeckte. Sie hatte eine kleine Verfärbung an einem Schneidezahn, ein deutlich sichtbares Muttermal unter dem Kinn, das er nicht berühren durfte, auch nicht mit seinen Lippen.

Das Timing war perfekt, der erste lange Ton erklang. Er stieg auf den Stuhl, steckte den Kopf durch das offene Dachfenster und schrie.

Normalerweise kamen sie nicht vor fünf nach Hause, ein Morgen und ein Nachmittag, reichlich Zeit. Tessa hatte ihm erzählt, dass es ihr bei ihrer Oma eigentlich ganz gut gefiel, er wusste von den Käse-Schweinsöhrchen und dem Wermut, von dem lockeren Umgang im Haus, wo sie einfach rauchen durfte, von den Fotoalben, die sie sich irgendwann mal mit Stift und Block vornehmen wollte, um alle Namen und Orte aufzuschreiben, von der roten Schreibmaschine für die ganzen Leserbriefe. Er lehnte sein Fahrrad in einer Seitenstraße an einen Baum. Danach hatte er das Gefühl, als würde er rennen, auch wenn es gar nicht so war. Trotzdem bemühte er sich, langsamer zu gehen, sich nicht zu oft umzuschauen.

Er ging die Auffahrt hoch zur Haustür. Klingelte. War ja nichts dabei, falls jemand aufmachte, wäre ja nichts dabei. Sie hatten noch immer einige Lehrer gemeinsam, er hatte sich etwas ausgedacht über eine verpasste Stunde, Notizen, die er brauchte, eine wichtige Klassenarbeit. Er war ihrer Mutter nie begegnet, für sie würde er nie etwas anderes sein als ein Fremder, der mit ihrer Tochter zur Schule ging. Alles blieb still, und er klingelte noch einmal. Diesmal länger. Er sah sich um, Sonntag, niemand draußen auf der Straße, er ging um das Haus herum in den Garten.

Einmal wäre er fast drinnen gewesen, aber Tessa hatte es sich doch noch anders überlegt. Sie wollte, dass er draußen wartete, küsste ihn lange, um ihn zu beschwichtigen. Er fand den Schlüssel zur Hintertür unter einer großen Scherbe neben einem Blumentopf, das Versteck hatte er sich an dem Tag gemerkt. Zur Sicherheit klopfte er noch ein paarmal an die Scheiben des Wintergartens, doch niemand kam. Er schloss die Hintertür auf und ging hinein.

Drinnen roch es nach Essen, nach etwas, was schon lange dort stand. Er hob den Deckel von einem Topf auf dem Herd, es war noch warm, sein Gesicht wurde feucht vom Gulaschdampf. Neben einem Kalender an der Wand hing ein Foto von Tessa mit ihren Eltern, sie war viel jünger, trug noch Kinderkleider, ihr Haar war zu einem Zopf gebunden.

Er kam in den Flur, wo er an der Garderobe ihren Mantel sah, den blauen mit dem roten Gürtel, den sie schon ohne ihn gekauft hatte. Er ging die übrigen Jacken durch, suchte nach weiteren Kleidungsstücken von ihr, doch er fand nichts mehr. Er zog den Mantel an, die Ärmel waren zu kurz, aber es gelang ihm, die Knöpfe zu schließen. Er roch am Kragen und verschob sein eingeklemmtes Glied in ein Hosenbein, wo es etwas mehr Platz hatte.

Die Stühle standen mit dem Rücken zum Fernseher. Das Ticken kam von einer Uhr über dem Kamin. Genau wie bei ihm zu Hause gab es eine Wand voller Bücher. Er schaute in einen Schrank, sah Geschirr, Tischdecken und Servietten. Er öffnete Schubladen, entdeckte einen Fotoapparat, aber keine Fotos.

Die Alben lagen im Kleiderschrank des großen Schlafzimmers. Er setzte sich auf das Bett ihrer Eltern und blätterte sie nacheinander durch. Die Fotos waren säuberlich eingeklebt, ab und zu stand etwas darunter, wahrscheinlich die Schrift ihrer Mutter, vor allem unter Tessas Babyfotos, und er versuchte sich ihr junges Gesicht einzuprägen, das Gesicht ihrer gemeinsamen Kinder.

Er sah sie aufwachsen, näher herankommen. Wenn er eine Seite umblätterte, wollte er sie gleich auf den ersten Blick erkennen, und er war stolz auf sich, weil es ihm jedes Mal gelang. Er fand zwei Mappen mit aktuellen Fotos, sie war ganz Tessa geworden, er streichelte ihr Gesicht, fuhr mit der Fingerspitze über ihre Lippen, ihren Körper. Bilder von einem See, von Bergen, ihre Ferien in Italien und der Schweiz, er wurde ungeduldig. Er hatte beinahe alle Fotos durch, als er sie endlich so sah, wie er gehofft hatte, er merkte, dass seine Hände zitterten. Tessa saß im Bikini auf einem orangefarbenen Badetuch, die Arme um ihre Knie geschlungen, doch die Sonne oder etwas anderes hatte einen grellen Fleck verursacht, der sie teilweise verdeckte, er konnte nur die Hälfte ihres Körpers erkennen, ein nacktes Bein, ein Stück von ihrem weißen Bauch, den Umriss einer Brust, die sich hell neben dem bedruckten Stoff abzeichnete. Sie trug eine Sonnenbrille, schaute zur Kamera auf, es schien, als wäre sie bei etwas gestört worden, was ihn eifersüchtig machte und noch mehr erregte. Er legte die Alben in der richtigen Reihenfolge zurück in die Schublade, merkte sich, welche Bilder vor und nach dem Bikinifoto kamen. Dann zog er das Betttuch straff und strich die Decke glatt.

Das Haus gegenüber war niedriger, es hatte ein Stockwerk weniger, der Dachfirst reichte gerade noch über die Hecke, aber er konnte nicht erkennen, ob der Speicher bewohnt war, hinter dem kleinen, zu ihrem Zimmer gewandten Dachfenster war es zu düster. Er stellte sich vor, was er tun würde, wie er sich im Dunkeln verstecken, sie beobachten und sich einen runterholen würde, bis er nicht mehr konnte. Er zog die Vorhänge zu.

Ihr Geruch war überall. Er durchsuchte ihre Schubladen und Schränke, öffnete Schachteln und Taschen. Über einem Stuhl hingen die Kleider gestapelt, die sie in der vergangenen Woche getragen hatte, er suchte nach ihr im Schritt ihrer Hose, schnüffelte am Ausschnitt und den Achseln ihres Pullovers, an dem BH, den er kannte, dann legte er alles auf das Bett, stellte sie aus ihren Kleidern wieder zusammen. Die Briefe, die er ihr geschrieben hatte, bewahrte sie oben auf einem Regal in einem staubigen Zeitschriftensammler aus Karton zwischen den Postkarten anderer Leute auf, er las Alles Liebe von einer Tante und von Freundinnen, die er nicht kannte. Zu weit weg von ihrem Bett und unverkennbar für längere Zeit dort verstaut, ganz falsch, aber er drängte seine Tränen zurück, wischte sich hastig über die Augen.

Er legte ihr Kissen neben dem Bett auf den Boden, für seine Knie, dann faltete er sein Taschentuch auf. Ihre Kleider, ihr Foto, alles lag da, als hätte er es vorab so geplant. Er knöpfte seine Hose auf, seine Erektion wirkte fremd und geil in ihrem Zimmer. Er fuhr mit der Eichel über die Stifte auf ihrem Schreibtisch, über die Griffe an ihrem Kleiderschrank. Sie hatte einen Plattenspieler in ihrem Zimmer, nicht so viele LPs, ein paar Kindergeschichten, Pinocchio, er kramte weiter, bis er auf Leonard Cohen stieß, Joni Mitchell, all die Platten, von denen sie so begeistert war und die er eines Tages mit ihr zusammen hören würde. Er ließ sich auf das Kissen sinken.

Sein Mund war trocken, er musste ein paarmal schlucken, um genug Speichel zusammenzubekommen. Danach leckte er an den Fingern seiner linken Hand.

Um sein Sperma für sie und ihr Zimmer aufzusparen, hatte er, wenn er sich in den letzten beiden Tagen einen runtergeholt hatte, immer rechtzeitig aufgehört, bevor er kam. Als er mit der Hand zum ersten Mal fester über seinen Schwanz rieb, merkte er, dass es nicht lange dauern würde. Er betrachtete das verbotene Foto, den BH auf dem Bett, der noch kurz zuvor ihre Brüste bedeckt hatte, er flüsterte, dass er sie ficken werde, dass sie die Beine breit machen solle, er nannte ihren Namen. Er war kurz davor, spürte das seltsame elektrische Kribbeln, das seinen Körper zitternd erstarren ließ, das ihn gefühllos machte und seinen Schwanz mit etwas Glühendem, Bösartigem lud, er konnte sich gerade noch nach vorn beugen, bis sein Gesicht dicht über ihrem Foto hing, noch ein Mal rief er ihren Namen, dann kam er in mehreren, beinahe schmerzhaften Schüben.

Er lag mit dem Gesicht in ihren Kleidern, ängstlich, erlöst. Das meiste war auf seinem Taschentuch gelandet, das er zusammenknüllte und mit dem er vereinzelte Spritzer von ihrem Kissen und dem Teppich tupfte. Dann zog er die Hose hoch, legte das Kissen mit der saubereren Seite nach oben zurück aufs Bett. Er wusste nicht mehr, in welcher Reihenfolge die Kleider über dem Stuhl gehangen hatten, er musste sie auf gut Glück zurücklegen, hoffte, dass sie den Unterschied nicht bemerken würde.

Mit ihrem Foto in der Hand ging er von Zimmer zu Zimmer. Das Haus war groß für drei Bewohner, er entdeckte mehrere Räume mit Kisten und alten Kleidungsstücken, die

Kleiderbügel aus Geschäften, die er nicht kannte. In einigen Kisten stieß er auf ein ganzes Sammelsurium an Spielzeug, und die abgegriffenen Spielkartons und ausgebleichten Puppenmöbel stimmten ihn fröhlich, er nahm eine Plastikblockflöte heraus, steckte sie in den Mund und blies hinein.

Zurück in der Küche, inspizierte er den Kühlschrank. Er trank einen großen Schluck aus einer geöffneten Milchflasche, sah drei kalte Frikadellen und wusste, dass es zu sehr auffallen würde, wenn er eine davon nähme. Er schnitt sich ein Stück Leberwurst ab und spülte kauend das Messer.

Er schaltete den Fernseher ein, er war etwas kleiner als der bei ihnen zu Hause, aber das langsam aufscheinende Testbild war in Farbe. Es war noch zu früh für ein Programm, nur ein deutscher Sender strahlte schon etwas aus, einen Zeichentrickfilm, er ließ ihn laufen, setzte sich aufs Sofa und schaute auf den grießeligen Bildschirm und hinaus in den tiefen grünen Garten.

Als er ihr Foto im Elternschlafzimmer wieder an den richtigen Platz in der Mappe zurückschieben wollte, wurde ihm bewusst, dass er sich völlig grundlos beeilte, er hatte noch viel Zeit, und die Wirkung ihres Stirnrunzelns und ihrer nackten Haut war noch immer nicht ganz verflogen. Er lehnte das Bild schräg gegen eine Nachttischlampe und holte sich noch einen runter. Diesmal wagte er beim Orgasmus etwas lauter zu stöhnen, und seine andere Hand war rechtzeitig zur Stelle, um sein wässriges Sperma aufzufangen.

Eine lange Stange bog sich unter den Kleidern von Tessas Mutter, sie nahmen die gesamte Breite des Einbauschranks ein. Mit einer Hand strich er über die Ärmel. Sie roch anders, älter, Frauengeruch, Muttergeruch, die Bewegung schien ihr Parfüm aufzuwehen. Ihre Unterwäsche bewahrte sie in einem niedrigen Schubladenschränkchen unten rechts im Schrank auf. Ganz hinten in einer der Schubladen lag ein in eine Nylonstrumpfhose gewickelter Umschlag. Er öffnete ihn, es waren Nacktfotos in Schwarz-Weiß. Ihre Mutter sah darauf jung und fröhlich aus, versuchte lasziv oder frivol zu schauen, auf ein paar Bildern saß sie in einem Korbsessel, übereinandergeschlagene Beine, volle Brüste, auf anderen posierte sie in einem Schlafzimmer, das nicht wie der Raum aussah, in dem er sich jetzt befand. Er breitete die Fotos auf dem Bett aus und öffnete seine Hose, aber es war noch zu früh, er schaffte es nicht zum Orgasmus. Da räumte er die Fotos wieder weg.

An der Tür zu Tessas Zimmer blieb er noch kurz stehen. Er flüsterte, dass er sie liebe, und floh danach aus dem Haus. Draußen auf der Straße rannte er los, und es war ihm egal, ob ihn jemand sah.

6

Das Nähkästchen seiner Mutter stand bei ihren anderen Sachen im Keller, er wusste, wo, hatte schon gelegentlich Nadel und Faden benutzt, um einen Knopf wieder an eine Jacke zu nähen. Oben hörte er die Schritte seines Vaters, die übliche Strecke vom Wohnzimmer in sein Arbeitszimmer. Für einen Moment glaubte er, seine Pfeife durch den Fußboden hindurch riechen zu können.

Es war warm und gemütlich, der Heizkessel klopfte und blies. Er fand das Nähkästchen, zog es auf und machte sich auf die Suche nach der dünnsten Nadel. Das Herumkramen in den unsortierten Fächern dauerte ihm zu lange, und so griff er einfach irgendeine Nadel heraus und nahm das eingepackte Kondom aus der Tasche, das letzte aus dem alten Vorrat seines Bruders. Er drückte die Nadel durch die Hülle, bis die Spitze auf der anderen Seite wieder zum Vorschein kam. Danach legte er die Nadel zurück und schloss das Kästchen.

Jemand hatte ihm Genever angeboten, und er hatte ihn getrunken. Er wollte sich nicht übergeben, so wie neulich zu Hause, als er zu spät erkannt hatte, dass ein leerer Magen das einzige Mittel war, um seinen kreisenden Kopf zu erlösen. Auf dem Klo hielt er den Mund lange unter den Wasserhahn, aber danach, im aufgeheizten Saal, bestellte er doch wieder ein Bier.

Sie tanzte in einer Gruppe, aber vis-à-vis von Robbert. Er setzte sich auf die Stufen der Aula und beobachtete sie. Nachdem er sein Glas ausgetrunken hatte, klatschte er ihr Beifall, obwohl er sich bei der wummernden Musik selbst kaum hören konnte, und rief ihr etwas zu, als ginge er bei ihren Bewegungen mit und wollte sie anspornen.

Schwer zu sagen, wer den anderen herausfordernder antanzte, er musste sich entscheiden, wem er die Schuld geben würde. Er stand auf, ging zielstrebig nach unten. Es gelang ihm nicht, jedem auszuweichen, er schien tanzende Körper förmlich anzuziehen, erntete verärgerte Blicke, nach einer Kollision verlor er das Gleichgewicht, er konnte nicht mehr feststellen, wer ihm den Stoß verpasst hatte.

Robbert rieb seinen Schritt ständig an ihrem Bauch. Sie schob ihn nicht weg, legte die Arme um seinen Nacken, sie passte sich seinen Bewegungen an, endlich tanzten sie zusammen. Er wollte an ihrem Pullover ziehen, doch als er nach ihm schnappte, merkte er, wie er mit dem Stoff zusammen auch Haut packte. Erschrocken und wütend drehte sie sich um. Plötzlich stand Robbert vor ihm, sie waren eigentlich gleich groß, vielleicht war das ja ihr Typ. Robbert rief etwas, was er nicht richtig verstand. Er fragte sich, ob er Robbert ernsthaft wehtun könnte. Tessa ging dazwischen, er konnte sie riechen, wollte den Kopf auf ihre Schulter legen. Da fühlte er plötzlich, wie er nach hinten gerissen wurde. Er drehte sich um und sah ein paar Jungen aus einem niedrigeren Jahrgang, die seine Arme festzuhalten versuchten, sie schrien die ganze Zeit, dass er sich wieder einkriegen solle. Während er gegen sie ankämpfte, überlegte er krampfhaft, wie sie hießen, vor allem aber dachte er an Tessa, die gerade eben noch vor ihm gestanden hatte, er hatte nicht gut genug auf sie geachtet, sie wirkte besorgt, aber gleichzeitig hatte sie ihn wütend angestarrt. Jetzt war er zu weit weg, sie hatten ihn aus der Aula gezerrt, er sah einen Lehrer auf sich zukommen. Die Jungen wirkten etwas verloren, vielleicht als Folge seiner Gegenwehr, er beruhigte sich, tat, als bedankte er sich für die Mühe, und floh die Treppe hinauf.

Im dunklen Flur hängte er sich an alle Klinken, bis endlich eine der Türen aufging. Er wankte in einen Raum, den er als das Klassenzimmer von Van Morst erkannte, den er mit dreizehn gehabt hatte. Er schloss die Tür, setzte sich in eine der hinteren Reihen, rief ihren Namen in die Hände vor seinen Mund, weinte ein bisschen. Er war müde, wollte nirgends mehr hin. Sollten sie ihn doch wecken, wenn er im Weg lag.

5

Vielleicht würde sie es verstehen, wenn sie darüber schrieb.

Sie hatte ihn nach seiner Mutter gefragt, woran er sich noch erinnerte, und er hatte mit den Schultern gezuckt. Nach langem Fragen, Küssen, Nachbohren und Streicheln hatte er ihr etwas von einem Urlaub in Italien erzählt, von seinem Vater, der sich Sorgen machte, weil sie schwimmen gegangen war und er sie nicht mehr sehen konnte. Danach versuchte Marius sie abzulenken, indem er den Kopf in ihren Schoß legte. Sie hielt ihm die Nase zu, zwang ihn, seine Geschichte zu Ende zu erzählen. Er sagte, dass seine Mutter gar nicht lange weggeblieben sei, sein Vater habe einfach nicht richtig geguckt, seine Mutter sei lachend aus dem Wasser gekommen, sie habe ihre Badekappe getragen, Italiener waren verrückt nach blonden Haaren.

Danach wollte er eine Belohnung für sein Geständnis, und sie ließ ihn an ihrem Hosenknopf herumfingern.

Diesmal hatte Marius den Ort aussuchen dürfen, und er hatte sie tief in den Wald hineingeführt, als sie das kleine Häuschen auf Pfählen sah, dachte sie gleich an verbotenes Terrain. Er beruhigte sie, versicherte, dass er im Sommer noch nie erlebt hätte, dass jemand schon so früh hergekommen sei.

Nächstes Mal gehen wir wieder ins Schwimmbad.

Hier ist es kühler.

Da gibt es Eis.

Hier gibt es auch Eis.

Das hast du gesagt, als wir vor einer halben Stunde an dieser Scheune vorbeigekommen sind.

Wo sieht man so was heutzutage noch?

Hier.

Ach komm schon, warte, bis du die Aussicht siehst.

Hier ist doch nur Wald, Mas.

Aber es war schön, die Bäume wurden markanter, als wären sie selbst zu ihrer Größe herangewachsen, sie fragte ihn, wie alles hieß, die Aussicht lag vor ihr wie eine breite Buchseite. Sie wollte wissen, ob Jäger hierherkamen, und er nickte.

Seine Lippen trafen auf ihre Oberschenkel, er schnüffelte geräuschvoll, dann drückte er den Mund auf ihre Unterhose.

Deine Haare piken.

Sag das nicht.

Tut mir leid. Es stört auch gar nicht. Dadurch fühlt es sich ganz besonders nah an.

Sie strich mit den Fingern über den Stoff, es erinnerte sie an ihr altes Daunenkissen.

Tessa.

Ja?

Ich will dich da.

Was willst du da?

Ich will dich lecken. Dich schmecken.

Er musste sie erst noch einmal davon überzeugen, dass niemand kommen würde.

Aber nicht zu lang.

Sie zog sich selbst das Höschen aus. Er sank wieder

auf ihre Oberschenkel hinab, leckte sich näher heran, sie lehnte sich zurück.

Für einen kurzen Moment öffnete sie die Augen und sah seine Zunge unruhig hin und her schimmern, während sein Kopf beinahe reglos zwischen ihren Schenkeln hing. Ab und zu fühlte es sich gut an, wenn er eine Stelle erwischte, die sie von ihren eigenen Fingern kannte, aber sie traute sich nicht, ihn zu bitten, etwas zu wiederholen oder stattdessen etwas mehr zu variieren. Der hölzerne Boden unter ihrem Hintern war hart. Sie hörte auf zu stöhnen, und er sah auf.

Ich muss mich mal gerade hinsetzen.

Willst du dich lieber hinlegen? Du kannst die Tasche als Kissen nehmen, es sind nur ein paar Klamotten drin.

Ist schon okay so.

Tut mir leid.

Warum sagst du das?

Ich mache es nicht richtig.

Scht.

Tut mir leid.

Es ist hier einfach nur ziemlich hart, das musst du zugeben.

Und wenn du es selbst machst. Bei dir. So wie am Anfang.

Die Erinnerung daran ließ ihren Kopf rauschen und wirbeln.

Ich fand das schön. Ich finde dich schön.

Fandst du das nicht irgendwie schräg?

Ich finde dich umwerfend.

Aber du guckst nicht zu genau hin?

Versprochen.

Ehrlich?

Ja, versprochen.

Auf Knien rutschte er ein Stück nach hinten und schloss die Augen. Sie berührte ihre Vulva, und unwillkürlich stöhnte sie auf, er hatte sie empfindsam und feucht gemacht, sie fragte sich, ob sie ihn nicht zu schnell von sich weggeschoben hatte. Sie steckte einen Finger in sich hinein, dann fand sie die richtige Stelle auf ihrer Klitoris. Sie begann sich zu streicheln und wartete auf den Moment, in dem sie alles vergaß und sich alles gut anfühlte. Ihre Bewegungen verursachten schmatzende Geräusche, und sie hörte Marius schwer atmen.

Sie dirigierte ihre Träume, war erleichtert, weil sie sich das zurückerobert hatte, und sah den Körper des Jungen vor sich, mit dem sie am Strand geredet hatte. Bei den Duschen, sie war ihm gefolgt, war in seiner Nähe geschwommen, bis er genug vom Meer hatte. Ein Italiener, kein Wort Englisch, er hatte diese Kuhlen am Bauch, und als er unter dem Süßwasserstrahl seine Badehose ein bisschen nach vorn zog, kam ein Streifen seines dichten Schamhaars zum Vorschein. Von dem kalten Wasser bekam sie eine Gänsehaut, er musste ihre Brustwarzen sehen, sie richtete sich auf, machte ein Hohlkreuz und tat, als rubbelte sie hartnäckiges Salz von ihrem Hals und ihrer Brust. Er lächelte ihr zu, drehte das Wasser ab und warf sein Haar in den Nacken. In den darauffolgenden Tagen sah sie ihn Fußball spielen, in der Sonne liegen und dem Mädchen hinterherschauen, das ihr im Dorf einen Schinken-Käse-Toast verkauft hatte. Sie schob ihr Badetuch immer näher an ihn heran. Sie sah ihn laufen, und alles an ihm bewegte sich, und sie fragte sich, wie es sich wohl anfühlen mochte.

Du darfst auch, wenn du willst.

Er öffnete die Augen, sie konnte seinen sorgenvoll, fast schon traurig wirkenden Blick nicht deuten und versuchte, lüstern zurückzuschauen. Er schob seine Hose runter, und sie sah, wie er sofort nach seinem Schwanz griff. Nach ein paar Zügen feuchtete er seine Finger an, danach bewegte sich seine Hand schneller, und sein Stöhnen wurde lauter.

Marius kam nicht zu ihr herüber, und selbst wenn sie sich getraut hätte, war es jetzt zu spät, um ihn noch zu rufen.

Später, als die Eindrücke und Geräusche zurück in ihren Körper strömten, als sie ihre Finger nach den letzten Zuckungen endlich still liegen ließ, räusperte sie sich, kam allmählich wieder zu Atem. Marius kniete regungslos vor ihr.

Das war so schön.

Stimmt nicht.

Doch. Das Schönste, was ich je gesehen habe.

Quatsch.

Seine Eichel war von einer Art Schaum umgeben, sie fragte sich, woher das kam.

Bist du schon so weit?

Nein, noch nicht. Darf ich noch?

Wenn ich darf, darfst du auch.

Jetzt war es anders, sie wollte, dass er sich beeilte. Er stöhnte, seine Hand schien ihm Schmerzen zu bereiten, bis er plötzlich gleich-gleich keuchte. Sie nickte ihm zu, doch im selben Moment begriff sie, dass sie ihm dadurch zu viel erlaubte.

Nicht auf mich.

Sie legte eine Hand auf ihre Vulva, die daraufhin wild zu pochen begann. Marius veränderte seine Haltung ein wenig, gerade noch rechtzeitig, das Sperma landete auf ihren Füßen und in Streifen auf dem Holzboden.

Danach wollte er knutschen und gemeinsam nach draußen schauen.

Wie sollte sie ihm erklären, dass sie lieber wieder gehen wollte, heute ohne ihn noch etwas anderes vorhatte.

Versuch um Versuch riss sie aus dem Heft, das sie wegen seines schwarzen Umschlags und der unlinierten Seiten gekauft hatte. Sie würde sich nie wieder über Leute lustig machen, die regelmäßig Tagebuch schrieben. Sie las *Die Glasglocke* und den siebten Band von de Beauvoir. Sobald sie selbst etwas schrieb, hatte sie gleich das Gefühl, sich dafür entschuldigen zu müssen.

Sie erlebte Dinge, die bei anderen bedeutsam genug erschienen, sie musste nur noch die passende Form für ihre Erfahrungen finden. Sie versuchte es mit Briefen, an sich selbst, an Marius. Sie las noch einmal *Das Tagebuch der Anne Frank*, wünschte, sie könnte jemanden wie Kitty erfinden.

Der Rücken des Hefts löste sich. Auf das letzte Blatt zeichnete sie eine Frauengestalt mit wirbelnden Linien, die aus ihrem weit geöffneten Mund drangen, um sie schreien zu lassen, eine Hexennase, nackt, mit übertrieben großem Busen und Hintern.

4

Sein Bruder war nicht mehr nach Hause gekommen, sondern gleich nach Marokko gefahren. Er erfuhr eigentlich nie besonders viel über die Reisen seines Bruders, hatte nie Bilder gesehen, bekam keine Postkarten. Sein Vater hatte während des ganzen Jahres nicht von Urlaub gesprochen, offenbar blieben sie zu Hause, ihm war das recht.

Unter dem großen Baum im Garten pinselte er schwarze Farbe auf die Bretter und Latten seines Bettes, bis die Astlöcher und Sticker nicht mehr zu sehen waren.

Sein Zimmer konnte nicht mehr so bleiben. Nachdem er einen langen Samstag ausgemistet und sortiert hatte, sah es jetzt leerer und präsentabler aus. Sein schwarzes Bett wirkte wie etwas, das auch seinem Bruder gehören könnte. Plattenspieler und Radio standen auf dem Boden. Statt des Rollos hatte er eine Häkeldecke vor das Fenster gehängt.

Er saß an seinem Schreibtisch, fand, dass dieser ohne die Schubladen besser aussah, und zündete sich eine Zigarette an, um den Farbgeruch des Bettes zu überdecken. Vor ihm lag das Buch, das er ihr geben wollte, wenn sie kam, das einzige von Virginia Woolf, von dem Jerry gewusst hatte, dass er es im Laden hatte, der Umschlag sah noch gut aus, hoffentlich hatte sie es noch nicht gelesen.

Sie hatte seinen Schwanz kurz in den Mund genommen. Er wusste jetzt und für alle Zeit, wie sie unter ihren Kleidern aussah, er hatte vorsichtig in ihren Nippel gebissen. Sie hatte unter ihm gelegen, hatte in sein Ohr gekeucht und seinen Rücken gestreichelt, als er sich schneller bewegte. Zu viel schien sich verändert zu haben. Was er ihr plötzlich alles zu sagen wagte. Er fragte sich, was Männer dachten, die es schon länger taten, ob sie sich immer noch gezeichnet fühlten.

Er kaufte etwas zu trinken, versuchte sich daran zu erinnern, ob er sie auf dem Sommerfest hatte Chips essen sehen. Schließlich entschied er sich für Cashewnüsse, die er einmal bei einer Tante bekommen hatte. Zu Hause legte er die Flaschen in den Kühlschrank, danach spülte er die guten Gläser. Kurz bevor sie kam, würde er alles mit nach oben nehmen, die Küche brauchte sie nicht zu sehen. Sie konnte zur Vordertür reinkommen und dann gleich weiter die Treppe hoch, zu viele Schritte für einen normalen Tag, vielleicht würde das seinen Vater aus seinem Zimmer locken, aber wahrscheinlich nicht. Schon gar nicht, wenn er etwas eher mit dem Abendessen anfing und sein Vater den Teller und die dampfende Schüssel früher als sonst vor seiner Tür stehen hatte.

Danach nur noch Warten. Er ging in den Garten, nach ganz hinten, aber da war er trotz der offenen Türen zu weit weg, um die Klingel zu hören. Er schwitzte, roch an sich, überlegte, ob er die Cola aus seinem Zimmer holen und wieder in den Kühlschrank stellen sollte.

Er schob die Truhe in die Mitte des Zimmers, breitete das rote Tuch darüber, strich ein paarmal über die Falten. Die gläsernen Kerzenhalter von unten waren ein bisschen zu groß, er hielt sein Feuerzeug unter die Kerze, und als sich genügend Tropfen gebildet hatten, drückte er sie fest hinein.

Er hatte Kissen auf den Boden gelegt, auf die sie sich setzen könnten, im letzten Moment brachte er noch ein paar Platten in den Keller. Das Haus war nicht schwer zu finden, aber die Straße sah aus wie eine Sackgasse in den Wald hinein, eher wie ein Privatweg, er hatte gehört, dass manche sich nicht trauen, die Abzweigung zu nehmen. Zur Sicherheit hatte er ihr alles aufgeschrieben.

Der Sommer war seine liebste Jahreszeit, die langen Tage. Jetzt fiel das Sonnenlicht nicht mehr in sein Zimmer, er stand auf dem Stuhl im offenen Fenster und schaute zu dem roten Schleier hinüber, der über den Bäumen hing.

Den Wein sollte es nach der Cola geben, falls sie Lust darauf hatte. Er klemmte die Flasche zwischen seine Füße und zog mit beiden Händen am Korkenzieher.

Er hatte noch nie zuvor eine Flamme mit den Fingerspitzen ausgedrückt. Etwas Kerzenwachs war auf seine Hand getropft, es roch nach Kirche, fand er. Er zündete die Kerzen wieder an, drückte sie noch einmal auf die gleiche Weise aus.

3

Marius war schon mit der morastigen Kuhle zufrieden, sagte, dass sie auf der Decke nichts davon merken würden, aber sie wollte noch ein bisschen weiter suchen und behielt recht mit ihrer Ansicht, als sie eine freie Fläche im Schilf entdeckte, weit weg vom Radweg.

Er musste jetzt näher kommen, durfte nicht länger zögern. Sie ließ sich auf die Decke sinken und hoffte, er werde ihr folgen. Sein Schatten fiel auf sie, sie sah zu, wie er im Stehen die Hose öffnete. Sein Schwanz kam zum Vorschein, und sie war stolz, dass sie ihn bereits kannte, schon gelernt hatte, wie er auf Liebkosungen reagierte, sie würde auch diesmal wieder gut aufpassen, auf seinen Körper horchen und nicht mehr so sehr erschrecken. Der Wind strich über sie hinweg, und sie bat ihn, sich neben sie zu legen.

Sein saugender Mund, seine schnappenden Lippen, sie hoffte, ihn dazu zu bringen, etwas anderes zu tun, indem sie ihre Position veränderte, aber er bedrängte sie immer weiter, und sie flüsterte, dass er sie nicht kaputt machen solle. Er kroch höher und sah sie an, und sie nutzte die Gelegenheit, um ihn zu küssen.

Alles an ihm war warm, abgesehen von seinen Händen, die fühlten sich an, als hätte er sie in kaltes Wasser getaucht, als würden sie die Haut, dort, wo sie sie berührten, Funken stiebend aufwecken. Sie hatten beide die Augen offen, und sie fragte sich, wieso, er schien dasselbe zu denken, sie lächelten einander an und ließen sich kurz los. Er streichelte ihr Haar, sein Handrücken strich zitternd über ihre Wangen.

Der sanfte Wind verriet eine feuchte Spur an ihrer Leiste, sie bekam Angst und hörte auf, ihn zu küssen, enttäuscht, weil er ihr nicht zuvorgekommen war, weil er nicht für sie gesorgt hatte, indem er als Erster das Kondom erwähnte. Er entschuldigte sich, gab sie hastig und unerwartet dem Wind und dem blauen Sommer preis. Sie sah, wie er in seinen Hosentaschen herumkramte. Er wirkte erschrocken, dabei war das gar nicht ihre Absicht gewesen, um es wiedergutzumachen, strich sie mit den Fingern über seinen Schwanz, neugierig, wie er auf ihre Berührungen reagieren würde, sie packte ihn dicht unter der Eichel und hörte ihn stöhnen, mit zögerlicher Hand versuchte sie zu erraten, was sie sonst noch für ihn tun konnte.

Er fand das Kondom, sagte, dass er zu Hause mit einem anderen geübt habe. Er kniete so konzentriert vor ihr, dass er sie darüber für einen Moment zu vergessen schien. Die Hülle glänzte wie die Aluminiumverpackung von Medikamenten, Halstabletten, er zupfte an den Rändern, sie begriff, dass er nicht die Nägel benutzen wollte. Unversehens riss die Verpackung auf, und das Kondom landete auf der Decke. Er nahm den Gummiring zwischen zwei Finger, pustete dagegen, als wäre er etwas zu essen. Als er das Kondom auf seine Eichel setzte und ihr klar wurde, dass es nicht mehr lange dauern würde, überlegte sie, ob sie vorher noch etwas tun sollte. Sie schob einen Finger in sich hinein und bedauerte, dass sie nicht selbst auch tags zuvor geübt hatte, mit etwas anderem, was sie geweitet, sie vorbereitet hätte. Sie verstrich ihr Sekret auf ihrer Vulva, schloss die Augen und begann sich zu streicheln. Der nackte Junge vor ihr, sein Schwanz, den sie kurz zuvor noch in der Hand gehalten hatte, ihr geheimer Platz, sie lockte ihren Körper hervor, ihr wurde alles egal, und sie stöhnte und keuchte immer lauter.

Sein leerer, auf sie gerichteter Blick, Verwirrung überkam sie, sie sah, was er sah, erkannte, dass ihr Atem schneller jagte als ihre Finger, begann sich für ihre unbedachten Laute zu schämen. Aber es fiel ihr schwer, ihre Atmung unter Kontrolle zu bringen, sie keuchte immer noch, obwohl sie sich nicht mehr anfasste. Er beugte sich vor, sie spürte die Fürsorge in seiner Umarmung und hielt sich eine Hand vor die Augen, ihr Keuchen wollte sich einfach nicht beruhigen, er durfte sie nicht so sehen. Er flüsterte ihr zu, dass es okay sei, dass er es schön finde, sie so zu erleben. Sie suchte seinen Mund, um sich hinter einem Kuss zu verstecken, sobald seine Lippen sie berührten, musste sie wieder wie immer sein.

Endlich still an seiner Brust, sie wusste nicht, ob sie laut Tut mir leid gesagt hatte.

Die Seite ihres Körpers, die nichts von seiner Wärme abbekam, spürte den Wind, und sie begann zu zittern. Sie zog ihn auf sich, leckte seinen Hals, legte seine Hände auf ihre Brüste, schob ihn mit den Beinen zwischen ihre Schenkel.

Es tat weh, aber das machte ihr nichts aus, sie hatte gewusst, dass es so sein würde.

2

Marius hielt ihr den ledernen Vorhang auf, sie lächelte ihn an, und er spürte Angst und Stolz zugleich und hoffte, dass sie ihm nichts anmerkte. In der Mitte der Theke waren noch zwei Hocker frei, und er fragte sie, ob ihr der Platz gefalle. Sie setzten sich hin, er ließ ihr den Vortritt, wollte ihr danach imponieren, indem er seine Jacke an den Haken unter der Theke hängte. Das hatte sie noch nie gesehen, und sie hängte ihre Jacke neben die seine.

Sie bestellte eine Cola, aber als er ein kleines Bier verlangte, änderte sie ihre Meinung und schloss sich ihm an. Sie sagte, sie habe Hunger, und der Mann hinter der Theke gab ihr die Wahl zwischen einem Schinken-Käse-Toast oder einem Schälchen Käsewürfel. Sie entschied sich für den Käse, sagte, den könnten sie dann teilen. Er zückte sein Portemonnaie, doch der Mann hinter der Theke winkte ab, das hatte noch Zeit.

Du brauchst nicht alles zu bezahlen, ich habe auch Geld dabei.

Bier und Cola, das ist ein Shandy, oder?

Ich habe doch nur Bier bestellt? Mach mir jetzt keine Angst.

Ja, hast du, und nein, ich wollte dir keine Angst machen, ich meinte etwas anderes.

Bier und Cola.

Schon gut.

Ein Shandy ist Bier mit 7Up. Mein Vater findet Wein halb so wild, ich darf zum Essen ein Glas trinken, seit ich vierzehn bin.

Meiner ist genauso drauf. Alles verboten, außer Wein.

Will deiner auch immer nach Frankreich?

Nein, der trinkt vor allem zu Hause.

Sie bekamen ihr Bier und prosteten einander zu, er trank einen großen Schluck, hoffte, dass die Wirkung schnell einsetzen würde. Tessa nahm etwas aus ihrer Tasche, sie öffnete das Päckchen, hielt es ihm hin, und er nestelte eine Zigarette heraus, das gefiel ihm, er wollte immer weniger fremd für sie sein. Genau wie sie blies er den Rauch Richtung Decke, bemühte sich, dies, genau wie sie, geräuschlos zu tun.

Meinst du, die merken, dass wir weg sind?

Wahrscheinlich schon. Aber wir werden nicht die Ersten sein, die in Amsterdam verloren gehen. Das kann ich mir nicht vorstellen. Hugo und Roald hatten dasselbe vor.

Die zwei können meinetwegen ganz wegbleiben.

Wer weiß, vielleicht kommen sie gleich hier reinspaziert.

Hier ist es viel zu normal, eine schöne Kneipe, die hast du gut ausgesucht. Hugo und Roald laufen auf direktem Weg ins Rotlichtviertel.

Sooft er sich traute, wanderte sein Blick zu ihrem Mund, ihrem Hals, ihren sich deutlich abzeichnenden Brüsten.

Warst du oft hier zu Besuch?

Hier?

Du hast mir von einem Onkel und einer Tante erzählt, die hier gelebt haben.

Großonkel und Großtante. Sie hatten keine Kinder. Nicht so oft. Sie sind immer mit mir ins Schiller gegangen, weil sie da in der Nähe wohnten. Da können wir vielleicht nachher auch noch hingehen.

Er wollte das Schiller mit ihr sehen, war fest entschlossen, sie weiter träumen zu lassen. Es klang wie ein Restaurant, er schätzte, dass er genug Geld bei sich hatte, um sie zum Essen einzuladen.

Sollen wir uns dahin setzen?

Sie deutete auf einen Tisch am Fenster, wo zwei Männer gerade ihre Jacken anzogen. Er nickte.

Geh nur schon vor, ich nehme unsere Jacken.

Das ist lieb von dir. Dann nehme ich die Gläser.

Mit den Jacken folgte er ihr an den Tisch, genoss ihre Hand um sein Glas, ihre Eile, allen anderen zuvorzukommen und einen Tisch für sie beide zu erobern. Sie setzten sich einander gegenüber, von seinem Platz aus konnte er die Straße sehen, ein Lkw hielt den ganzen Verkehr auf. Tessa stapelte leere Gläser ineinander und fegte Bierdeckelreste an den Rand des Tischs.

Du könntest dir also vorstellen, hier zu wohnen.

Ich will nicht in Amsterdam studieren.

Utrecht, stimmt's?

Oh, entschuldige, ich weiß gar nicht, wo du studieren willst.

Ich habe mich in Leiden eingeschrieben, aber ich bin mir noch nicht sicher.

Leiden ist doch eine tolle Stadt.

Ich weiß noch nicht, ob ich überhaupt studieren will.

Darüber denke ich auch oft nach, es fühlt sich an, als müsste plötzlich alles so sein.

Ich will schreiben.

Ach ja? Was denn?

Ich habe schon ein paar Gedichte und Kurzgeschichten fertig, und bald schreibe ich wieder weiter an meinem Roman.

Worum geht es da?

Wo?

In deinem Roman?

Das verrate ich noch nicht. Ich arbeite schon lange daran. Es ist meiner erster, ich weiß noch nicht, was es wird.

Was weißt du nicht? Ist er autobiografisch?

Das sage ich nicht.

Darf ich ihn lesen? Wenn er fertig ist. Woher weißt du, ob er gut ist?

Ich versuche, so viel wie möglich zu schreiben. Und zu lesen.

Das heißt, ich sitze hier eigentlich mit einem berühmten Schriftsteller am Tisch, von dem bloß noch niemand etwas gehört hat. Aber wenigstens hängt er schon mal probeweise in Amsterdamer Kneipen rum.

Er war immer überrascht, wenn ihn jemand verletzte, und er verstummte, studierte die Namen der Getränke auf der Tafel, leerte Zug um Zug sein Glas. Sie schien seine Schweigsamkeit gar nicht zu bemerken und redete über ein teures Buch von Ingeborg Bachmann, das sie in dem Laden, in dem er für sie etwas von Henry Miller gesucht hatte, dann doch wieder zurückgelegt hatte. Der Barkeeper kam mit ihrem Käse an den Tisch, fragte, ob sie noch etwas trinken wollten, und forderte sie auf, doch bitte nicht mehr einfach so wegzulaufen. Tessa bestellte noch zwei Bier. Er sagte, er lese Dostojewski, weil Miller den irgendwo erwähnt hatte.

Wie können wir richtig über Bücher reden, wenn du immer andere Sachen liest als ich?

Dann musst du eben auch Miller lesen.

Fang du erst mal mit Bachmann an.

Ist eigentlich auch egal, es wird sich ja doch alles ändern. Du und ich, wir lesen noch, aber glaubst du, irgendjemand anders hier hätte in letzter Zeit ein Buch aufgeschlagen? Jetzt müssen die aus unserer Klasse noch alle lesen, aber warte nur, bis sie demnächst fertig sind. Dann wird ihre wichtigste Frage sein, ob abends in der Glotze das erste oder das zweite Programm läuft.

So ein Quatsch. Wir sind nicht die Einzigen.

Und was, wenn doch? Angenommen, von heute an würde niemand außer uns mehr lesen. Was würdest du dann tun?

Ich weiß es nicht. Das ist nicht möglich. Die Leute müssen lesen können, sonst bricht das Chaos aus.

Sie lesen ja auch, bloß keine Bücher mehr, nur noch Milchpackungen und Sachen für ihre Arbeit und das Finanzamt.

Schwierige Frage.

Ich weiß schon einiges.

Ich glaube, dann würde ich in den Laden zurückgehen, in dem wir vorhin waren, und würde fragen, ob ich alle Bücher mitnehmen darf, die ich will. Er kann ja doch nichts mehr damit anfangen.

Ich dachte genau dasselbe.

Aber wenn niemand mehr liest, wer soll dann deine Bücher lesen?

Du.

Und was, wenn sie mir nicht gefallen?

Dann schreibe ich einfach weiter, bis du eines magst.

Was, wenn ich vor dir sterbe? Dann brauchst du nicht mehr zu schreiben.

Dann schreibe ich über dich und bin der Einzige, der es liest.

Du bist echt schräg.

Ich bin dein Schriftsteller.

Das ist zu abwegig, um darüber nachzudenken. Aber was du da als Letztes gesagt hast, finde ich schön. Das ist eine Ehre. Ich würde deine Bücher gern lesen.

Tessa steckte sich zwei Zigaretten zwischen die Lippen, hielt sie in die Flamme ihres Feuerzeugs und winkte ihn näher heran, er schob seinen Stuhl ein Stück weiter vor, beugte sich über den Tisch, und sie ließ eine Zigarette von ihrem Mund zu seinem wandern. Er versuchte sich zu bedanken, ohne die Hände zu benutzen, damit er nicht wie ein nervöses Kind wirkte, dem ihr Geschenk zwischen den Lippen herausrutschte. Der Barkeeper kam mit ihren neuen Gläsern, nannte sie meine Dame und mein Herr. Sie stießen miteinander an, das Bier kühlte ihn, sie lächelte, und er wollte seine Hand an ihrer Wange spüren.

Mit einer Frau trinken. Er nahm sich vor, nie mehr allein irgendwo zu sitzen.

1

Nulli se dicit mulier mea nubere malle
quam mihi, non si se Iuppiter ipse petat.
Dicit; sed mulier cupido quod dicit amanti
in vento et rapida scribere oportet aqua.

Das Buch lag schon in einem Karton, aber so lange war es noch nicht her, er wollte wiederfinden, was er damals übersetzt hatte. Er sah, dass viele der übrigen Gedichte ausgelassen worden waren. Wie alle anderen in seiner Klasse hatte er über die Aufgabe geschimpft, aber zu Hause schliff er die Zeilen immer weiter ab, bis sichtbar wurde, was Catull seiner Ansicht nach gemeint hatte. Es war merkwürdig, das alles noch einmal zu lesen, wie seine eigene Schrift ihn immer fremd anmutete, wenn er sich nicht mehr daran erinnern konnte, die Worte geschrieben zu haben.

Er öffnete ein Arbeitsheft und begann mit einem neuen Gedicht. Vier Zeilen, es kam ihm vor wie eine fester, unabänderlicher Umfang. Er versuchte andere Begriffe für Liebhaber zu finden, für Wind und schnell strömendes Wasser. Mit der einen Hand schrieb er, während die Finger der anderen die Silben zählten.

Unter ihm rumste etwas gegen die Wände. Er drehte die Musik leiser, horchte Richtung Fußboden. Als er wieder etwas rumpeln hörte, stand er auf und ging zur Treppe.

Sein Vater hatte nirgendwo Licht gemacht. Er ging an der Küche und dem Hauswirtschaftsraum vorbei, am Wohnzimmer und dem leeren Zimmer im Souterrain, schuf einen Lichtkorridor durch das Haus, so spät kam er nicht gern nach unten. Die Tür zum Zimmer seines Vaters, der Geruch von süßem Rauch und vergilbtem Papier. Er blieb stehen und lauschte, aber es war nichts zu hören. Er machte ein paar laute Schritte, hustete in seine Hand, wartete. Ein leises Knarzen ertönte, ein Zeichen, dass sich sein Vater auf seinem Stuhl bewegt hatte. Er zuckte mit den Schultern und ging wieder hoch.

Noch eine halbe Stunde, dann würde er ins Bett gehen, er merkte, dass sein Kopf herabsank, dass einfache Dinge anfingen, ihm Mühe zu bereiten. Er hatte zu viel übersetzt, aber das war nicht schlimm, morgen hatte er früher Schluss, dann konnte er sich eher dransetzen. Plötzlich gedämpfte Schritte unten im Flur, die Stufen zu seinem Zimmer knarzten.

Der graue Kopf seines Vaters tauchte auf.

Warst du gerade unten?

Ja.

Hast du etwas gesucht?

Nein.

Arbeite nicht zu lange. Das ist nicht gut.

Bin fast fertig.

Es ist zu ruhig hier. Du und dein Bruder, ihr seid zu unterschiedlich.

Macht nichts.

Was ist das? Hausaufgaben? Sitzt du so lange an deinen Hausaufgaben?

Ich gehe gleich schlafen.

Du bist genau wie dein Großvater. Zu viel Gefühl. Das ist nicht gut.

Der Kopf seines Vaters ein sinkendes Periskop, danach Gerumpel auf der Treppe. Er beschloss, weitere Geräusche in dieser Nacht einfach zu ignorieren.

Im Bett ließ er vor der Einschlafrunde noch einmal seine Gedanken schweifen.

Die Neue, die genau wie er lieber draußen in der Kälte stand als drinnen in dem Mief aus toter Suppe und nassen Kleidern. Ein komisches Gefühl, endlich mal mit ihr zu reden. Er hatte keine Zigaretten dabeigehabt, aber sie war trotzdem geblieben. Wegen der Kälte konnten sie beide nicht still stehen, sie lachten über das Bibbern in ihren Worten. Ihre Wangen waren knallrot geworden, und er hatte eine Bemerkung darüber gemacht. Sie kleidete sich wie ein Junge, Hemd und Weste, es war unmöglich geworden, sie nicht anzuschauen. Der trotz des Winters offene Kragen, ihr langes braunes Haar, das sich über der unbekümmerten, schmerzhaft weißen Haut lockte.

Tessa, Tessa.

0

Ein schönes Haus, aber nicht zu groß, in der Stadt. Keine Haustiere, nicht zu viele Möbel. Bei ihrer Hochzeit würde sie ein anderes Kleid tragen, kein weißes, keins von diesen übertrieben langen aus dem Fernsehen. Sie würde es selbst entwerfen und in Paris anfertigen lassen. Ein großes Fest machte ihr Angst, sie stellte sich ein Hotelzimmer vor, in das ihre Familie hineinpasste, vielleicht sollte alles in Paris stattfinden, sie sah sich mit ihrem Traummann auf den Stufen der Madeleine, wo ihr Großvater sie letztes Jahr auch fotografiert hatte.

Er musste attraktiv sein, groß, durfte nicht zu viel arbeiten, sollte aber trotzdem erfolgreich sein in dem, was er tat. Er musste, genau wie sie, genug freie Zeit haben, um zu reisen. Sie würden alle wichtigen Länder und Städte besuchen und danach erst Kinder bekommen. Nicht mehr als zwei, drei, wenn er ihr auch wirklich im Haushalt half.

Sie würde sich in der Schule Mühe geben, denn sie wollte studieren. Ihre Mitschüler frustrierten sie, die Mädchen, die sich dümmer stellten, als sie waren. Sie würde immer wachsam bleiben, regelmäßig Tagebuch schreiben, herausfinden, worin sie gut war, und geduldig lernen, was sie noch nicht wusste, jetzt noch nicht schaffte. Sie würde ihre Vorbilder auch weiterhin klug wählen, Frauen wie Alexandrine Tinné und Niki de Saint Phalle.

Bücher schreiben, damit würde sie ihr Leben verbringen. Ohne eigene Arbeit könnte sie ihre Kinder unmöglich erziehen, könnte sie ihrem Mann keine gute Frau sein. Hoffentlich würde das Geld für eine Haushaltshilfe reichen, sie würde alles organisieren, würde schon dafür sorgen, dass es klappt. Sie malte sich lange Morgenstunden aus, die Kinder in der Schule und sie selbst an ihrem Schreibtisch sitzend, nachdenkend und schreibend.

Es war wichtig, dass er sie unterstützte, dass er verstand, was ihr wichtig war, wofür sie lebte. Sie wollte richtig verliebt sein, wach liegen, wenn sie an ihn dachte, und er musste das Gleiche für sie empfinden. Er durfte erfahrener sein als sie, aber die entscheidenden Dinge würden sie gemeinsam entdecken.

Die Zeit verging ihr zu langsam. Sie wollte älter werden, eine Frau sein und endlich in die Welt hinaustreten, wo er auf sie warten würde.

NACHWEIS DER IM ROMAN ZITIERTEN TEXTE

Simone de Beauvoir, *Eine transatlantische Liebe. Briefe an Nelson Algren*. 1947–1964. Herausgegeben von Sylvie Le Bon de Beauvoir. Deutsche Übersetzung von Judith Klein. Copyright © 1999 Rowohlt Verlag GmbH, Reinbek bei Hamburg. Copyright der französischen Originalausgabe © Editions Gallimard, Paris 1997.

William Somerset Maugham, *Der bunte Schleier*. Aus dem Englischen von Anna Kellner und Irmgard Andrae. © der deutschsprachigen Ausgabe Diogenes Verlag AG, Zürich, 1986.

William Somerset Maugham, *Der Besessene*. Übersetzt v. Rosalind Copping. Leipzig/Wien: Tal 1927.

The Journals of Sylvia Plath. 1950–1962. Transcribed from the original manuscripts at Smith College. Edited by Karen V. Kukil, London: Faber and Faber 2000. (27. März 1965): Übersetzt v. Nathalie Lemmens.

Anne Sexton, *Alle meine Lieben / Lebe oder stirb*. Gedichte. Zweisprachige Ausgabe. Herausgegeben und mit einem Vorwort versehen von Elisabeth Bronfen. Aus dem Amerikanischen von Silvia Morawetz. © 1996 S. Fischer Verlag GmbH, Frankfurt am Main.

Anne Sexton, »Brief an Mary Gray Harvey, 40 Clearwater Road, Weihnachtstag 1957«, in: Dies.: *Selbstporträt in Briefen*. Hrsg. von Elisabeth Bronfen. Aus dem Amerikanischen von Silvia Morawetz. © S. Fischer Verlag GmbH, Frankfurt am Main 1997.

Anne Sexton, »For Johnny Pole on the forgotten beach«, in Dies.: *To Bedlam and part way back*. Boston: Houghton Mifflin, 1960. Übersetzt v. Nathalie Lemmens.

Shakespeares Sonette. Übersetzt v. Max J. Wolff. Berlin: Behr 1903.

Originaltitel: Godin, held
Originalverlag: Em. Querido's Uitgeverij B.V., Amsterdam
Die Arbeit der Übersetzerin am vorliegenden Text wurde vom
Deutschen Übersetzerfonds gefördert.
Die Deutsche Verlags-Anstalt dankt der Dutch Foundation for
Literature für die Förderung dieser Übersetzung.

**Nederlands
letterenfonds
dutch foundation
for literature**

Der Verlag weist ausdrücklich darauf hin, dass im Text enthaltene
externe Links vom Verlag nur bis zum Zeitpunkt der Buchveröffent-
lichung eingesehen werden konnten. Auf spätere Veränderungen hat
der Verlag keinerlei Einfluss. Eine Haftung des Verlags ist daher
ausgeschlossen.

Verlagsgruppe Random House FSC® N001967

Copyright © 2014 by Gustaaf Peek
Copyright © der deutschsprachigen Ausgabe 2016 by
Deutsche Verlags-Anstalt, München,
in der Verlagsgruppe Random House GmbH,
Neumarkter Str. 28, 81673 München
Umschlag: Lübbeke, Naumann, Thoben, Köln,
unter Verwendung eines Motivs von Getty/Marga Frontera
Typografie und Satz: DVA/Satz im Verlag
Gesetzt aus der Bodoni
Druck und Bindung: Friedrich Pustet, Regensburg
Printed in Germany
ISBN 978-3-421-04707-6

www.dva.de

Dieses Buch ist auch als E-Book erhältlich.